死のマスカレード

冷たい狂犬

角川文庫
21042

目次

カーニバル前夜

二〇一八年二月二日、イスタンブール旧市街。

カメカン通りに面したアパートメントの四階の一室、四十平米ほどの部屋の中央にはアラベスク模様のペルシャ絨毯《じゅうたん》が敷かれ、布張りの椅子が一脚だけ置いてある。

椅子に向き合う形で木製の机が置かれ、髪をオールバックにした白人の男が机の上の書類を見ていた。年齢は六十前後か、グレーの地味なスーツを着ており、ビジネスマンに見えなくもない。

西向きの窓から見える新市街のランドマークとも言えるガラタ塔が、夕日を浴びて赤く染まっていた。

午後五時半、アパートメントの横の裏通りは、金曜日というだけあって人通りがある。ガラタ塔目当ての観光客なのだろう。

ドアが三回ノックされた。

「入れ」

男は机の上にある小さなボタンを押してドアロックを解除すると、手元の書類を机の右脇に置いてあるシュレッダーにかけた。男の机の左脇にはプリンターが置かれている。書類を廃棄するのならプリントアウトしなければいいのだが、パソコンのモニタ上で見るのが嫌なのだろう。

何重もの電子ロックが解除されてドアが開き、二人の男が部屋に入ってくると、カーペットの手前で立ち止まった。

一人はスラブ系の眉毛《まゆげ》が太いアクの強い顔をした四十前後の男で、一八五センチほどと背が高く、アルマーニのコートにサントーニの革靴と上質なイタリア製品を身につけている。もう一人は三十代半ばのアラブ系で身長は一六五、六センチ、黒い羽毛の上着に擦り切れたジーパン、それに薄汚れたスニーカーを履いていた。

「カバーンだな。連れの男は、トルコ人か？」

中年の男はアラブ系の男を見て首を傾げると、引き出しから使い込んだパイプを出し、吸い口である火皿に煙草の葉を詰めた。ブライヤの木で作られているのだろう、ヤニが染み込んだ琥珀《こはく》色の良い艶《つや》を出している。

「ガスパヂーン・タルナーダ、この男は、シリア人だ。イスティクラル通りの裏通りで雇ってきた」

カバーンと呼ばれたスラブ系の男は、表情もなく答えた。イスティクラル通りの裏通りは、ぼったくりバーが多い治安の悪い場所である。

ちなみにガスパヂーンはロシア語の敬称で、〝タルナーダ〟もロシア語とするなら、竜巻という意味である。

「シリア人？　難民か。何のために雇った？」

タルナーダは、シリア人をちらりと見て首を振り、二人に近寄るように右手を振ってみせた。三メートル四方のペルシャ絨毯を挟んでいるので話し辛《づら》いのだろう。

「プレゼンテーションだ」

カバーンは目を細めて笑うと、右手を横に振った。

シリア人は突然喉《のど》を両手で押さえて、膝《ひざ》を突く。首から血が溢《あふ》れ出ている。男の首を目にも留まらぬ速さで切り裂いたのだ。

すかさずカバーンはシリア人の頭から袋を被《かぶ》せ、後ろに引き倒した。袋は伸びる素材で出来ており、カバーンはシリア人を横向きにすると、床を血で汚すことなく袋を伸ばし、あっという間に男を包み込んでしまった。

「むっ！」

タルナーダは僅《わず》かに右眉を吊《つ》り上げ、カバーンを睨《にら》みつけると、パイプの煙草に専用のライターで火をつけた。

「殺しは芸術だ。初対面のマスターには、私の美学を知ってもらうために腕前を見せることにしている。別にナイフだけが得意なわけじゃないが、たくさんの死体を作る必要もないだろう」

カバーンは掌《てのひら》に隠し持っていた小型のナイフを見せると、刃先に付いている血をシリア人の上着で拭《ふ》き取り、袋のファスナーを閉めた。

「名刺代わりか。気に入った。新しい組織の一員の印であるナイフを与えよう」

タルナーダは引き出しから革のシースに入った小型のナイフを出し、カバーンに渡した。柄が木製で銀の鎌の飾りが打ち込んである。

「ギーベリ？」

カバーンはシースからナイフを抜き、刀身に刻まれたキリル文字を読んだ。ギーベリはロシア語の死で、自然死であるスメールチではなく、人為的な死を意味する。柄の鎌の飾りは、死神の印らしい。

「新しい組織のコードネームだ。ナイフは死を与える権利を持つという意味であり、組織のＩＤの代わりにもなる。我々は〝ギーベリの証《あかし》〟と呼んで、シースを足首に巻いていつも持ち歩いている」

タルナーダは、ポケットから自分のナイフを出して見せた。柄の飾りである鎌が銀ではなく、金製のようだ。

「ターゲットは？」

カバーンはナイフをシースに戻し、ポケットに仕舞うと尋ねた。

「確認したら、消去しろ」

タルナーダはカバーンに小型の携帯電話を投げ渡した。

「分かった」

カバーンは表情もなく頷《うなず》いた。

秘密会議

1

世界三大カーニバルの一つ、ヴェネチア・カーニバルは、一一六二年が起源と言われ、十八世紀に衰退したものの一九七九年に復活し、年を追うごとに盛況に行われている。

期間中は様々なイベントが催されるが、仮面を被り、中世の服装で着飾った人々が現れ、さながら街中でマスカレード（仮面舞踏会）が開かれているような盛り上がりを見せるのが、最大の特徴であろう。

ちなみに二〇一八年のカーニバルは二月三日から十三日が本期間とされるが、仮面コンクールのグランフィナーレが十一日に行われるので、実質的にはこの日が最後と言っても過言ではないだろう。また、主な催し物として、大きな山車《だし》と練り歩く〝マリア達の行進〟が三日、サン・マルコ広場の高い塔から天使の衣装をまとった女性が降りてくる〝天使の飛翔《ひしょう》〟が四日で、仮面コンクールは、三日から十一日まで開催されている。

二月十日、午後五時、バロック調の宮廷衣装に身を包み、銀色の仮面を被った男が、観光客に混じってサン・マルコ広場に隣接するドゥカーレ宮殿の最大の部屋であり、ティントレット作の巨大な壁画〝天国〟がある大評議の間を歩いている。

男の名は、影山夏樹《かげやまなつき》。練馬《ねりま》の中村橋《なかむらばし》にあるダッチコーヒーの専門店〝カフェ・グレー〟と、昨年の秋、近くのマンションの一階にオープンした洒落《しゃれ》た雑貨店、〝ラ・セーヌ〟のオーナーである。どちらも夏樹の趣味ではじめた店だが、厳選した良質のコーヒー豆を使い、雑貨は海外で直接仕入れるというこだわりが人気をはくし、どちらの店舗もなかなかの繁盛ぶりである。

夏樹はかつて日本の情報組織である公安調査庁に所属し、海外で諜報《ちょうほう》活動をする非公開の第三部に属していた。殺人や拷問さえ厭《いと》わない非情な手段を用いるため、敵対関係にある中国や北朝鮮の諜報機関から〝冷的狂犬《ランディクウンチュエン》（冷たい狂犬）〟と恐れられていた凄腕《すごうで》の諜報員であったが、変装の名人ゆえに素顔をこれまで知られることはなかった。

諜略の世界に自ら望んで入ったのだが、八年前に嘘で塗り固められた世界に嫌気がさして退職している。以来カフェの無口で頑固なオーナーを隠れ蓑《みの》に、野良猫だったジャックと世捨て人のような生活を送っていた。だが、数年前に内閣情報調査室の室長補佐であり、非公開の諜報機関である国家情報局の局長を兼務する安浦良雄《やすうらよしお》によって諜報の世界に引き戻されている。

とはいえ、いまさら公務員に戻るつもりはなく、フリーランスのエージェントとして日本だけでなく、海外の諜報機関からの仕事もこなしていた。ただし、海外からの仕事は、日本の国益に反しないという条件の下で引き受けており、二重スパイに落ちぶれるようなことはしていない。

大評議の間にも宮廷ドレスで着飾った女性や、純白の衣装を身にまとったカップルなど、カーニバルを彩る人々が、さながら撮影会のようにカメラを構える一般の観光客に囲まれている。

街角で仮面を売る店や、衣装をレンタルする店もあるが、カーニバルの仮面コンクールに出場するような凝った衣装を着ている参加者は、自前で衣装を揃えるものだ。また、一人で仮装するのではなく、大抵はカップルかグループで時代考証をした装いをしている。おかげで一人黙々と歩く夏樹を気にする者はいない。

広間を横切り、正面左奥にある小さな出入口に向かった。

「ボンジョルノ、あなた、イタリア人？」

出入口近くに立っていたサーモンピンクのドレスを着た女性の脇を通り抜けようとすると、イタリア語で声を掛けられた。衣装に合わせて薄いピンクの羽を付けた仮面を被っているが、髪はブルーネット、潤いのあるふっくらとした唇とブルーの瞳《ひとみ》を見る限り、かなりの美人のようだ。

「ボンジョルノ、私はフランス人だ」

無視するわけにもいかず、夏樹はイタリア語で答えた。ラテン語系の言語は基本的に日常会話程度なら、なんとかなる。だが、イタリア語に関しては、ネイティブと偽るほどうまくはない。フランス語なら堪能である。

彼女がイタリア人かと尋ねてきたのは、衣装もそうだが、夏樹が栗色の髪で瞳はブルーだからであろう。瞳にブルーのカラーコンタクトレンズを入れ、額にはラテックスで作った人工の皮膚を貼り付けて変装していた。仮面を取っても、日本人に思われることはないだろう。

「私は米国人のリンジー・ドノバン。友達とはぐれてしまったの。一緒にカーニバルを楽しまない？」

リンジーは米国人らしい訛《なま》りのある英語で誘ってきた。

「生憎《あいにく》だが、約束があるんだ」

美人の誘いを断るのは、もっとも主義に反する行為だが、これでも仕事中なのだ。

練馬中村橋カフェ・グレー、二月四日、午後八時五十分。

カウンター席にむっつりとした表情の安浦が座っていた。十分前に突然現れて、コーヒーを飲ませてくれと言う。

カウンターに立つカルロス・バラハが、深い香りと苦味があるマンデリン・コフィンドを入れたグラスを安浦の前に置いた。

カルロスの本名は、ファリード・スライマニー、フィリピンのイスラム武装組織アブサヤフの幹部で死刑囚だった彼を夏樹が救い出して以来、忠実な部下となり、今は店の切り盛りを一切任せている。頭がいい男で、仕事はなんでもすぐ覚え、言語能力に優れており、来日して二年も経っていないが日本語に不自由しないため、客のウケもいい。

「カルロス、〝ラ・セーヌ〟の戸締まりをしてきてくれ」

夏樹はカルロスに店の鍵《かぎ》を渡した。〝ラ・セーヌ〟で仕事をしていたのだが、カルロスからカフェ・グレーに安浦が来たと呼ばれてきたのだ。どちらの店も午後七時に閉店するので〝ラ・セーヌ〟は夏樹がシャッターを閉めてきた。また雑貨店は二人のバイトを雇っているので、店番も必要ない。普段の夏樹は仕入れ担当として、海外を飛び回っている。

「了解」

カルロスは鍵を受け取り、店を出て行った。彼は安浦の正体を知っており、夏樹が人払いしたことを分かっているのだ。

カウンターの隣りにある飾り棚に寝ていたジャックが背中を丸めて起き上がると、飛び降りて出入口に向かって歩き始めた。カルロスが出て行ったので、ドアの音で目が覚めたのだろう。

「利口な猫だ。我々に気を遣っているようだな」

グラスのコーヒーを口にした安浦は鼻息を漏らした。マンデリン・コフィンドの香りを鼻から逃がしたのだろう。香りの楽しみ方を知っているようだ。

「トイレに行きたいだけだ」

夏樹は鼻先で笑った。ジャックは野良猫の習性が抜けないらしく、外で排便する。そのため、店のドアの下に彼専用の出入口があるのだ。

「折り入って、頼みがあって来た」

安浦は話を切り出すと、二口目のコーヒーを口にした。

「勿体《もったい》つけるな。世間話をしに来たわけじゃないだろう」

夏樹はビターエスプレッソのデカンタから、最後の一杯をグラスに入れた。この時間、ほとんどの銘柄は売り切れているのだ。本当はスコッチウィスキーを飲みたいところだが、この男と一緒に飲もうとは思わない。

「君には手応《てごた》えがないかもしれないが、イタリアでの仕事を引き受けてくれないか？　私の部下では務まらないのだ」

安浦は溜息《ためいき》交じりに言うと、コーヒーを口にした。

2

「これからどちらへ？　ムッシュ？」

リンジーはなんとも言えない笑顔で尋ねてきた。彼女が立っているのは、狭い通路の出入口の前である。夏樹はその先に行きたいため彼女の横を通り過ぎようとしたのだ。

「ベルナール・マルティニです。マダム・ドノバン。牢獄《ろうごく》跡で人と待合せをしているんですよ」

夏樹も笑顔で答えた。通路に見えるのは石橋で、運河を挟んで牢獄跡と繋《つな》がっている

のだ。宮殿ほどではないが、観光名所の一つになっている。

「友達が牢獄跡を見に行きたいって言っていたから、そこで会えるかもしれない。でも、

一人で捜しに行くのはちょっと怖い気がして迷っていたの。途中までで構わないから、

一緒に行ってもらえませんか？」

リンジーがすがるような目をしている。

「それなら、お供しましょう。フランスの男は女性を見捨てたりしませんから」

夏樹は帽子を取って胸に当て、軽く会釈して見せた。

「さすが、男爵は優しいのね」

軽口を言ったリンジーは、夏樹の左腕に右腕を絡ませてきた。

二人は通路の奥へと進む。並んで歩くには狭過ぎる幅だ。腕を離そうかと思ったら、

リンジーが体を密着させてきた。豊満な胸が夏樹の左肘《ひだりひじ》に当たる。ウエストがくびれて

いることは認識していたが、胸は予想外に大きいらしい。

通路には幾何学模様に切り抜かれた窓があり、窓から水路であるパラツォ・オ・デ・

カノーニカ川に浮かぶゴンドラが見える。石橋は〝溜息橋〟と呼ばれ、牢獄に連行され

る囚人がこの世の見納めに溜息をついたことが由来だという。

　橋を渡り牢獄跡に入ると、電気の照明は点《つ》けられているが石組みの寒々とした廊下と壁が続き、明り取りの窓は鉄格子となる。華麗な装飾を誇る宮殿に比べ天と地、まさに地獄に来たかのような光景だ。

　当時は看守が移動する際にランプやランタンを使っていたかもしれないが、牢屋内には照明はなかった。囚人は昼間でも薄暗い中で過ごしたはずだ。現代なら人権問題で訴えられることは間違いない。

「建物の中は、吹きさらしなのね。この牢獄に入れられて、冬を越せた囚人はいたのかしら？」

　リンジーは声を震わせて尋ねてきた。恐ろしいということもあるのだろうが、室内は異常に寒い。おそらく外気と同じ、五、六度しかないだろう。

「中世には禁固刑という概念がなかったらしい。逮捕したら、体罰を与えるか、死刑にするかのどちらかで、牢獄は刑を執行するまでの一時的な監禁場所に過ぎなかったようだ。だが、十八世紀以降、禁固刑という刑罰も出来た。金持ちの囚人は牢屋に自分の家具を入れ、お抱えの料理人を連れて入獄することも許されたらしい。むろん看守に賄賂《わいろ》を振る舞ったんだろう」

　夏樹はずいぶん前に『ヨーロッパにおける監獄の変遷』という歴史書に書かれていたことを思い出しながら言った。諜報員《ちょうほう》というのは、多岐にわたる能力が問われるが、幅広い知識も求められる。そのため、ありとあらゆる情報を得ようと貪欲《どんよく》になるものだ。

「あなたって、博学なのね。でも、私、なんだか怖くなってきた。ここから引き返すわ。勝手言って、ごめんなさい。また、お会いしましょう」

リンジーはそういうと踵《きびす》を返して通路を戻って行った。この先は一人で行動しなければならないので、都合はいい。だが、少々惜しいことをした。

夏樹は牢獄の通路を進み、突き当りの立入禁止の札が貼られている木製のドアの前で立ち止まると、周囲を見渡して人気のないことを確認した。牢獄跡に入ってくる時は、数人の観光客が周囲にいたが途中で帰ったのだろう。カーニバルで賑《にぎ》わっているのに気が滅入《めい》るような場所に、好き好んで来るような酔狂な人間はいないということだ。

立入禁止のドアを開けて、夏樹は中に入った。通路の向こうは修復工事がされている。そのため建築資材が置かれ、雑然としていた。

目が慣れてくると、暗闇の中に夏樹と同じ宮廷衣装を着た男が立っていることが分かった。

「ベルナール副局長、議場に近いとはいえ、こんなところで打合せというのは、用心深過ぎませんか」

暗闇で夏樹の衣装を確認した男は肩を竦《すく》めて言った。男はロベール・ミッシェルという名のフランス対外治安総局（ＤＧＳＥ）の諜報員で、夏樹が扮《ふん》しているベルナール・マルティニの直属の部下である。

本物のマルティニは、ヴェネチア市内のホテルにチェックインして自室に入るところをベルボーイに変装した夏樹が襲って気を失わせた。衣装は彼が用意していたものを拝借したため、ミッシェルは衣装を見てベルナールと思ったのだろう。

　夏樹は右手を軽く上げて無言で挨拶《あいさつ》をすると、左手に隠し持っていたスタンガンでミッシェルを撃って気絶させた。


「君には手応えがないかもしれないが、イタリアでの仕事を引き受けてくれないか？　私の部下では務まらないのだ」

　安浦は溜息交じりに言うと、コーヒーを口にした。

「どうしてだ？」

　夏樹はグラスに入れたビターエスプレッソの香りを深く吸い込み、問いただした。

「君が第三部にいたころは、まだ非合法な工作活動をする諜報員がいた。だが、君が去ったあと、米国に第三部の存在が漏洩《ろうえい》し、消滅したんだ。その結果、君のような諜報活動ができる者は、激減した。しかも、養成することも難しくなったのだ」

「どうせ米国の顔色を窺《うかが》う政府が、自ら第三部を廃止したんだろう。日本がＣＩＡのような活動をするのは、米国にとって目障りなだけだからな。だが、代わりに首相の強い要望でより強力な諜報機関である国家情報局を発足させたはずだ。米国の目に触れないところで、非合法な任務もするんじゃないのか？」

夏樹の教え子で同僚でもあった真木麗奈《まきれいな》は、第三部から国家情報局に移っている。彼女は優秀な諜報員だ。少なくとも元第三部にいた諜報員は、非合法な活動も厭《いと》わないだろう。

「確かにそうだが、政府は米国に気を遣うあまり、日本の諜報員が海外で活動することを快く思っていない。だからこそ、フリーのエージェントである君に頼むのだ」

安浦は苦々しい表情で答えた。諜報員が海外での任務を失敗した時の尻拭《しりぬぐ》いをするのが、政府は嫌なのだろう。

「分かった。ミッションは?」

夏樹は小さく頷《うなず》き、安浦を促した。

「マスカレード」

安浦は声を潜め、ぼそりと言った。

3

午後五時四十五分、牢獄跡を出た夏樹は、再び〝溜息橋〟を渡った。

ベルナールの部下であるミッシェルを気絶させ、厳重に縛り上げて牢獄跡の修復工事エリアに閉じ込めてきた。カーニバルが終わるまで工事は行われないので、見つかることはないだろう。

ミッシェルのスマートフォンにベルナールの名で待合せ場所を指定したメールを送りつけて、誘い出していた。大物であるベルナールとすり替わるには、一緒にヴェネチアに入っていた彼も拘束するほかなかったのだ。彼らはヴェネチアに観光で来たと見せかけるために別行動をしていたらしく、二人を倒すのは容易《たやす》いことだった。

　ここまでは、安浦から聞かされた、夏樹にとって「手応《てごた》えがない」ミッションにも思える。だが、その内容は、「米国抜きで行われるファイブアイズの会議」を盗聴することだった。

　ファイブアイズとは、アングロサクソン系国家である米国、英国、カナダ、オーストラリア、ニュージーランド五カ国の情報機関が、世界中に張り巡らされたシギント（通信傍受）の設備や監視カメラなどから得られた映像情報を相互に利用共有するために結んだUKUSA協定のことである。

　理由は分からないが、米国抜きの四カ国が、フランスとドイツとイタリアの三カ国をオブザーバーとして加え、〝マスカレード〟というコードネームの秘密会議を開くというのだ。会議の開催は、むろん米国には通知されていない。世界最大の情報機関のCIAを裏切って行われる秘密会議を盗聴せよという、不可能とも言える任務を夏樹は安浦に託されたのだ。

　秘密会議開催の詳しい情報は、安浦が懇意にしている英国の秘密情報部MI6の副長官であるゴードン・ウィルソンの機密メールから得ている。昨年日英の情報機関の会議がロンドンで開かれた際、安浦は彼のノートパソコンに持参のUSBメモリを差し込んでパソコンのデータを安浦に送り続けるウィルスを感染させていた。長年の友人なので、彼も安浦に気を許したのだろう。また、〝VZ101〟というコードネームを持つウィルスは、トロイの木馬に似ているが、日本の最高のハッカーと研究者によって生み出されたまったくの新種のため、感染を気付かれることはないそうだ。

メモリのウィルスがパソコンに感染する時間は五秒、安浦はウィルソンに会議の資料を右手で渡し、左手に隠し持っていたメモリを彼のパソコンに差し込み、彼から英国側の資料を受け取る際にメモリを抜き取っていた。安浦は現役の諜報員なみの活躍をしたようだ。

ドゥカーレ宮殿に戻った夏樹は、中庭のブロンズ製の井戸の脇を抜け、観光客が歩く方向に逆らって中央のアーチになっている入口前で立ち止まった。警備員が入口前に二人、入口奥の建物内に数人いる。普段の警備ではない。

「閉館です」

入口前に立つ警備員が言葉とは裏腹に、右手を前に出した。

夏樹は黙ってポケットからスティック状のICカードを警備員に渡す。事前に〝マスカレード〟参加機関に送られた会議への招待状であり、入場カードでもある。

警備員は仲間からノートパソコンを借りて、専用のスロットにカードを差し込んだ。

パソコンの画面にベルナール・マルティニという名前と夏樹が被《かぶ》っている銀色の仮面と

衣装の写真が表示された。

「中にお入りください。ミスター・マルティニ」

出入口を塞《ふさ》いでいた二人の警備員が、画面の写真と夏樹の仮面と洋服のデザインが一致することを確認すると道を開けた。

「念のために武器のチェックをさせてください」

夏樹が二人の間を抜けて宮殿内に入ると、別の警備員にボディチェックをされた。閉館したとはいえ、外では一般人に見られる可能性があるからだろう。

会議がイタリアで開催されることになったのは、主催国である英国が自国で開催すると米国に秘密会議の開催が漏洩するリスクが高いためだ。また、ヴェネチアは観光地ではあるが、街に監視カメラが非常に少ないため、世界中の監視カメラをハッキングする能力がある米国の目を誤魔化すのにも都合がよかった。

「仮面を調べさせてください」

警備員が夏樹の仮面の隅に印刷されているQRコードをスマートフォンで読み取り、仮面が本物かどうか確かめた。仮面は英国のMI6から参加メンバーに直接送られてきたもので、ICカードとセットで入場許可証となっている。洋服は参加国が用意し、写真を開催国の情報機関に事前に送るように指示されていた。第三者が偽者を用意できないように、相互に衣装を用意したのだろう。

会議は七ヵ国の情報機関の副局長、副長官、あるいは現場で決裁力を持つ幹部が出席することになっていた。公の存在である局長や長官と違い、現場の最高責任者である彼らは顔出しを嫌う。会議は仮装のまま行われるため、顔以外で本人確認するために何重ものチェックが必要だった。安浦がウィルソンから得た情報では、ＩＣカードと仮面と衣装の三重チェックがあると聞かされている。

「最後に指紋の確認をさせてください」

警備員の一人が、ノートパソコンを夏樹に差し出した。指紋認証センサーを使うらしい。指紋認証は聞かされていないが、侵入者ならこの時点で分かる。

「私の指紋が記憶されているというのか？」

「あなたの指紋は、登録済みです」

警備員は表情も変えずに事務的に答えた。

苦笑した夏樹は、ノートパソコンのセンサーに親指を押し付けた。顔出しは禁物のはずの幹部とはいえ、名前が知られているため、過去の経歴から調べ上げたのだろう。ＭＩ６ならその程度のことは簡単にできるはずだ。コードネームを〝マスカレード〟とし、仮面のまま会議するというのは、気の利かない英国人が主催するにしては洒落《しゃれ》ている。それとも開催国イタリアのアイデアか。

ノートパソコンの画面に、認証という言葉が表示された。

夏樹は指紋のことまでは安浦から聞かされていなかったが、こんなこともあろうかと、指紋をコピーするための機材を持ち込んでいた。親指に特殊な樹脂でできたベルナールの指紋を貼り付けてあったのだ。ホテルで彼を襲った際に本人の親指から作ったものである。

「ミスター・マルティニ。本人と確認されました。ご案内します」

画面を確認した警備員は会釈した。

「ありがとう」

振り返ると、背の高い男がチェックを受けていた。宮廷衣装に仮面を着けている。他国の諜報員《ちょうほう》のようだ。男と目があった。仮面の奥の目が鋭い光を宿している。管理職となった幹部クラスというより、現場で働く諜報員のような油断ならない気配を感じさせる男だ。

夏樹は案内役の警備員に従って〝黄金の階段〟と呼ばれる金箔《きんぱく》とフレスコ画で飾られた豪華な階段を三階まで上がった。閉館しているために観光客の姿はなく、館内は深閑としている。警備員と夏樹の足音だけが響く。

だが、人気がないわけではない。要所要所にバラクラバを被った武装兵が立っている。H&K　MP5を持ちベレッタ92Fを腰に下げ、ボディアーマーに暗視ゴーグルまで装備している。イタリアの国家憲兵隊（カラビニエリ）の特殊部隊（GIS）なのだろう。会場の大きさから考えて二十人前後はいるに違いない。彼らを相手にするような事態は避けるべきである。

先を歩いていた警備員は、広間の左側の壁にある小さな木製のドアを開けた。宮殿の壁の裏には、隠された通路や牢獄《ろうごく》や部屋がある。普段は公開されていないが、最近では現地の旅行代理店により〝シークレット・ツアー〟として公開されていた。

〝マスカレード〟という秘密会議が、ドゥカーレ宮殿で開催されると聞いて、夏樹はおそらく壁の裏にある部屋で行われると予測していた。そのため、三日前から観光客を装って宮殿を調べてきたのだが、壁の奥で行われるのであれば、盗聴は難しいと判断し、やむなく参加者に紛れ込むことにしたのだ。

「他のゲストは、もう到着しているのかね？」

夏樹は先を行く警備員に尋ねた。本物のベルナールの歳は、四十八歳で、夏樹より上ということもあり、いつもより低い声で話している。

「あなたの次にチェックインされる方が、最後です」

警備員はニコリともせずに答えた。彼は警備員の制服を着ているが、イタリアの諜報機関である対外情報・保安庁（ＡＩＳＥ）の職員なのだろう。夏樹がフランスの諜報機関の大物だと信じ、生真面目に答えたようだ。

「会議は六時からと聞いていたが、ずいぶんと早いお出ましなんだな」

夏樹はベストのポケットから懐中時計を出して時間を確認すると、壁の向こうに足を踏み入れた。

4

ドゥカーレ宮殿の壁の裏には、一般の観光客の目に触れない様々な施設がある。

一階と運河に近い地下には牢獄があった。水路を挟んで宮殿の東側にある牢獄は、宮殿内の牢獄では囚人を収容しきれなくなったために作られたのだ。一階や地下は湿気が多いために衛生状態は劣悪だったらしい。

二階にはヴェネチアの総督の書記官と十人委員会密文書副書記官の部屋や司法官の文書局などがあり、壁の表とは違い、どの部屋も狭く板張りの質素な作りである。行政の中枢である彼らは、質実であることを要求されたのだろう。

三階には密文書大臣の執務室だった大きな部屋がある。部屋の左右の壁には、機密文書が保管されていた天井までの高さがある書庫がびっしりと並んでおり、奥には木製の立派な大臣用の執務机があった。現在では特別なツアー参加者にだけ、この部屋も開放されており、普段は執務机と二脚の椅子が置いてあるに過ぎない。

「こちらです」

警備員に案内されて、夏樹は密文書大臣の部屋に入った。

部屋の奥にある執務机の前にプロジェクター用のスクリーンが用意され、その手前には大きなテーブルが置かれている。スクリーンに近いテーブルの端の席は議長席らしく、テーブルの左右には三脚ずつ椅子が配置されていた。

席の前には国名が記された席札と二つの空のワイングラスにイタリアンアルプスのミネラルウォーターである〝レビッシマ〟のボトルが添えられている。この国のミネラルウォーターは硬水が多いが、珍しく軟水の飲みやすい水である。

議場はこの部屋だと思っていたが、事前に盗聴器は仕掛けなかった。会議を始める前に盗聴・盗撮器のクリーン作業は必ずされるからである。窓にはカーテンとは別に、対盗聴用の防振スクリーンが張られている。外部からの盗聴もできないというわけだ。

この状況は予想していたので、夏樹は最初から会議の参加者とすり替わるつもりだった。だが、ファイブアイズのメンバーである英国、カナダ、オーストラリア、ニュージーランドの協定国ではなく、招待国のフランスを選んだ。既存のメンバーは互いのことを知っているはずで、招待客に化ける方がリスクは少ないからである。

「よくいらっしゃいました。ご自分の席にお座りください」

テーブルの一番奥の席に座っている男が、イングランド訛《なま》りの英語で指示をしてきた。

議長席に座る男は、MI6の副長官ゴードン・ウィルソンである。安浦の貴重な情報源であるが、夏樹から言わせれば間抜けな男である。変更がなければ、出席者の名前は分かっていた。そのため、あえて議長を務めるウィルソンは、紹介しないのだ。

「ありがとう」

夏樹はさりげなく腕時計のリューズに触ると、帽子を取ってウィルソンと着座している男たちに会釈し、フランスと席札に記された席に座った。時計としての機能だけでなく、盗聴盗撮の機能を持つ優れもので、会議の映像と音声を記録するつもりである。

「よくいらっしゃいました。あなたが最後です。ご自分の席にお座りください」

さきほど夏樹の後ろで身体検査を受けていた男が、案内されてきた。男はドアの前で帽子を取ると、左手を後ろにし、深々とお辞儀をしてみせた。まるで中世の道化師のようだ。男はテーブルを挟んで夏樹の向かいの末席に座った。席札にドイツと記されている。ドイツ連邦情報局（BND）の副局長であるフィリップ・ヘスラーなのだろう。

出入口から四人の執事の格好をした男が現れて、テーブルのワイングラスに赤ワインを注いでいく。ボトルのラベルをちらりと見たが、イタリアの銘酒、バローロ・モンフォルティーノ・リゼルヴァの一九九四年ものである。日本で買えば十万前後するだろう。会議の場に選ばれ、オブザーバーに選ばれたイタリアの力の入れようが、これで分かるというものだ。

「全員が参加されていることを確認できたようです。すでにこの建物内は、ジャミング装置で通信が不可能な状態になっておりますが、念のためにスマートフォンや携帯電話の電源はお切りください。それでは、時間になったようなので、〝マスカレード〟を開催します。まずは中世の情報機関の長官である密文書大臣の執務室で開催できたことを祝いましょう」

午後六時ちょうど、腕時計を見ていたウィルソンは、立ち上がってグラスを高く掲げた。自己紹介もなく、会議ははじまるらしい。ウィルソンの音頭で参加者全員がグラスを手にし、ワインを飲んだ。各国の情報機関の幹部を集めるに当たって、中世の役人にあやかったということらしい。

夏樹もグラスを回して濃厚な香りを嗅《か》ぐと、ワインを口にした。バランスがほどよいエレガントな果実味が口の中に広がる。このワインで幸福感を味わえない者は、まずいないだろう。銘酒を振る舞うとはいいアイデアだが、先進国の情報機関の実力者が集まる会議だけに、内容によってはワインの味も落ちる可能性もある。

「ワインを堪能《たんのう》されたところで、さっそく本題に入りましょう。ここに米国を呼んでいないことで、みなさんはお気付きだとは思うのですが、本会議の目的は、対米対策であります。トランプ大統領の出現で、世界の秩序は次々と破壊されてきました。皆様も苦々しい思いをされてきたと思います」

議長であるウィルソンは、会議の趣旨を説明し始めた。

トランプ大統領が就任早々にしたことは、メキシコとの国境に壁を作る法案にサインしたことだ。この程度のことなら国内問題として諸外国は、米国を静観していればいい。だが、エルサレムをイスラエルの首都として認めるという宣言をしたことで、トランプはイスラエルを除く世界を敵にした。

もっともエルサレムの件で本気で怒っているのはイスラム教徒だけで、米国が中近東諸国を不安定にしたことに対してヨーロッパ諸国は腹を立てているに過ぎない。参加しているメンバーもウィルソンの話に頷《うなず》いているが、事実だと肯定しているだけだろう。

「さらに貿易の不均衡を訴えるトランプは、近い将来、輸入品に高い関税を設けるという情報を得ている。米国は世界を敵に回して貿易戦争に突入するだろう」

ウィルソンの話にメンバーは首を縦に振った。

後の話だが、トランプは二〇一八年三月八日、鉄鋼とアルミニウムの輸入品に対する追加関税を導入する大統領令に署名した。この程度の情報ならMI6でなくとも、得られるだろう。

「確かに関税を引き上げれば株価は暴落し、世界は混乱するだろう。だが、それも一時的なことで、深刻な被害を被るのは、米国最大の輸入先である中国ぐらいじゃないのか。それに一方的に関税をかければ、相手国も黙っていない。WTO（世界貿易機関）に訴えるだろう。結果的には保護貿易に走った米国が、一番の被害国になるはずだ。トランプは支持率をあげるためのパフォーマンスをしているに過ぎない」

オーストラリア代表が発言した。同国の情報機関である保安情報機構（ASIO）の副長官のようだ。同機構は英国のMI6が基礎を作り上げており、規模は小さいが優秀だといわれている。彼の意見は妥当であり、異を唱える者はいないだろう。

「君らは、重要なことを忘れていないか？」

相反する意見を出されたにもかかわらず、ウィルソンは余裕の表情を見せ、ワイングラスを傾けた。

「重要？」

　オーストラリア代表が、肩を竦《すく》めて見せた。

「ファイブアイズの内容は熟知しているはずだ。システムの根幹を成すのはエシュロンであり、それを我々が利用している。これまでは、強大なシステムを利用し、テロを未然に防ぐこともできた。だが、その仕組みを我々に対して、敵対的に使用する許可を米国大統領が承認したことを知っているだろうか？」

　ウィルソンは出席者の顔を順に見ながら言った。

「まさか……」

　居合わせたメンバーは絶句した。

5

　密文書大臣室に重苦しい空気が漂っていた。

　居合わせた仮面の男たちは、議長であるウィルソンを見つめている。

「米国がわれわれを敵に回すとは、にわかには信じがたい」

　オーストラリア代表が首を捻《ひね》った。

「私もそうだった」

　ウィルソンはテーブルの上に置かれていた小さな箱状のプロジェクターのスイッチを

押すと、立ち上がった。プロジェクターから光が伸び、スクリーンに米国大統領がホワイトハウスの執務室で書類にサインをしている映像が映し出された。大統領執務室の監視カメラの映像は、外部に漏れることは決してない。MI6のエージェントが、ホワイトハウスのスタッフとして、潜り込んでいるのだろう。この映像の存在だけで、MI6の実力が分かるというものだ。

「こっ、これでは、どんな書類にサインしているか分からない」

オーストラリア代表は一瞬狼狽《ろうばい》したようだが、渋い表情で首を左右に振った。ホワイトハウスの監視映像を見せられれば、誰しも度肝を抜かれるだろう。

「この続きを見て欲しい。書類はCIAの副長官のブライアン・メリフィールドに渡る」

ウィルソンは鼻先で笑うと、右手に持っているスマートフォンの画面を親指でクリックした。元の映像はスマートフォン内にあり、プロジェクターに転送しているようだ。

大統領は書き終えた書類を、グレーのスーツのメリフィールドに渡す。大統領と握手を交わしたメリフィールドは革製のバインダーに書類を挟み、大統領に会釈して執務室を出た。ウィルソンは映像を巻き戻し、革のバインダーがメリフィールドに渡される瞬間で止めた。

「このバインダーは、大統領の法案や命令書専用のケースで、他人は使えない」

ウィルソンは映像の中のバインダーを拡大した。すると中央に白頭鷲《はくとうわし》が羽を広げたデザインである合衆国の国章の刻印の下にテープが貼られており、数字が記されていることがぼんやりと見える。

「数字は書類のナンバーと符合する。画像処理した結果、AG0087だと分かった」

ウィルソンは画面を切り替え、画像処理した写真を映し出し、国章の下の数字がAG0087だと見せた。映像を送って、一枚の書類が映し出される。書類の右上にはAG0087と記されていた。

書類の内容を読んだメンバーが、驚きの声を上げる。

「UKUSA協定では、自国の利益のためにエシュロンを使用し、同盟国を貶《おとし》めるような行為は禁止されている。だが、この書類には、米国の利益を最優先させ、エシュロンのみならず、盗聴盗撮ができるあらゆる設備の使用を同盟国の元首まで対象にすると記されている。つまり、諜報《ちょうほう》の対象は、無制限であることを正式に許可する書類なのだ」

ウィルソンは書類の内容を要約して言った。

「エシュロンは、諸刃《もろは》の刃《やいば》であることは分かっていた。だが、それを安全に利用するために、UK、USA協定があるのじゃなかったのか？」

張り詰めた雰囲気に耐えられなかったのか、ニュージーランド代表が不機嫌そうに言った。ニュージーランドの情報機関である政府通信保安局（GCSB）の副局長らしい。ファイブアイズの正式名称であるUKUSA協定のことをUKとUSAでわざと区切って発音したのは、英連邦と米国との協定であることを強調したかったからだろう。

GCSBは、軍事基地の一部に施設を置いているエシュロンを管理運営しているに過ぎず、諜報員などこの国にはいない。米国に対抗できるのは英連邦の宗主国である英国だけだと言いたいのだろう。

「メルケル首相が盗聴されていたことを思い出して欲しい。あの時、ファイブアイズは、ドイツが協定国じゃなかったから他人事《ひとごと》としてみていた。それに米国代表は、我々に対し、大統領はおろかホワイトハウスも関与はしていないと言っていた。また、ひょっとするとNSAの職員が個人的に行った可能性は捨てきれないと説明した。だが、それは真っ赤な嘘で、以前から国家ぐるみで同盟国さえ欺いていたようだ」

ウィルソンは人差し指を横に振ってみせた。

二〇一三年十月二十三日、ドイツ政府は、メルケル首相の携帯電話が米国家安全保障局（NSA）により、盗聴されていた疑いがあると発表した。これはCIA元職員であるエドワード・スノーデンがNSAの個人情報収集活動を暴露したことによるもので、以来米独の関係は悪化している。

「結局、協定は無意味だったのか」

ニュージーランド代表は、溜息《ためいき》を漏らした。

「米国はUKUSA協定を一方的に破棄したとみていい。だが、残念ながら、我国を入れても四カ国だけではCIAに対して人員すら及ばない。米国に対抗するには力不足なのだ。今回、ドイツ、フランス、イタリアを招いた理由は、そこにある」

ウィルソンは末席の夏樹とドイツ代表の顔を見て言った。イタリア代表は、開催国ということで、議長席の隣りに座っている。

「それでは、米国を除外し、新たに三カ国を加えてセブンアイズという枠組みを作るんですか？」

ニュージーランド代表が尋ねた。

「まずは、ドイツ、フランス、イタリア、三カ国の持つシギントと監視カメラのネットワークをファイブアイズとは別回線で繋《つな》ぐことで、米国に対抗するネットワークを構築する」

ウィルソンは言い聞かせるように語った。

「日本も仲間に入れるべきじゃないのか？」

オーストラリア代表が尋ねた。

「日本は米国に付くだろう。秘密会議に招けば、米国に情報が漏れる可能性が高い。それに日本の情報機関は脆弱《ぜいじゃく》だ。仲間に入れても戦力にならない。教えない限り、この会議のことが米国や日本に知られることはない。放っておけばいいのだ」

ウィルソンが右手を振ると、他のメンバーも頷《うなず》いた。

「だが、そんな米国に敵対心を見せるようなことをすれば、火に油を注ぐようなものだ。今の米国はマフィアと同じだ。何をされるか分からない」

ニュージーランド代表は両手を大げさに上げた。よほど米国の報復を恐れているのだろう。

「米国に気付かれなければ、いいのだ。そのためにファイブアイズのシステムは閉鎖しないで、運営する。米国とは表面上、これまで通り付き合えばいい。まともにマフィアと闘う必要はないのだ」

「米国との回線を残せば、利用されるだけじゃないのか？」

オーストラリア代表は首を傾げた。

「私は表面上と言ったはずだ。英国の研究チームが監視カメラの映像をすり替えるプログラムを開発した。米国との回線にはこのプログラムが作成した偽の映像データが流れるようにする。また、シギントに関しては、接続回線を減らすことで情報量を制限するのだ。偽の情報と制限された回線で、事実上エシュロンを無力化させ、米国を機能不全に陥らせるのだ。我々は、マスカレードのコードネームを持つ新生エシュロンで優位に立つことができるだろう」

「素晴らしい！」

オーストラリア代表が立ち上がって手を叩《たた》くと、他のメンバーも次々と立ち上がって拍手を送る。

仕方なく夏樹も続くと、遅れて向かいの席のドイツ代表も腰を上げた。

「…………！」

夏樹は頰をぴくりと痙攣《けいれん》させた。テーブルの下で何か金属音がしたのだ。拍手に紛れて他の者は気付いていないらしい。

小さな破裂音。

テーブルの下から白煙が立ち込め、同時に刺激臭が瞬く間に部屋に充満した。

「なっ、なんだ！」

「爆弾だ！」

「逃げろ！」

会議場は一変し、パニック状態のメンバーは出入口に殺到する。

夏樹は咄嗟《とっさ》にペットボトルの水で濡《ぬ》らしたハンカチで口と鼻を押さえ、あえて出入口から離れた。刺激を伴う白煙の正体はクロロアセトフェノン、つまり催涙ガスである。クシャミと涙を誘発するが、死に至ることはない。

「ドアが……開かない！」

ドイツ代表が、ドアを叩きながら叫ぶと、傍に立っていたニュージーランド代表が咳《せ》き込みながら倒れた。

「しっかりしろ！」

オーストラリア代表が、ニュージーランド代表を抱き起こす。

「どうしたんですか！」

部屋の外も騒がしくなってきた。室内の異変に気が付き、警備員がドアを開けようとしているのだろう。

「くっ、苦しい！」

呟き込んでいたウィルソンも倒れる。

「大丈夫ですか！」

夏樹はウィルソンに駆け寄り、跪《ひざまず》いた。

「どいてくれ！　どけ！」

ドイツ代表は出入口に群がっているメンバーをどかし、ドアを蹴破《けやぶ》った。

開かれたドアから催涙ガスと一緒にドイツ代表とカナダ代表、それにイタリア代表の三人が、出て行った。

「大変だ！　呼吸をしていないぞ！」

ニュージーランド代表を介抱していたオーストラリア代表が声を上げた。

夏樹はウィルソンのポケットに小型の盗聴器を入れ、同時に彼のスマートフォンを抜き取ると、その場を立ち去った。

6

午後六時半、密文書大臣の執務室に向かう警備員とすれ違った夏樹は、三階の出入口には向かわず、階下に通じる階段の近くでよろけた振りをして蹲《うずくま》った。

「大丈夫ですか？」

警備員が声を掛けてきた。階段を見張っているのだろう。

「私は大丈夫だ。……それより、密文書大臣の執務室に行くんだ。……重症者がいる。応援に行ってくれ」

ハンカチで口元を押さえた夏樹は、咳き込みながら答えた。仮面はまだ着けているが、帽子は邪魔なので執務室に置いてきた。

「了解しました」

夏樹は警備員を追い払うと、狭い階段を下りた。

密文書大臣の執務室での事件は、テロと呼べるほどのものではなかったが、ニュージーランド代表が死亡したらしい。使用されたガスはクロロアセトフェノンで、強烈な刺激作用はあるものの毒性は低く、非致死性のはずである。彼はガスを吸って心臓麻痺《まひ》の発作を起こしたのかもしれない。

すでに宮殿のすべての出入口は、武装兵によって封鎖されているはずだ。参加者といえど、犯人が特定されるまで外に出られるとは思えない。そもそも、執務室はドアに鍵《かぎ》が掛けられ、密室状態だった。催涙ガス弾が使用されたに違いない。容疑者は夏樹とスクリーンの前に立っていたウィルソンを除く五人、テロを仕掛けて自殺したのでなかったとしたらニュージーランド代表も除外してもいいだろう。とすれば、犯人は四人のうちの誰かに絞られる。

司法官の文書局や副書記官の執務室を抜けた夏樹は、途中でポケットから出した小型の機器を天井の梁《はり》の陰に貼り付けた。催涙ガスで倒れたウィルソンを介抱する振りをして彼のポケットに忍び込ませた盗聴器の微弱な電波を受信する中継機である。夏樹は離れた場所からでも、中継機から増幅された電波を無線機で受信することができるのだ。

二階に警備員の姿はなかった。おそらく、三階の壁の裏に通じる出入口と階段は、夏樹が通り過ぎてから閉じられたのであろう。だが、参加者の行方が分からないとなれば、すぐに捜索隊が組まれるはずだ。犯人ではなくても、フランス代表にすり替わっているだけに、夏樹も捕まるわけにはいかない。一刻も早く、宮殿の外に出て夜の闇に紛れる必要がある。

一階に下りて〝井戸〟とよばれる小牢獄《ろうごく》の廊下に出た。観光用に点《つ》けられている照明が板ばりの房や石造りの房を照らし出している。湿気が多い牢屋は総じて狭く暗い。スノコのような粗末な板を張っただけのベッドが、当時の囚人の処遇を物語っている。

照明が落ちた。

犯人を逃がさないようにあえて照明を落としたのだろう。とすれば、暗視ゴーグルを装着した武装兵を投入してくるはずだ。ぐずぐずしていれば、見つかってしまう。

夏樹は、ポケットから小型のハンドライトを出して足元を照らした。ライトを点けるリスクはあるが、一刻も早く脱出しなければならない。

廊下を進むと、牢屋と反対側の右手に中庭に出られるドアがある。だが、一階は警備員と武装兵で埋まっているはずだ。夏樹はそのドアの前を通り過ぎ、さらに奥へと進んだ。突き当りに一メートル四方の木製のドアがあり、そこから地下にある最下層の牢獄に出られる。夏樹はヴェネチアに来る前にイタリアの国立図書館に所蔵されているドゥカーレ宮殿に関する古文書などから建物の構造を調べておいた。

廊下の端まで走った夏樹は、鍵が壊れている木製のドアを開けて石段を下りた。高さがない階段を下りると、天井が異常に低い地下牢に出た。床は膝《ひざ》の高さまで水没している。満潮に近いこともあるのだろうが、温暖化の影響で水位が増し、なおかつヴェネチアの地盤沈下も進んでいるためだろう。

牢獄の闇が動いた。

右手のハンドライトが叩き落とされる。

咄嗟に身体を反らせると、鋭いパンチが眼前で空を切った。

落としたハンドライトが、水中からおぼろげな光を放ち、夏樹よりもひと回り大きい背の高い男を照らし出している。

男は夏樹の一メートル前に立ち、肩を怒らせた。男の体から微《かす》かに甘い香りがする。男性用の香水だろうが、男の体臭と混じっているのでブランドまでは特定できない。

「やはり、貴様か」

夏樹は中段の蹴《け》りを相手の左脇に決めたが、足元の水が邪魔をして威力がない。本家からして、ドイツ代表として会議に参加していた男だろう。夏樹同様、偽者ということだ。

男は会議場のドアを蹴破って一番先に外に出ている。また、ドアに細工をして開かないようにしたのも催涙ガスを放ったのもこの男に違いない。

「何者だ！」

男は押し殺した声を発し、左右の拳《こぶし》を叩《たた》き込んできた。右拳が夏樹の顔面をかすり、仮面が飛ばされるも夏樹は男の左拳を右手で止め、左肘《ひだりひじ》打ちを相手の顔面に決める。衝撃で男の仮面が壊れるが、暗いため顔はよく分からない。だが、鋭い目付きは、脳裏に焼きついた。男は呻《うめ》き声すら上げずに、夏樹の両肩を摑《つか》むと強烈な膝蹴りを入れてきた。

夏樹は身体を捻《ひね》って右膝でブロックし、男を突き放した。相当な体術を会得しているらしい。

「鍵が壊れているぞ！」

上階から声がする。警備員らに嗅《か》ぎつけられたようだ。地下牢へ通じるドアの鍵は、目の前の男が壊したに違いない。

舌打ちをした男は、牢獄の奥に向かって走り始めた。

夏樹は男の後を追って走った。地下の牢獄には運河に出られるドアがある。男はそこに向かっているのだ。

「いたぞ！」

警備員ではなく、数人の武装兵が迫ってきた。夏樹は水中のライトを拾って武装兵の暗視ゴーグルを照らした。

「うっ！」

武装兵たちが手で目元を隠した。最新の暗視ゴーグルは、暗闇でライトを照らされても明度を自動調整できるが、一瞬の反応の遅れはある。

武装兵が怯《ひる》んだ隙に夏樹は走った。数メートル先の廊下の突き当りで、男の姿が消えた。パラツォ・オ・デ・カノーニカ川に脱出したのだ。

銃声！

耳元を銃弾がかすめた。

夏樹は開け放たれた木戸から闇に向かって身体を躍らせ、身を切るような冷たい水に飛び込む。

銃弾が水中まで追ってきた。

夏樹は深く潜って南に向かって二十メートルほど泳ぎ、港に近いパリャ橋の下で水面から顔を出した。辺りは暗いので、遠くまで見通すことはできないが、先に脱出した男は、遠くまで逃げたようだ。

振り返ると、北側の地下牢の出入口からライトの光が水路を照らしている。武装兵だけでなく、警備員らも追ってきたらしい。

周囲を確かめた夏樹は、再び水中に潜り、ドゥカーレ宮殿の対岸の桟橋に向かって泳ぎ始めた。

新たなミッション

1

午後七時、濡《ぬ》れそぼった夏樹は、ヴィン川に近い裏通りであるカッレ・デル・ヴィン通りを歩いていた。外気は二、三度だろう。体の芯《しん》まで冷え切っている。

ドゥカーレ宮殿の地下牢から水路に飛び込んで脱出した夏樹は、フェリーターミナルの近くの桟橋から陸に上がり、カーニバルで賑《にぎ》わうリヴァ・デッリ・スキアヴォーニ通りを東に進んでヴィン川を渡ったところで、裏通りに入ったのだ。

銀色の仮面は脱出時に失っていた。そのため、表の通りの屋台で新たに購入している。

さすがに裏通りの人通りは少ない。夏樹は建物で入り組んだ通りを進んで突き当りを右に曲がり、コルテ・ヌオーヴァ・カステッロ通りに入った。何百年も前からある裏通りは、壁が剝《は》がれ落ち、中には基礎部が露出している建物もある。

五十メートルほど北に向かって進むと、幅が三メートルほどの通りにもかかわらず路上にデッキを占有させているイタリアンレストランの脇を抜け、カンポ・サン・ザッカリア通りに出る。商店やレストランが多い通りなので、観光客の姿も多い。

夏樹はピザ店の角を曲がり、カンポ・サン・プロヴォロ通りに進んだ。入口こそ幅が五メートル近くある通りは、すぐに建物で塞《ふさ》がれ、一階をくり貫《ぬ》くように作られた二メートルほどの幅の通路を歩く。狭いがそれがかえって古い街の情緒を感じさせる。

左手にある小さなレストランから、胃袋を刺激するニンニク料理のいい匂いが漂ってきた。パリの裏通りにあるようなビストロ風の店である。ホテルのレストランもいいが、気取らない店は安くてうまいものだ。

通りを道なりに進み、S・プロヴォイオ川沿いのフォンダメンタ・デ・ロズマリン通りに入った。川沿いの古い街並が美しい通りである。

夏樹はさりげなく通りを見渡し、尾行の有無を確認すると、小さな石橋の階段を上った。ゴンドラを通すために五、六段ある石段を上り下りする、ヴェネチアではどこにでもある橋だ。

対岸の橋のたもとの左手にある、クラシカルなガラスドアを開けてホテル・パラッツォ・プリウリに入った。川沿いにゴンドラ専用の入口がある四つ星ホテルで、夏樹はこのホテルに宿泊している。

仮面を取って、エントランスに入った。

「どうされたんですか?」

黒い蝶《ちょう》タイのホテルマンが、目を丸くして尋ねてきた。ホテルのスタッフは誰しも親切で、イタリア人らしい陽気さを持っている。

「帰るには早過ぎるからかい?」

夏樹は笑顔で尋ね返した。

「いえ、どうして、ずぶ濡れなのかと。雨でも降っていたんですか?」

ホテルマンは肩を竦《すく》め、首を振ってみせた。

「酔っ払いに絡まれて、水路に落ちてしまったんだよ。ついてないんだ」

今度は夏樹が肩を竦めて見せると、「それは、本当に不運だ」とホテルマンは苦笑がてら同情してみせた。

フロント横にある階段で三階に上がり、夏樹は通路の奥にある部屋に入った。ベージュの壁に大理石の床、中世の城に使われているような重厚な木製のベッドや椅子は、天井の大きな梁《はり》と調和し、落ち着きを覚える。

夏樹は着替える前にスーツケースに仕舞ってある盗聴盗撮発見機を出して、スイッチを入れた。室内のクリーン作業をするためである。部屋を出る前に確認してあるが、戻ったら必ずするものだ。

いきなり発見機の赤いシグナルが点灯した。

「………………!」

眉《まゆ》を吊《つ》り上げた夏樹は、その場に立ったまま発見機のアンテナを床と天井に向けてみた。だが、シグナルの強さは変わらない。

首を捻《ひね》った夏樹は、アンテナを近くの壁やベッドに当てた後、自分の体に向けてみた。発見機が胸ポケットでマックスに反応する。ポケットに指を突っ込むと、百円玉とほぼ同じ大きさの小型の位置発信機が出てきた。しかも、盗聴器を内蔵しているタイプである。

「やられたな」

シャワーを浴びるつもりだったが、タオルで体を拭《ふ》くと、急いで着替え、小さなバックパックに最低限必要な荷物とゴードン・ウィルソンから盗み取ったスマートフォンを入れた。何者かが夏樹の居場所を特定した可能性がある以上、すぐにでもホテルを出る必要がある。

夏樹はこのホテルだけでなく、ルッツィーニ・パレスホテルにもチェックインしていた。ヴェネチアは狭い場所なので、いざという時の避難場所として二カ所のホテルにチェックインしていたのだ。

「しかし、誰が？」

バックパックを担いだ夏樹は、テーブルの上に発信機を置いて自問した。

ドゥカーレ宮殿で〝マスカレード〟の会場に入る際に、身体検査を受けている。主催者であるMI6、あるいは開催国イタリアの諜報機関である対外情報・保安庁（AIS

E）が、参加者全員に発信機を付けた可能性もなくはない。
だが、発信機の存在がばれた場合、秘密会議を開いた意義はなくなり、信頼関係も崩壊する。そんなリスクを英国やイタリアが冒すとは思えない。そもそも、会議場に居合わせた英国やイタリアなら盗聴する必要もない。

フランスのDGSEの副長官であるベルナールを襲って彼の衣装を着る前に、ポケットはすべて確認している。その後、街に出て人混みの中を移動したが、体が他人と触れるような場面はなかった。

溜息《ためいき》をついた夏樹は、部屋のドアに手を伸ばした。

――待てよ。彼女か？

ドアノブから手を引っ込めた。ピンクの衣装を着た美女が脳裏に浮かんだのだ。

宮殿の大評議の間で出会ったリンジー・ドノバンは〝溜息橋〟を渡る際に体を密着させてきた。美人が近付いてくる理由は必ずある。これまで意味もなく女と出会い、情事を楽しんだことなどない。むしろ美女に何度も痛い目に遭わされている。

今さらながら、女に脇が甘いのは己の性格上、仕方がないと諦《あきら》めるほかないだろう。リンジーは夏樹がベルナールだと思って近付いたに違いない。ひょっとすると、夏樹が宮廷衣装を着てホテルから出るときから尾行していたのかもしれない。

夏樹は椅子をドアノブの下に斜めに立てかけてドアが開かないようにすると、服を脱いでシャワールームに入った。彼女が犯人なら、逃げる必要はない。襲ってくるようなら、丁重に出迎えて聞きたいこともある。

シャワーのコックを開いた。冷え切った体に熱いシャワーが降り注がれる。

「ふう」

夏樹は熱い湯を頭から被《かぶ》り、溜《た》め込んだ疲れを体から洗い流した。

2

ヴェネチア、デュオド・パレスホテルの一室、午後七時半。

夏樹にリンジー・ドノバンと名乗った女は足を組んで椅子に座り、ワインを片手に壁際の机に置かれているノートブックパソコンの画面を見ていた。画面にはヴェネチアの地図が表示され、三つの赤い丸が地図上に点滅している。

「どう？　動きある？」

バスローブを着た金髪の女が、リンジーの背中越しに尋ねた。シャワーを浴びていたらしく、まだ髪が濡《ぬ》れている。彼女もリンジーと同じくモデルのような体型で、美しい顔立ちをしていた。

「カーリー、あなたが仕込んだジョゼッペ・ビアラは、まだドゥカーレ宮殿内ね。ミランダのフィリップ・ヘスラーは、まだ街中を動いている。彼女が尾行中よ」

リンジーは画面から目を離さずにワイングラスを傾けた。

「あなたが処理したベルナール・マルティニは？」

カーリーという金髪の女は空のグラスにワインを注ぎながら聞いた。リンジーの仲間はカーリーとミランダの二人で、それぞれが〝マスカレード〟の会議にオブザーバーとして参加したフランス、ドイツ、イタリアの三人に盗聴器付き位置発信機を仕込んだ。ベルナールを除いた二人にも、リンジーが夏樹に近付いたように仮面を着け、ドレスで着飾って接近したのだろう。

「ホテル・パラツォ・プリウリから動かなくなったわ。今日はここに泊まるのかしら、チェックインしたホテルとは違うけど」

リンジーは首を捻っている。

「それだけ用心深いってことじゃない。さすがフランスの大物は違うわね。彼はあなたが担当よ。頑張って」

カーリーはワイングラスを掲げてみせた。

「今回のミッションは、ハードね。予想はしていたけど、宮殿内はジャミングされていて、盗聴できなかった。残るは参加者に接触して、会議の内容を知る手掛かりを得ること。私もシャワーを浴びたら、行動するわ。勝負は今夜よ」

リンジーはグラスのワインを飲み干した。位置発信機に内蔵されている盗聴器の電波は弱いため、百メートル以内に近寄らなければならないのだ。

「今回のミッションは、英連邦の四カ国とヨーロッパ三カ国の情報機関の実力者が揃う会議の盗聴よ。生半可なことじゃ達成できないわ。参加者に接触しても、情報が得られるとは思えない」

　カーリーは溜息を吐いた。

「米国抜きで先進国の情報機関が集まるのよ。会議の内容がなんであれ、米国にとっていい話が議題に上ったとは思えない。私たちの使命は、重大よ」

　舌打ちをしたリンジーが振り返ってカーリーを呆《あき》れ顔で見ていると、パソコンの横に置かれていた衛星携帯電話機が振動を始めた。

「あなたによ」

　カーリーがグラスを持った右手で電話機を指差した。

　リンジーは手ぐしで髪をたくし上げ、電話機を手に取った。

「分かっている」

「ＭＺ００４です」

　通話ボタンを押したリンジーはスピーカーモードにすると、電話機を机の上に戻した。英数字は彼女のコードネームなのだろう。

　――ＭＺ００１だ。会議はテロにあったらしい。詳細はまだ分かっていない。だが、参加者に死傷者が出たようだ。

　太い男の声である。コードネームの英字が同じことから、作戦上のトップらしい。

「テロ？　いったいどこからの情報なんですか？」

リンジーとカーリーは顔を見合わせて首を捻った。ミランダも含めて三人は、会議が始まる前から宮殿の近くにいたが、異変に気が付かなかったようだ。もっとも催涙ガスは広範囲に広がったものではないので、外部からは分からなかったとしても不思議ではない。テロが起きたというのなら、内部からの情報なのだろう。

——とある筋からの情報だ。交渉次第で、会議の内容も分かる可能性がある。情報源については、君らにも明かせない。

「我々の行動は無駄だったのですか？」

目を吊《つ》り上げたリンジーは、口調を荒らげた。彼女らが持ち前の美貌《びぼう》で、オブザーバー国の要人に盗聴器付き位置発信機を取り付けた行為が無になったのだ。腹を立てるのも当然だろう。

——結果的にそうなったが、君らを責めるつもりはない。それよりも、英国がテロは会議を妨害する米国の陰謀だと、息巻いているそうだ。

「米国の陰謀！　いいがかりじゃないですか」

リンジーは苦笑した。

——英国だけじゃない。開催国のイタリアは、メンツを潰《つぶ》されたとカンカンのようだ。彼らが今後、どんな行動に出るか分からない。ヴェネチアにいる君たちを探し出す指令を出すかもしれない。へたに動くべきじゃないだろう。

「ＭＺ００５が、ターゲットを尾行中です」

ミランダのことだ。

――すぐに戻すんだ。もはや、参加国の代表に用はない。新たな指令は、上層部と相談している。ホテルで待機せよ。

男は冷たく言い放つと、通話は切れた。

「馬鹿にして」

リンジーは忌々しげに衛星携帯電話機の通話ボタンを切った。

3

午後七時五十分。夏樹は重厚な木製の椅子に座り、ショットグラスに入れた琥珀《こはく》色のグラッパを飲んでいた。

グラッパはブランデーの一種だが、ワインではなく葡萄《ぶどう》の搾りかすであるポマースを発酵させたアルコールを蒸留して作られる。そのため、香りを楽しむのならショットグラスではなく、グラスの底が広がっているいわゆるグラッパグラスが望ましい。

ドゥカーレ宮殿での会議が始まる三日前にヴェネチア入りしている。宮殿だけでなく、街をくまなく探索し、作戦に備えた。探索中に宮殿からは離れた場所ではあるが、S・トロヴァゾ川沿いの酒屋でたまたまベルタ社の限定ボトルを見つけたので買ってみた。二〇一五年に永眠したベルタ社の総責任者であったジャンフランコ・ベルタに捧《ささ》げるために作られたものだ。香り高く、舌触りがシルクのような滑らかさを持つ逸品である。

夏樹はグラッパを楽しみながら、左耳の無線機に繫《つな》がれたブルートゥースイヤホンで、MI6のウィルソンに仕掛けた盗聴器からの音を待っているのだ。

彼らはまだ宮殿内にいるらしく、オーストラリア保安情報機構（ASIO）のブレッド・トンプソンとカナダ安全情報局（CSIS）のトーマッシュ・アーフィールドと打合せをしているのだろう。ジャミングされている宮殿を出れば、盗聴器から音が拾えるはずだ。

ポケットの衛星携帯電話機が反応した。安浦から受け取ったもので、盗聴防止の特殊なスクランブル機能がある優れものだ。

——グラッパだ。

安浦である。彼は様々なコードネームを持つらしいが、今回のミッションではグラッパを使っていた。夏樹がイタリアで仕事をするために、安易に使っているのだろう。それが頭の片隅に残っていたために酒屋でグラッパを見つけ、無性に飲みたくなったのだ。

「どうした？」

夏樹は不機嫌そうに尋ねた。ミッションは達成している。シャワーを浴びた直後に安浦には口頭で報告をした。また、腕時計型盗聴盗撮器で撮影した会議の映像やウィルソンのスマートフォンから会議で使われた映像を取り出し、安浦宛てに送っている。スマートフォンにはまだ色々な情報が詰まっているので、日本に帰ったら渡すことになっていた。もちろん今回の任務の報酬とは別料金である。

——相談に乗って欲しい。

安浦は猫なで声で言った。夏樹はリンジーと名乗った女に位置発信機を取り付けられたことは、言っていない。会議に参加した七ヵ国とは別に、会議を盗聴し、妨害する国がある。同じ国の仕業なのか、別の国が企てたことなのかは分からないが、安浦はその正体を知りたいのだろう。

「俺は続けて働くほど、暇人じゃないぞ」

——まだ、何も言っていない。実は君からの報告を友人に教えてやったのだ。

「回りくどいぞ」

——米国だよ。友人は幹部でね。大変喜んでくれた。情報を手にいれた君の手腕にも驚いていたよ。だが、君の例のコードネームを教えたら、納得したようだ。

米国ということなら、ＣＩＡなのだろう。しかも、〝冷たい狂犬〟というありがたくないコードネームを安浦は教えたらしい。自ら名乗ったコードネームではないが、世界中の情報機関に知れ渡っているようだ。先進国の情報機関は、ブラックリストに関しては横の繋がりがある。数年前に復帰した夏樹の情報はあっという間に世界中に流れたらしい。

「それで？」

——米国は、今酷《ひど》く困っている。〝マスカレード〟を構築されたら、米国はエシュロンを失い、盲目になる。

　先進国が世界の情報網から取り残されれば、国家の一大危機である。

「米国が先に喧嘩《けんか》を売ったんだ。自業自得だろう」

　夏樹は鼻先で笑った。

　――米国はホワイトハウスの執務室の映像と極秘文書が漏洩《ろうえい》したことに、腰を抜かしたらしい。大統領はすぐさま英国首相に電話をかけて誤解だと説明したようだ。だが、残念なことに英国は盟友であるニュージーランドの要人を死なせてしまったことで、非常に腹を立てており、聞く耳を持たないらしい。

「当然だ。会議場にテロリストを送り込んだのは、妨害工作を企んだ米国だと誰しも思っているはずだ。ニュージーランド代表はたまたま死んだのかもしれないが、催涙ガスがたんなるいたずらではすまされない」

　――英国首相は、「米国が犯人でないというのなら証明してみせろ、さもなくば〝マスカレード〟を発動する」と迫ったそうだ。そこで、米国大統領は、売り言葉に買い言葉で、「やってやる。ほえ面かくなよ」と言ったそうだよ。

　いささか芝居掛かった話し方で説明した安浦の笑い声が聞こえる。

「想像がつく」

　米国大統領が、電話をかけながら中指を立てている姿が目に浮かぶ。品性の欠片《かけら》もないあの男ならやりかねない。

——そこでだが、米国が犯人でないことを証明する新たなミッションを受けて欲しい。

「証明する？　犯人を捕まえろというのか？　たとえ証明したところで、AG0087という命令書がある限り、〝マスカレード〟は、食い止められないぞ」

英連邦の国々が腹を立てているのは、米国大統領が米国第一主義に基づき、身勝手に行動することなのだ。

——この件で、米国大統領は緊急にファイブアイズの会議を開くように提案している。もっとも、「ほえ面かくなよ」の一言でぶち壊したがね。大統領も深く反省しているらしい。米国の組織は、君が今回の任務に適していると考えている。しかも、犯人の顔を見ているのは、君だけだ。

「確かに顔は見ている。だが、相手は、プロだ。痕跡《こんせき》を残すような真似はしないだろう。今頃、フランスかドイツにいるんじゃないのか」

宮殿の地下牢《ろう》で夏樹は、ドイツ代表に扮《ふん》した男と一瞬だが闘っている。会議に潜り込んだ手腕も一流なら、格闘技でも侮れない男であった。

——米国のエージェントが手掛かりを握っているそうだ。すぐに合流して男を追って欲しい。

「エージェント？」

夏樹は右眉《みぎまゆ》を吊り上げた。むろん心当たりがある。リンジーと名乗った女だ。

——三人の女性エージェントが、ヴェネチアに潜り込んでいるらしい。彼女たちは会議に参加するフランス、イタリア、ドイツの要人に接触したそうだ。君は気が付かなかったのかな？

わざとらしく安浦が訊《き》いてきた。米国のために働く気はないが、女を使って位置発信機を仕込んできたCIAには、頭を下げさせる必要がある。

「分かった。ミッションは引き受けよう。女の居場所を教えろ」

グラッパを飲み干した夏樹は、ショットグラスをテーブルに置いた。

4

ホテル・パラツォ・プリウリを出た夏樹は北に進み、S・セヴェーロ川沿いのフォンダメンタ・サン・セヴェーロ通りに入った。時刻は午後八時を回っている。

警察署の西側にあるアパートメントの前の道で、店舗はなく、カーニバル中にもかかわらず人通りはあまりない。

百メートルほど歩くと、左手にカッレ・ディ・メッツォ通りに通じる橋がある。

ブルーネットの美人が石橋のレンガの手すりに座っていた。黒いタイトなパンツにグレーの防寒ジャケットを着ている。観光客というより、地元の住民のような格好だ。

「案内してもらおうか」

夏樹は、唐突に言った。髪の色もそうだが、大きなブルーの瞳《ひとみ》とふっくらとした唇に見覚えがあった。リンジー・ドノバンと名乗った女である。

「自己紹介もなしに一緒に行動するつもり？　少なくとも私は初対面のはずだけど」

リンジーは石段を降りてくると、人差し指を横に振ってみせた。彼女は夏樹がベルナールに扮していたことに気付いていないらしい。額のラテックスの人工皮膚はまだ貼り付けてあるが、ブルーのカラーコンタクトレンズは外している。雰囲気が違うために見分けがつかないのだろう。

夏樹は〝マスカレード〟の会議を妨害した犯人を見つけ出す、という新たなミッションを安浦から受けている。そのためにヴェネチアにいるCIAの三人の女性諜報員《ちようほう》と協力するように言われていた。

彼女らは夏樹を含めた会議に参加する三人の情報機関の要人に位置発信機を仕込み、現在も発信機は作動しているという。夏樹の情報ですでに犯人は、フィリップ・ヘスラーに扮した男ということは分かっている。そのため、彼の所持している位置発信機の電波を追って尾行しているようだ。

「俺のことは、どこまで聞いている？」

腕組みをした夏樹は、首を横に振った。彼女はどうせ偽名を名乗っているのだろう。諜報員どうしで自己紹介したところで、何の意味もない。また、ベルナールに扮していたことも言うつもりはない。

「あなたは、〝冷たい狂犬〟と呼ばれるフリーランスのエージェント。本部の資料には、あなたがこれまで関わったとされる事件と、殺害したと思われる敵国のエージェントの名前のリストが三ページもあるようだけど、本名も顔写真もないようね。変装の名人という記載はあったようだから、今も素顔じゃないんでしょう？　まさかコードネームで互いに呼ぶの？」

リンジーは質問を質問で返してきた。

「今の俺は、フランス人のクロード・デュガリだ。君はリンジーでいいんだろう？」

「クロードね。分かったわ。急ぎましょう。仲間が、ターゲットを尾行している」

リンジーは右手にスマートフォンを持ち、フォンダメンタ・サン・セヴェーロ通りを北に向かって走りはじめた。画面には地図が表示されている。ターゲットの位置情報が表示されているのだろう。

「ターゲットのホテルに向かっているのか？」

ドゥカーレ宮殿を脱出してから一時間半以上経っている。カーニバルを楽しんでいるのでなければ、ホテルに帰っているはずだ。夏樹と同じで川を泳ぎ、ずぶ濡《ぬ》れになっている。寒空の下、いつまでも濡れたままでいることはできないはずだ。

「それが、カーニバルの人混みに紛れ込んで、ヴェネチアの繁華街をうろうろしていたと思ったら、今度は北に向かって進みはじめたの。彼の仲間と接触を図っているんじゃないかと思うんだけど、カーニバル中だけに動きが摑《つか》めない」

リンジーは走りながら答えた。

「二人の仲間が、追っているのか?」

夏樹は彼女のすぐ後ろを走りながら尋ねた。

「ええ、そうよ」

「男の動いた軌跡を地図上に表示させられるか?」

「もちろん」

リンジーは走るのを止めて歩きながらスマートフォンを操作し、画面を夏樹に見せた。

画面上には発信機の移動した軌跡が表示されている。カーニバルの中心であるサン・マルコ広場の周囲とフェリーターミナルがある港などがブルーのラインで埋め尽くされている。ターゲットである男が、人混みの中を行ったり来たりしたのだろう。

「こいつは、動き回って尾行を確認していたんだ」

男の動きは尾行者を確認し、対処できるか判断していたに違いない。下手に逃げても追いかけられる。だとすれば、尾行者を抹殺し、後ろを気にせずに脱出するのが一番安全だからだ。

「ターゲットは発信機の存在を知った上で、行動しているということ?」

リンジーが立ち止まって振り返った。

「わざと発信機を捨てずに、君らが近付いて来るのを待っていたのだ。付け回されるのは誰だって嫌だろう」

夏樹は肩を竦《すく》めた。尾行者を捕まえて拷問し、自分の情報が漏れているのか確認する。

それが、プロの諜報員の仕事なのだ。夏樹の場合、それが少々限度を超えていたので、敵側に恐れられ、〝冷たい狂犬〟という不名誉なコードネームを付けられた。

「あなたなら、どうするの？」

リンジーは険しい表情で尋ねてきた。

「尾行されれば、殺すか、捕まえて拷問する。二者択一だ。だが、結局は殺す」

夏樹は冷たく言った。尾行を振り切ることが一番であるが、執拗《しつよう》に追ってくるのなら殺す。時間があれば拘束して情報を引き出すが、彼らは簡単に口を割ることはない。捕まえるのも、拷問するのも労力がいる。だから、対処できる人数だと判断したのなら、殺すのが一番なのだ。

「急ぎましょう」

両眼を見開いたリンジーは、再び走り始めた。

5

夏樹とリンジーは、フォンダメンタ・サン・セヴェーロ通りを二十メートルほど進んで次の角を右に曲がり、ボルゴロッコ・サン・ロレンツォ通りに入った。
三、四階建ての古いアパートメントが、道の両脇に建っている。外壁が剥《は》がれ落ち、磨《す》り減った赤レンガが剥《む》き出しになっている建物が多い。空き家となっているのか、郵便ポストがテープで封じられているドアもある。観光客が寄り付くような場所ではなさそうだ。

「こちら、MZ004。MZ005、MZ006、応答せよ」

リンジーは走りながら、ジャケットの襟に付けてある無線のマイクで仲間を呼び出している。だが、何度呼びかけても応答はない。

通りを抜けてS・ロレンツォ川に出た二人は近くの石橋から東のエリアに入った。目の前は石畳のカンポ・サン・ロレンツォ通りの古い井戸がある広場である。

「信号は今どこだ？」

夏樹は先を行くリンジーに尋ねた。

「隣りのエリアを東に移動中よ」

リンジーはスマートフォンを見て答え、広場の奥に進む。井戸は四十メートルほど先にあり、その右手に建つ建物の間に小道があるのだ。

「待て」

小道に曲がろうとするリンジーの肩を夏樹は摑んだ。

「急いでいるの」

リンジーは険しい表情で、睨《にら》みつけてきた。

「いいから、待て」

夏樹は背後にある井戸に向かった。井戸の後ろから人の足が覗《のぞ》いているのだ。

「仲間か？」

夏樹はポケットからLEDライトを出し、鉄の蓋《ふた》で覆われている井戸にもたれかかり、足を投げ出して座っている女の顔を照らした。黒髪の美人である。

「カーリー……」

リンジーは言葉を失った。

カーリーと呼ばれた女は、頸動脈《けいどうみゃく》を切られている。首から流れた血の量を見れば、脈を調べる必要もない。

「スマートフォンを貸せ」

夏樹は呆然《ぼうぜん》としているリンジーからスマートフォンを取り上げ、画面を見た。発信機の位置情報はなくなっている。たった今、破壊されたようだ。

「ミランダは？」

リンジーは広場をせわしなく見ている。仲間が殺されて狼狽《ろうばい》しているようだ。ＣＩＡの職員は三万人いるが、諜報《ちょうほう》員として海外で活動する局員はおよそ二千人。その中で作戦本部に所属し、暗殺を厭《いと》わない極秘の部署もあるが、それは一握りの存在である。リンジーは海外に派遣される諜報員としてのキャリアが浅く、仲間の死もはじめて経験したようだ。

「拉致《らち》されたようだな。尋問を受けているのだろう」

夏樹は発信機のアプリの設定を変えて、軌跡を表示させると、ブルーのラインが直線距離で百メートルほど先の路上で途切れていた。これで、発信機が破壊される寸前の場所までは分かる。

「尋問！」

リンジーは声を裏返らせた。むろん拷問のことである。追跡している男は、銃やナイフでミランダを脅して連れ去ったに違いない。

「行くぞ！」

スマートフォンを彼女に返した夏樹は、広場から建物の隙間のような小道であるカンポ・サン・ロレンツォ通りに足を踏み入れた。地図は頭の中にある。位置情報さえ分かれば、スマートフォンは不要だ。道は大きく曲がって東に伸び、S・アントニン川に突き当る。

二人は近くの石橋を渡り、建物のトンネルを潜って、コルテ・ノーヴァ通りに出た。まっすぐ数十メートル進めば、井戸がある広場で行き止まりになっている。袋小路《こうじ》からの抜け道は、途中の建物の一階にあるアーチの向こうで、建物のトンネルを抜けてカッレ・ゾルジ通りに出る。

発信機の軌跡はカッレ・ゾルジ通りの入口アーチ付近で途切れていた。

このあたりは観光客にも部屋を貸すアパートメントが多い場所であるが、武器を持って女を連れ回すような男がチェックインするとは思えない。男はミランダを連れてカッレ・ゾルジ通りに入り、さらに北に向かったのだろうか。

「あったぞ」

足元をライトで照らしていた夏樹は、石畳の路上に踏み潰《つぶ》されたらしい発信機の残骸《ざんがい》を見つけ拾い上げた。

「発信機を壊して、この先に入ったのね」

リンジーはカッレ・ゾルジ通りの入口である建物のアーチを指差した。

「そうかもしれないな」

頷《うなず》いた夏樹はライトを消し、リンジーとアーチを潜って全長四メートルほどのトンネルを抜けた。トンネルの先は幅が二メートルもない路地が続く。しかも、街灯もなく、建物の窓から漏れる慰め程度の明りが、壁と石畳の道を分けているに過ぎない。

トンネルを過ぎたところで、夏樹はリンジーの腕を摑《つか》んで近くの柱の陰に隠れた。

「どうしたの？」

リンジーが小声で尋ねてきた。

夏樹は唇に人差し指を当てて、柱から振り返ってトンネルの向こうを覗いた。

トンネルの入口近くにあるアパートメントのドアは、空き家らしくベニヤ板で塞《ふさ》がれていた。それが気になったのだ。

一分ほど息を殺して佇《たたず》んでいると、ベニヤ板で塞がれたドアが内側から開き、背の高い男が出てきた。暗闇なのでシルエットしか見えないが、ドゥカーレ宮殿で闘った男に間違いない。

発信機を破壊して路上に捨てたのは、そこから立ち去ったと思わせるためだったのだろう。夏樹とリンジーが離れて行くのを見計らって、反対方向に逃げて行くに違いない。単純な工作だが、尾行をまくには効果的である。

夏樹は腕時計のリューズを動かして盗撮機能をオンにすると、リンジーの肩を軽く押して動くなと合図し、トンネルを戻ってコルテ・ノーヴァ通りに出た。敵は只者《ただもの》ではないことは、分かっている。男の顔を撮影することで、万が一にも取り逃がした際の保険にするのだ。

予想通り、男は西に向かって歩いて行く。だが、夏樹の気配を察したらしく、男は数メートル先で立ち止まると振り返った。すぐ横にあるアパートメントのドアの上にある洒落《しゃれ》た船舶ランプの光が、男の顔を照らし出した。

スラブ系の眉毛《まゆげ》が太いアクの強い顔をしている。身長は一八五センチほどか。体形は宮殿の地下牢《ろう》で遭遇した男と同じである。それに、微《かす》かに男から漂う香水の香りが同じなのだ。グッチの〝ブラックギルティ・プールオム〟に間違いない。常人では嗅《か》ぎ分けることも難しいだろうが、長年武道で鍛え上げた夏樹の五感は、研ぎ澄まされている。

「貴様か、何者だ？」

男は英語で表情もなく尋ねてきた。だが、冷酷で、獲物を決して逃がさない猛獣の目付きをしている。

「聞きたいのなら、名乗れ」

夏樹も能面のような顔で答えた。

「コードネームは、カバーンだ。それで、充分だろう」

カバーンと名乗った男は、不敵に笑った。

「猪？　ロシア人か？」

カバーンは英語で洞窟《どうくつ》の意味があるが、発音はロシア語の猪に近かった。

「ほお、ロシア語が理解できるのか。ロシア人が勝手に付けたコードネームだがな」

男はふんと鼻から息を吐く。自ら名乗ったコードネームでなくとも、誇りに思っているようだ。それだけ、名が通った存在だと言いたいのだろう。

「冷たい狂犬と俺は呼ばれている。勝手に付けられたがな」

夏樹もカバーンの口真似をして鼻で笑ってみせた。北朝鮮の情報部が付けたコードネームだが、沈着冷静というのではなく、冷血で狂犬のように残虐という意味である。気に入っているわけではないが、夏樹を言い表していることは事実だ。

「冷たい狂犬？　聞いたことがある。確か日本人と聞いたが」

カバーンは首を捻《ひね》った。変装している夏樹の顔は、どう見ても日本人に見えないからだろう。二人がコードネームとはいえ名乗ったのは、相手をこの場で殺すという暗黙の了解があるからだ。

「世間話はその辺にしておけ。催涙弾を使った目的はなんだ？　俺を殺す自信があるのなら答えろ」

夏樹は男との間合いを詰めながら挑発した。

「誰が話すんだ」

ゆっくりと首を振ったカバーンは、いきなり右拳《みぎこぶし》を叩《たた》きつけてきた。

「だったら、死ね」

夏樹はカバーンのパンチを左腕ではね上げ、右手を目にも留まらぬ速さで振り上げた。

「むっ！」

カバーンは後ろに転がったが、すぐに立ち上がり身構えた。夏樹は右手に刃先が九センチほどのタクティカルナイフを隠し持っていた。カバーンは自ら後ろに飛び跳ねて転ぶことで、紙一重でかわしたのだ。並みの人間なら、首を深々と切り裂かれ、頸動脈を切断されていた。

「よくかわしたな」

「むっ！」

カバーンは立ち上がり、ジャケットの襟が切り裂かれていることに気付くと、西に向かって走り出した。

「逃がすか」

夏樹も後を追う。

カバーンはS・アントニン川に架かる橋の石段を駆け上った。数メートル遅れて、夏樹も石橋に差し掛かる。カバーンは、走りながら振り向きもせずに小さな黒い塊を足元に落としていった。

階段を転げ落ちてくるゴルフボールほどの大きさの物体の形状を確認するまでもない。手榴弾《しゅりゅうだん》であった。

「なっ！」

夏樹は石橋の手すりを飛び越え、空中に体を躍らす。

瞬間、爆発した。

追跡

1

午後九時、ルッツィーニ・パレスホテル。

この日二度目のシャワーを浴びた夏樹は、二つのショットグラスにグラッパを注いだ。ついてないと言えばそれまでだが、まさか一日に二度も真冬の水路にダイブするとは思ってもいなかった。

カバーンというコードネームを持つ男をコルテ・ノーヴァ通りから水路に架かる橋まで追いかけたものの、手榴弾で攻撃されてまんまと逃げられた。手榴弾は初めて現物をみたが、ゴルフボールよりも小さなオランダ製のV40 MINIだったようだ。手のひらに隠し持てるサイズにもかかわらず威力は強力で携帯に便利だと米軍やカナダ軍も使用していたが、十年近く前に製造が終了している。未《いま》だに闇で作られて流通しているのだろう。

「気付薬だ」

青ざめた顔で椅子に座っているリンジーにグラスの一つを渡すと、夏樹はベッドに腰を下ろした。彼女は同僚を亡くし、パニック状態になっていたために夏樹のホテルに連れて来たのだ。ホテル・パラッツォ・プリウリは、リンジーと合流する前にチェックアウトをしている。位置発信機はホテルのフロントの前に置かれているソファーの隙間にねじ込んでおいた。もっともCIAは回収することはしないだろう。

「ありがとう」

リンジーはグラッパを一気に飲んで大きな息を吐いた。彼女は、夏樹がカバーンを追って通りから姿を消した直後、男が出てきた空き家のアパートメントを捜索している。出入口のすぐ傍で彼女の同僚であるミランダが、頸動脈《けいどうみゃく》を切断されて殺されていたようだ。

手口は、カンポ・サン・ロレンツォの広場で殺されていたカーリーと同じだったらしい。叫び声を上げないように密《ひそ》かに殺すのに適した殺害方法で、暗殺のプロなら絞殺とともによく用いる。ただし、返り血を浴びないようにするには、それなりに技術が必要だ。その点、カバーンはプロ中のプロと言えるだろう。

「本部はなんと言っていた？」

夏樹はグラスを軽く回し、香り立つ琥珀《こはく》の液体を口に含んだ。

「二人の死体は、現場処理班が今晩中に到着して移送すると言っていたわ」

リンジーは溜息《ためいき》を吐いて項垂《うなだ》れた。

「任務は？」

同僚の死体の処理を気にしているのではない。ＣＩＡはリンジーに任務の続行を指示したのか知りたかったのだ。そもそも相手は暗殺も厭《いと》わない超一流の諜報《ちょうほう》員である。彼女では荷が重い。

「今、検討中らしい。〝トライアングル〟の二人があっさり殺され、本部でも動揺しているようなの。あなたは？」

トライアングルは三角形を意味するが、彼女たち三人のユニットのコードネームなのだろう。本部が動揺するというのなら、彼女らは意外に優秀で、これまでユニットとして様々な任務をこなしてきたに違いない。だが、二人が死んだ以上、コードネームは無用となった。だから彼女も口にしたのだろう。

「変わっていない。殺されたのは、俺の仲間じゃないしな」

夏樹は涼しい顔で答えた。

「冷たいわね。でも、それがプロということなのは、よく分かっているわ」

リンジーは空のグラスを前に突き出した。

「俺と組む意味もなくなったんじゃないのか？」

夏樹はリンジーのグラスにグラッパを注ぐと、自分のグラスも満たした。

「あなたは男の顔を知っていて、私たちは位置発信機を仕込んだ。フィフティー・フィフティーの関係だったけど、位置発信機を壊されたから、コンビを組むメリットは、少なくともあなたにはなくなった。今頃男は、ヴェネチアから姿を消しているわよね」

彼女はカバーンを追う術《すべ》を失ったと思っているらしい。

「そうだろうな。やつは、ヴェネチアにはもういないだろう。もっとも俺なら、まったく他人になれる。慌てて逃げるような真似はしないがな」

夏樹はグラスを掌《てのひら》で温めながら、グラッパを飲んだ。食道をゆっくりと流れ落ちる琥珀の液体が、胃を刺激する。夕食を食べていないことを思い出した。

「あなたは、どうするつもり？　というか、どうやって捜すつもり？」

リンジーはグラッパの香りを確かめることもなく、また一息で飲んだ。ショットグラスに入れているせいもあるかもしれないが、テキーラと間違えているようだ。

「やつのコードネームを知っている。それに顔写真もある。……はずだ」

苦笑を浮かべた夏樹は、ノートパソコンをテーブルに置き、立ち上げた。

「嘘でしょう。男の顔を撮影したの？　それともどこかの監視カメラの映像？」

リンジーは立ち上がり、夏樹の背後に立った。

「そんなところだ」

夏樹はパソコンと腕時計をブルートゥースで接続した。腕時計は高解像度の動画や静止画を撮影出来るが、モニタがないため撮影したデータを直接見ることができない。そのため、カバーンの映像がちゃんと撮れているかまだ確認していないのだ。

腕時計からパソコンに転送されたムービーデータをクリックする。画面にカバーンの姿が映し出された。十秒ほどだが、彼の顔がよく撮れている。

「あの時の？　でも、いつの間に……」

リンジーは言葉を失った。夏樹はカバーンが振り返るようにわざと背後に立ち、話しかけたのも彼の顔が鮮明に写ることを計算してのことであった。

「君の上司と、直接話ができないか？」

夏樹は振り返って彼女を見た。

カバーンのコードネームと顔写真を持っていても、夏樹にはどうすることもできない。それを安浦に渡したところで、同じである。だが、CIAならカバーンの顔のデータをコンピュータに登録するだけで、エシュロン上で顔認証プログラムを起動させ、世界中の監視カメラで彼を追跡することができるはずだ。

「CIAと取引するつもり？」

リンジーは目を細めて見返してきた。

「そういうことだ」

これまで仕事上、CIAとは敵対することもあったが、手を組むことも必要に応じてするつもりだ。だが、利用されないように最大限の注意を払う必要があるだろう。

「喜んで、紹介するわ。でも条件がある」

リンジーは人差し指を立てて言った。意外としたたかな女のようだ。

「なんだ?」

「私を外さないことよ」

リンジーは悪戯《いたずら》っぽい笑みを浮かべた。

2

翌日の午前九時二十分、夏樹とリンジーは、パリ12区バスティーユにあるパティスリー〝ブレ・シュクレ〟のテラス席に座っていた。

二人はマルコ・ポーロ国際空港と呼ばれているヴェネチアのテッセラ空港から午前六時五十五分発のエールフランス航空機に乗り、午前八時四十五分にパリ・シャルル・ド・ゴール国際空港に到着している。

軽めの朝食をリンジーが食べたいというので、夏樹はチェックインをしたパリ3区にあるホテルからタクシーを飛ばしてバスティーユ広場からほど近い店にやって来たのだ。有名ホテルのパティシエだったオーナーが腕をふるう店で、菓子だけでなくパンも焼いており、パリで一番うまいクロワッサンが食べられると評判の店である。

夏樹はサラダにクロワッサンとカプチーノを購入し、トレーに載せて席に座った。向かいの席に腰を下ろしたリンジーのトレーには、クロワッサンだけでなくタルトフレーズが載っている。この店では、タルトに使われる果物などのガルニチュールに缶詰は使用しておらず、新鮮な素材と甘さ控えめの生地でパリジャンだけでなく観光客をも虜《とりこ》にしている。パティスリーだけに種類も豊富で、選ぶのに苦労したようだ。

「何！　このクロワッサンの美味《おい》しさ。私がこれまで食べてきたのは、一体何だったの！」

リンジーが目を丸くした。厳選されたバターを惜しげなく使い、丹念に生地を打っているからこそできる絶品である。美味《うま》くて当然なのだ。もっとも米国で本物のクロワッサンは滅多に食べられないかもしれない。

「後悔しないといっただろう」

夏樹もクロワッサンを一口食べ、カプチーノを飲んだ。コーヒーに関しては妥協するつもりはないが、なかなかうまい。クロワッサンはさくさくの生地を嚙《か》んでいるうちに、濃厚な香ばしいバターの香りが口いっぱいに広がる。ある意味贅沢《ぜいたく》な朝食になった。彼女はホテルのレストランに行きたかったようだが、夏樹がこの店を勧めたのだ。

店の前のアントワーヌ・ヴォロン通りの向こうは、アルマン・トルソーという公園で、敷地こそ狭いが樹木が鬱蒼《うっそう》として眺めもいい。ただし、気温は六度、それに小雨がちらついている。テラス席は天気が悪いためオーニングの下の二卓だけで、もう一つのテーブルも寒さを気にしないらしいカップルが座っていた。

暖かい室内でゆったりとしたい彼女の気持ちも分かるが、あえてテラスのある路面店を選んだ理由はあった。午前十時半に、バスティーユ広場の前にある歌劇場であるオペラ・バスティーユのバス停で、CIA幹部と会うことになっている。待合せ場所に近いこともあるが、体を少しでも寒さに慣らしておくためだ。

三十分後、店を後にした二人は、街路樹が美しいルドリュ・ロラン通りから高架橋を潜ってすぐに右折し、交差するドメニル通りには出ないで、近くの階段を上がり高架橋の上にある緑溢《あふ》れる遊歩道に出た。

一九六九年までバスティーユとサン・モールを結んでいた国鉄近郊線の高架橋を改修して造られた商業施設の屋上にある遊歩道〝プロムナード・プランテ〟である。都会のオアシス的な存在で、観光客にも人気のスポットだ。

遊歩道は直線のため見通しは利く。リンジーは夏樹の左腕に右腕を絡ませ、二人は恋人のように振る舞っているが、尾行がないか確認しながら歩いているのだ。

行き交う人は、さほど多くはない。子犬を散歩させている女性やレインコートを着た老夫婦が通り過ぎた。この時間に遊歩道を歩くのは、地元の人間だけだろう。

少し歩くと森のような植栽に切れ込みがあり、ドメニル通りが見下ろせる展望スペースがあった。眼下に色とりどりの傘を差した人々の姿が見える。

夏樹はネクタイこそしていないが、ビジネスマンのようなグレーのスーツに黒いトレンチコートを着ていた。リンジーもタイトスカートのスーツにブーツ、それに洒落《しゃれ》たアイボリーのロングコートという格好をしている。傘は差していない。

「尾行はないようね」

　リンジーは耳元で囁《ささや》くように言った。彼女の白い吐息が、夏樹の耳元をくすぐり、ほろ苦く甘い〝ロリータレンピカ〟の香りが鼻腔《びこう》を刺激する。振り向くと、いつの間にか彼女の唇が目の前にあった。ふっくらとした潤いのある唇は夏樹の好みである。

「…………」

　言葉を忘れた夏樹は、たわわに実る果実を食べるがごとく、彼女の唇を吸った。川の流れに身を任せるように、女性を受け入れるのが夏樹の流儀なのだ。

　夏樹は彼女を抱き寄せるとコートの左手をさりげなくポケットに入れて、彼女のスマートフォンの電源を切った。

「時間だ」

　しばしの間、官能的な唇を堪能《たんのう》した夏樹は、後ろ髪を引かれる思いで彼女から離れた。午前十時二十分になっている。待合せ場所までは五分ほどで着けるだろう。だが、余裕をもって行きたいのだ。

「そうね。行きましょう」

　リンジーは溜息《ためいき》を漏らすと、夏樹に寄り添ってきた。彼女を一人にするのは危険だったので、昨夜は夏樹の部屋に泊めている。大人の男と女が、最良のコミュニケーションを取っているのだ。

「ゆっくり歩こう」

尾行や監視がないとは言い切れない。どこにでもいるカップルを装って、街に溶け込んでいるつもりなのだが、彼女は昨夜の余韻を楽しんでいるらしい。

「あなたは、今、素顔じゃないんでしょう？　昨夜見た顔とも違っている」

リンジーは唐突に尋ねてきた。今日はあえてカラーコンタクトレンズを入れていない。それに彼女が眠っている間、目の下にラテックスの皺《しわ》を貼り、髪も少し褪《あ》せた栗色にして昨日よりも年齢を上に見せている。

「他人に素顔を見せるほど、心臓は強くないんだ」

鼻で笑った夏樹は、彼女の肩を抱いて歩きはじめた。

二人は遊歩道の突き当りの階段を降りて、ドメニル通りの歩道に出た。通りは数十メートル先で、リヨン通りと交わる。

緩やかなカーブを右に曲がり、ドメニル通りからリヨン通りに入る。通りの突き当りにブルーグレーの巨大な柱が見えてきた。バスティーユ広場の中心に立つ〝七月革命記念柱〟である。

一七八九年七月十四日、八千人の市民が、国王の権力と圧政の象徴であったバスティーユ監獄を襲撃した。フランス革命の発端である。革命後、監獄は取り壊されて広場になり、一八四六年に広場の中心に〝七月革命記念柱〟が建てられた。また、広場の西側にあったバスティーユ駅の跡地に一九八九年に建てられたのが、〝オペラ・バスティーユ〟である。

二人は鬱蒼とした街路樹がある場所を抜け、見通しの利く歩道に出た。

「嫌な場所を選んだものだ」

夏樹は右手にあるガラス張りの近代的なデザインの〝オペラ・バスティーユ〟を見て言った。この建物の周囲に街路樹はない。おそらく、どこからでも建物のデザインを見られるようにするためだろう。見晴らしがいい分、狙撃《そげき》されやすいということだ。待合せ場所にCIAが選んだ理由は、夏樹を監視するのに都合がいいからに違いない。

地下鉄の出入口を過ぎると、バスティーユと記されたバス停がある。

夏樹とリンジーはバス停のポールの前に立った。

待合せの相手は彼女の直属の上司であるパリ支局長のリアム・チャップマンだと聞かされている。パリ支局長は、ロンドン支局長とともにCIAでは地位が高いので、取引相手として不足はない。

ベンツの豪華ミニバンであるスプリンター・グランドエディションが、目の前に停まった。

ドアが開き、革張りの肘掛《ひじか》け椅子に座っている中年のスーツ姿の男が、夏樹を見て無言で頷《うなず》いてみせた。広々とした空間に四つの椅子が向い合せに配置されており、運転席側と反対側の壁に三十二インチのモニタがある。ちょっとした応接室のようだ。

「彼よ」

リンジーが囁き声で教えてくれた。パリ支局長に間違いないらしい。

「のようだな」

夏樹はリンジーを先に乗せると、車に乗り込んだ。

3

夏樹を乗せたスプリンター・グランドエディションはバスティーユ広場を抜け、サンタントワーヌ通りを走っている。もっとも応接室のような後部席の窓はすべてシェードが上げられているため、西に向かっていることは分かっているが正確な現在位置を知ることができなかった。

夏樹は車の進行方向に向かって座るチャップマンの前に腰をかけ、リンジーは彼の右隣りに美しい足を組んで座っている。彼女は己の美貌《びぼう》で男を操る方法を武器として、これまで諜報活動をしてきたのだろう。

チャップマンはパリ支局長だと自己紹介したが、夏樹は加藤大吾《かとうだいご》だと名乗っている。どうせ、本名だとは思っていないだろう。それにCIAのサーバーから夏樹のデータを閲覧しているはずだ。

「エスプレッソにするかね。それともシャンパンもあるが」

チャップマンが、笑みを浮かべて言った。長年諜報機関に勤めてきただけに作り笑いはうまいようだ。

リンジーの近くの壁にエスプレッソマシンが埋め込まれており、反対側の夏樹のすぐ左手の壁にショットグラス、シャンパングラス、ウィスキーグラスの三種類が収められているガラスケースがあった。また椅子の間にはスリムな引き出し型の冷蔵庫もあるため、そこにシャンパンが冷やしてあるのだろう。

「気を遣わなくてもいい」

業界の人間を信頼するほど、間抜けではない。エスプレッソマシンはカプセル式でシャンパンも開封前だからといって、何かを混入されている可能性がゼロではないのだ。もっとも、工場で作られたカプセル式の豆で淹《い》れたエスプレッソを飲むほど落ちぶれてはいない。

「それじゃ、本題にはいろうか」

肩を竦《すく》めたチャップマンは、椅子の間にある引き出し型の冷蔵庫からミネラルウォーターのペットボトルを出した。

「米国は、これからどうするつもりだ？」

夏樹はあえて聞いてみた。ファイブアイズの参加国は、米国の行き過ぎた情報活動を許すはずがないだろう。具体的な行動を取らない限り、米国は孤立し、政治面だけでなく経済的にも窮地に追い込まれるはずだ。

「むろん、ヴェネチアで開催された会議で、テロをしでかした男を放っておくことはできない。犯人を特定し、我国が無関係だということを証明したい」

チャップマンは淡々と答え、ペットボトルの水を飲んだ。

「それで？」

夏樹は腕を組んで、先を促した。したたかなCIAの幹部と取引するには、主導権を握る必要がある。

「我々は目下、総力を挙げて犯人の足跡を調べている」

「手掛かりもなしに？」

夏樹はふんと鼻息を漏らした。

「手掛かりはあるが、詳しく話すことはできない。君もプロの諜報員なら分かるだろう？」

チャップマンは穏やかに首を横に振ってみせたが、微《かす》かに右頰を引き攣《つ》らせた。

「そもそも、あの会議に米国がまったく関わっていなかったと言えるのか？」

「まさか、カーニバル期間中のヴェネチアで先進国の情報機関の高官の秘密会議があると、誰が考える？　CIAでも予測不可能な事はあるのだ」

チャップマンはまた水を飲んだ。極度に緊張すると、喉《のど》が渇くものだ。

「情報は、カナダから得たんじゃないのか？　それに、会議に参加したフランス、イタリア、ドイツの高官に盗聴器付き位置発信機を仕込んだ理由を聞かせてくれ。まさか、たまたまドイツの高官に変装した男に、発信機を取り付けたなんて白々しい嘘をつくつもりはないよな？　もっとも本物と勘違いしたようだが」

会議ではカナダ代表だけが発言を控え、よそよそしかった。

「えっ!」

チャップマンとリンジーが同時に声を上げた。

「フランスの高官に仕掛けた発信機は、ホテル・パラツォ・プリウリにある。それにイタリアの高官の発信機は、衣装がクリーニングに出されていないのなら、まだ、ホテル・ガブリエーリのジョゼッペ・ビアラの部屋にあるはずだ。まだ、回収していないんだろう?」

夏樹はイタリア代表であったビアラの宿泊先まで調べ上げていた。それに位置発信機を回収するような真似を彼らは絶対しないだろう。

「どっ! どうして!」

声を上げたチャップマンが腰を浮かした。この程度のことで感情を抑えられないようなら、大した男ではなさそうだ。

「俺は秘密会議の盗聴盗撮に成功している。方法は教えられないがな。日本の国家情報局からCIA本部にもたらされた情報の提供者は、俺だ」

ベルナールに扮《ふん》していたことを言うつもりはない。

「そっ、そんな……」

リンジーが胸に手を当てて首を振っている。仲間と果たせなかった任務をクリアしていることに、ショックを覚えているらしい。

「ドイツの高官に扮していた男のコードネームは、カバーン、ロシア語で猪の意味だ。本名は、ズボニール・バビッチ。今教えられる情報は、ここまでだ」

夏樹はコードネームを安浦に問い合わせていた。

案の定、カバーンは業界で知られた存在だったようだ。セルビアで最強の特殊部隊〝コブラ〟に所属し、部隊はボスニア・ヘルツェゴビナのフォチャ地域で、ボシュニャク人を大量に虐殺した。

一九九二年のいわゆる〝フォチャの虐殺〟だ。セルビア人が、非セルビア人市民に対しておこなった大量殺人で、旧ユーゴスラビア国際戦犯法廷でジェノサイドと認定されている。そのためセルビアを陰で支えていたロシア軍から〝皆殺しのカバーン〟と呼ばれていたらしい。だが、十二年前に退役し、消息を絶っている。噂では、諜報の世界で活動しているようだ。

「カバーン？」

チャップマンが訝《いぶか》しげな目を向けてきた。バビッチのことを知らないからだろう。夏樹は安浦から得られたバビッチの情報から、ヴェネチアで会った男に間違いないと確信した。

十二年前のデータであるが、射撃、格闘技など兵士としての能力だけでなく、ベオグラード大学で物理学を学んだインテリでもあり、語学も堪能のようだ。性格が極端に冷淡で、大学卒業後、大学院には進まず軍に入隊したらしい。

現在の年齢は四十一歳、バビッチが若き頃のセルビアは、ユーゴスラビアの解体により、クロアチア紛争やボスニア・ヘルツェゴビナ紛争の影響で国家は経済的に疲弊し、社会情勢も不安定だった。彼が軍人になったのは、当然だったのかもしれない。

「やつの顔写真や音声が入ったデータを持っている。俺の情報を元にエシュロンで捜すことができるはずだ」

夏樹は右手でコートのポケットを探る振りをしてスマートフォンを操作した。近くにある他人のスマートフォンをペアリングさせる特殊なソフトを起動させたのだ。これは、夏樹が長年情報屋として雇っている天才的ハッカーである森本則夫《もりもとのりお》が作ったもので、ペアリングすることで他人のスマートフォンを乗っ取り、情報を引き出すことができる。だが、ペアリングしたい相手に近付く必要があり、電源が入ったスマートフォンが近くに複数あると誤動作してしまう。そのため、リンジーのスマートフォンの電源をあらかじめ切っておいたのだ。

「これだ」

ペアリングアプリを起動させると、カバーンのデータをコピーしたUSBメモリをポケットから出して指先で摘《つま》み、チャップマンの目の前で振ってみせた。ペアリングは十数秒で完了する。うまくいけば、相手の電話番号や電話帳や電子メールアドレスなどの個人情報をコピーできるはずだ。もっとも、夏樹のような諜報員《ちょうほう》なら電話帳は一切登録しないので、期待はできない。

「顔写真か、なるほど」

チャップマンは小さく頷《うなず》き、ＵＳＢメモリに手を伸ばした。

「ただし、条件がある」

夏樹はＵＳＢメモリを引っ込めた。

「条件？」

チャップマンは溜息《ためいき》をつくと、椅子にもたれかかった。

「カバーンを追い詰めるのは俺に任せろ。エシュロンで得られた情報は、リンジーを通じて俺に供与してくれ」

夏樹はリンジーをちらりと見て言った。彼女を傍に置く事で、ＣＩＡを管理するつもりである。単独で行動すると、ＣＩＡからの情報を得られずに裏切られる可能性があるからだ。別に彼女との約束を守っているつもりなどない。

「彼女から？」

チャップマンは、リンジーが夏樹と組みたいと思っていることをまったく知らない。

「私もカバーンの姿を見ています。私ならカバーンの捜索に適任だと思います」

リンジーは力強く言った。よほど仲間の復讐《ふくしゅう》がしたいのだろう。

「君は、冷たい狂犬と組むというのか？」

チャップマンは首を捻《ひね》って彼女を見た。

「彼が優秀な諜報員だということは、証明済みです。でも、捜査状況を誰かが報告しなければなりません。彼が屈強な男性エージェントと組みたいというのなら別ですが」

リンジーは大袈裟《おおげさ》に肩を竦めてみせた。

「男？　馬鹿な」

夏樹は右手を横に振った。

4

ベンツのスプリンター・グランドエディションは、オペラ通りを南に下り、ローアン通りからリヴォリ通りを横切ってカルーゼル広場に入り、ルーヴル美術館の前で停まった。

時刻は午前十一時を過ぎている。バスティーユ広場から直線距離で三キロもない。車は三十分もの間、市内をうろついていたことになる。

「情報は逐次、リンジーに流す。今日は、パリで羽を伸ばしたらどうかね」

チャップマンはにこやかに言った。夏樹から情報を得られて、喜んでいるようだ。

「そうするつもりだ。言っておくが、俺が渡した情報は、必ずあんたのパソコン上で見てくれ。一般の職員に見られてはまずい情報もある。それに、苦労して手に入れた情報を安売りしたくないんだ」

「分かった。最後に質問させてくれ。君との契約は、どうしたらいいんだ。日本の国家情報局と契約をすればいいのか？」

組織の諜報員に契約は必要ない。上から命令するだけだ。チャップマンはフリーランスのエージェントにはじめて会うのかもしれない。

「必要ない。俺はフリーランスで、日本の国家情報局のエージェントではないからな。必要経費は請求するが、報酬は国家情報局と契約済みだ。二重契約は、道義に反する」

安浦の狙いは、犯人を見つけて米国に恩を売ることだ。米国から報酬をもらったのでは意味がなくなる。

「必要経費のみ、こちらで持てばいいんだな。了解だ。リンジーと組んで任務に当たってくれ」

チャップマンは大きく頷いた。金の問題がクリアになったので、安心したのだろう。

「忘れていたが、USBメモリにはロックが掛けられている。パスワードは、23081だ」

「誰が、パスワードを決めたんだ？」

チャップマンは眉《まゆ》を吊《つ》り上げた。パスワードは、バージニア州ジェームズタウンの郵便番号であり、彼の生まれ故郷だからだ。チャップマンのことは、あらかじめ調べてきた。といっても、中国の諜報機関である中央軍事委員会連合参謀部の幹部である梁羽《りょうう》から聞き出したのだ。ＣＩＡには中国の諜報員が潜り込んでいるため、職員の情報は簡単に手に入れられるらしい。

梁羽は夏樹の少年時代の八卦掌《はっけしょう》の師であり、敵対関係にありながら諜報員としては大先輩になる。また、一昨年《おととし》のことだが、中国を貶《おとし》めるテロ組織壊滅に夏樹が大いに活躍したことで、梁羽は様々な便宜を図ってくれるようになった。もっとも協力するのは、互いの国益を損なわないという条件の下である。

夏樹は車から降りた。相変わらず霧のような細かい雨が降っている。気温もまだ十度以下だろう、車の中が快適だったため余計寒さが応《こた》える。

「雨は、まだ降っていたのね」

リンジーも車から降りると、コートの襟を立てた。

「連絡はすぐにできるとは限らない。二人とも今のうちに羽を伸ばしておくことだ」

チャップマンはそう言うと、ドアを閉めた。

「羽を伸ばすねえ」

夏樹は振り返って、遠ざかるスプリンター・グランドエディションを見送った。

「そう言われても戸惑うわね。パリ支局に配属されて二年になるけど、パリで観光なんてほとんどしたことがないわ」

「それにしても、なんでこんなところで降ろしたんだ。支局に近いのか？」

小雨降る平日、美術館前の広場は閑散としていた。おそらく支局に帰るついでに降ろしたのだろう。

「そういうわけじゃないんだけど、観光スポットだからでしょう」

リンジーは苦笑している。図星だったようだ。チャップマンは夏樹から情報を手に入れたので、支局に一刻も早く帰ろうと焦っていたに違いない。CIA支局の質も落ちたものだ。

「さて、どうしたものか」

ホテルに帰るには早いし、小雨が降る中、観光するつもりもない。

「この近くに、ブラッセリーがあるわよ」

リンジーは、スマートフォンで近くの店を検索している。

「ル・カルーゼルだろう。観光客が多い店だな」

一年前の記憶に間違いがなければ、落ち着いた店ではない。

「あとは、スターバックスにマクドナルド、ハーゲンダッツもあるわね」

リンジーは次々と名前を挙げるが、ルーヴル美術館の近くまで米国文化に侵されていることに気付かないのだろうか。

「リヴォリ通りを西に進めば、何軒かレストランやカフェがある。散歩がてら歩こう」

二人はカルーゼル広場を渡って北に進み、商業施設であるカルーゼル・デュ・ルーヴルの下を潜ってリヴォリ通りに入ると、横断歩道を渡って反対側のアーケードに入った。

リヴォリ通りはナポレオンによって建設された道路で、ルーヴル美術館に隣接するチュイルリー庭園の北側にあるアーケードには有名なブランド店や土産店が並んでいる。

アーケードを2ブロック歩くと、ピラミッド通りとの交差点にオープンカフェであるル・カルーゼルがあった。寒いのに外のテーブル席も客で埋まっている。

「あなたの言う通りね。観光客でいっぱい」

リンジーは左右の掌《てのひら》を合わせて、息を吹きかけた。手先がかじかんできたのだろう。

「2ブロック先に、少しましなカフェがある。そこなら、座れるだろう」

「あなた、やけに詳しいけど、パリに住んでいたの？」

リンジーは首を傾げたものの、夏樹に寄り添って歩き始めた。

「世界の主要都市の地理は頭に入れてある」

仕事柄、いつでも海外で仕事ができるように準備は怠らない。それにパリは、前回の任務でも来ている。

1ブロック歩いた夏樹は、リンジーの肩を摑《つか》んで突然7月29日通りに右折した。

「どうしたの？」

リンジーは低い声で尋ねてきたが、慌てる様子はない。

「リヴォリ通りに入ってから、尾行されている。ひょっとして、君の同僚か？」

「……否定はしないわ」

リンジーは暗い声で答えた。

夏樹は無言で次の交差点で右に曲がり、サントノーレ通りに入った。

手を挙げた夏樹は、車道に身を乗り出した。

タクシーが二人の前で停まった。パリはタクシーの絶対数が足りない。一方通行で観光客も多いサントノーレ通りで、空のタクシーが走っていることは珍しいといえる。

パリでタクシー運転手になるには、タクシー運転手免許証のほかにタクシー営業許可証を取得しなければならない。事実上の上限規制があるため、タクシーの台数が少ないのだ。だが、それに反して、スマートフォンのアプリで配車サービスし、普通免許で営業するＵｂｅｒ《ウーバー》が急増したため、反発するタクシー運転手がストライキや暴動を起こすなど、社会問題化している。

「ボンジュール、ヴィクトル・ユゴー通りまで行ってくれ」

夏樹は流暢《りゅうちょう》なフランス語で言うと、ポケットから盗聴盗撮発見器を出して、スイッチを入れた。これは安浦から支給されたもので、市販品とは違い、位置発信機の電波も拾うことができる。

発見器を彼女に向けると、グリーンのライトがレッドに変わった。

「出してくれ」

夏樹は左手を出した。

「これは、私の安全装置でもあるの」

リンジーは首を横に振った。

「俺は組織の管理下で仕事はしない」

「分かったわ」

リンジーはコートのポケットから位置発信機を取り出した。彼女が夏樹に仕込んだものと同じである。

彼女から発信機を奪うと、ウィンドウを下げて外に捨てた。

「俺のルールに従えないのなら、下りろ」

夏樹は冷たく言い放った。

5

午後五時、パリ8区、モンテーニュ通り。

通りに面した五つ星、ホテルプラザアテネの一室に夏樹はチェックインしている。

リンジーは、ヴィクトル・ユゴー通りでタクシーから降ろした。夏樹はそのままタクシーに乗り、モンテーニュ通りで降りてホテルにチェックインしたのだ。今朝チェックインしたパリ3区のホテルはCIAに監視されている可能性があるため、戻っていない。CIAでカバーンの情報が分かれば、リンジーから連絡が来ることになっている。チェックインしてから四時間近く経つが、途中で近所のシューペルマルシェ（スーパーマーケット）で買い物をしただけで、カバーンの居所が分かるまで動くつもりはない。

夏樹はベッド脇のテーブルに置かれているグラスにフレンチウィスキーである〝バスティーユ　1789〟を注いだ。フランス北西部産のモルトとグレーンを原料にした本格的なブレンディッドウィスキーである。

衛星携帯電話機を左手に持ち、通話ボタンを押した。

「ボニートだ」

夏樹はよく使うコードネームを言った。

――バカラだ。うまくいっているようだな。

安浦である。今回はフランスにいるため、コードネームをまた変えたのだ。

「順調といえば、順調だ。ひょっとして、繋《つな》がったのか？」

――やつは本部のお偉いさんにメールを送っている。君と取引したことや君から得た情報をすでに使っているようだ。

やつとはチャップマンのことである。夏樹が渡したUSBメモリの中には、コンピュータウィルスである〝VZ101〟を忍ばせてあった。データを渡すことよりも、むしろチャップマンをCIAの情報源にすることが目的だったのだ。ちなみにウィルス付きUSBメモリは、安浦から供与されたもので、日本から持ち込んでいたのである。

使う際に010694というパスワードを入れないと、ウィルスが感染してしまう。チャップマンには別の数字を教えたが、五桁《けた》の数字なら何を入力してもロックは解除できるのだ。彼に関係している番号を教えたのは、からかっただけである。

「あの組織が裏切り、俺に情報を与えずに勝手にターゲットを捜索する恐れがある。何か分かったら、すぐ教えてくれ」

リンジーから情報を得る約束をチャップマンとしたが、素直に信じるつもりはない。CIAはいざとなったら、自分の力で解決しようとするだろう。

――分かっている。こちらの強みは、今のところ、二カ所から情報を得られることだ。MI6のウィルソンとCIAのチャップマンから得られる情報のことを言っているようだ。だが、彼らがリアルタイムにエシュロンの情報を摑んでいるとは思えない。

「あまり期待は持てないが、頼んだぞ」

夏樹は通話を終えると、テーブルのグラスを手に取り、バスティーユ　1789を飲んだ。弾《はじ》けるような華やかな香りが特徴で、コニャック地方で作られるだけあって、滑らかで口当たりがいいウィスキーだ。食前酒のつもりでホテルの近くにあるシューペルマルシェ（スーパーマーケット）で買ってきた。外食する予定だが、夜が更けてから出かけるつもりである。

グラスを手にソファーに腰掛け、大きな息を吐き出した。ウィスキーを買ってきたのは、少々溜《た》まっている疲れを癒《いや》すためだ。

夏樹はスマートフォンを出すと、腕時計の隠しカメラから転送した映像データを見はじめた。時間はたっぷりとあるだろう。撮影された映像からカバーンを研究するつもりである。

スマートフォンに映し出されているのは、ヴェネチアのドゥカーレ宮殿で行われた秘密会議の様子である。一番撮影時間の早い映像から、順番に見るつもりだ。持参したノートパソコンで見ればいいのだが、今朝チェックインしたホテルに荷物は置いてあるため、仕方なくスマートフォンで見ている。

腕時計の隠しカメラ機能は、会場となった密文書大臣の部屋に入った直後から作動させている。夏樹は帽子を取る前に、会議室を一通り撮影していた。

夏樹の後から入ってきたドイツ連邦情報局（ＢＮＤ）の副局長に扮《ふん》したカバーンが映っている。実に落ち着いた態度で、椅子に腰掛けた。カメラの視点はすぐに司会者であるウィルソンに向けられる。

ウィルソンにより会議の趣旨が説明されたのち、議論に入った。だが、すぐにテーブルの下から白い煙が湧き起こる。夏樹はこの時、水で濡らしたハンカチで口と鼻を塞《ふさ》ぎ、部屋の片隅で様子を窺《うかが》いながら撮影していた。

各国の諜報機関の大物がパニックになっている。実に面白い映像だ。ユーチューブにアップして、公開すれば受けることは間違いない。もっともこの映像を見るのは二度目だが、記憶との差異はなく、目新しい発見はなさそうだ。

カバーンが出入口のドアに殺到していた他のメンバーをどかしてドアを蹴破《けやぶ》った。映像はそこから天井や壁を映している。床に倒れたウィルソンからスマートフォンを盗み出す目的で、夏樹が駆け寄ったため、腕時計のカメラがあらぬ方向を向いたからだ。

「待てよ」

夏樹は慌てて映像を巻き戻して、再生した。

死亡したニュージーランド代表であるグレン・ロファスが、床に倒れる瞬間が気になったのだ。彼が咳《せ》き込みながら倒れる寸前にカバーンが、彼の肩に触れていた。てっきり、催涙弾のガスを吸い込んでロファスは、心臓発作を起こしたものだと思っていたが、どうも様子が違う。

首を捻《ひね》った夏樹は再度映像を巻き戻して見た。カバーンはロファスの肩を軽く叩《たた》き、直後に異変は起きている。毒殺かもしれない。最初にこの映像を見た時は、議長のウィルソンにだけ注意していたため、催涙ガスでパニックになった後の状況はよく見ていなかった。

夏樹はすぐさま衛星携帯電話機で、リンジーに電話を掛けた。

「マスカレード会議で死亡したニュージーランドのグレン・ロファスの死体が、どうなっているのか、至急調べてくれ」

――どういうこと？

「君の組織なら、簡単なことだろう」

――簡単だと思うけど、理由を聞かせて！

「ロファスの検死解剖をしたのか、知りたいんだ。いいから調べろ」

もし、ロファスの死因が毒殺なら、その死に意味がある。カバーンの真の目的は、会議の妨害ではなかったということだ。

――……分かったわ。死体の状況を調べればいいのね。

少し間をおいて、返事が返ってきた。「なぜ？」と言いたかったのだろう。

「急いでくれ」

夏樹は通話ボタンを切った。

6

イスタンブール旧市街、カメカン通りのアパートメント。

カバーンは四階の非常口に近い角部屋のドアをノックした。時刻は午後七時を過ぎている。観光客の姿もまばらになる時刻だ。

「入れ」

嗄《しわが》れた男の声が響く。タルナーダである。

カバーンは部屋に入ると、ペルシャ絨毯《じゅうたん》の上に置かれている布張りの椅子に座った。

「予定どおり、昨日の会議中にターゲットを抹殺したようだな」

タルナーダは、机の引き出しからパイプを出した。前回とは違うデザインのパイプである。メッシャムと呼ばれる石材が使われているようだ。パイプ愛好家は、消耗を防ぐためにいくつものパイプを交互に使う。また、違う物を使うことで、気分転換をするようだ。

「ドイツ連邦情報局のヘスラーを殺して成りすまし、会議場に忍び込んだ。たわいもないミッションだった」

「さすがだ。君を我が組織に迎えるためのミッションは、無事にこなしたというわけだ」

「グレン・ロファス殺害は、テストだったというのか？　あなたの組織は、ＳＶＲの中でも優秀な人材だけ集めた特別な存在だと聞いている。認められるのは、それほど厳しいものなのか？」

カバーンは右眉《みぎまゆ》を吊《つ》り上げた。ＳＶＲは、ロシア対外情報庁のことである。

「これまで一匹狼だった君は、我々組織の信頼を得た。それだけの話だ。もっともミッションは、難易度が高かった。達成したことで、君は組織のエージェントとしてはナンバー１になるだろう。ロファスは、ニュージーランドに送り込んだ組織のスパイだったが、寝返った。君に裏切り者の処刑を頼んだわけだ。しかも秘密会議を妨害することで、米国は孤立するという作戦だった。西洋諸国は、これで分裂するはずだ」

「あの程度のミッションで、ナンバー１になれるのか。だが、ミッションを達成した後で、少々トラブルがあった」

カバーンは険しい表情で言った。

「トラブル？」

タルナーダは、パイプに煙草の葉を入れる手を止めた。

「ミッション達成後、冷たい狂犬という男に二度も邪魔された。冷たい狂犬というだけあって、冷酷な猟犬のような目をしていた」

「冷たい狂犬？　どこかで聞いたことがある」

タルナーダは煙草の葉を詰めたパイプを机の上に置くと、ノートパソコンのキーボードを叩いた。夏樹のデータは、インターネット上に掲載されるようなことはない。だが、冷たい狂犬としてのデータは、先進国の情報機関なら保持している。元のデータは中国の中央軍事委員会連合参謀部が持っていた。それがＣＩＡの潜入スパイによって米国に漏れ、同盟国に共有されて広まったのだ。

「冷たい狂犬、……この男か」

タルナーダは検索結果をプリントアウトし、カバーンに渡した。

「公安調査庁、元特別調査官か。だが現場で仲間らしい二人の白人女を、俺は殺している。今は、欧米の情報機関に属しているのだろう。顔写真も、本名の記載もない。役に立たない資料だ」

カバーンはプリントアウトした紙を、右手の指で弾くように叩いた。

「資料をよく見ろ。冷たい狂犬は、変装の達人らしい。白人の血を引いているのかもしれないが、特殊メイクで完全に別人になっている可能性が高い。だから、彼の素顔を撮った写真はないのだ。今はフリーのエージェントだと噂されている。ひょっとすると、ＣＩＡに雇われているのかもしれない」

タルナーダはパイプを手に取り、ライターで火を点《つ》けた。

「変装の達人？　やつとすれ違っても分からないということか」

カバーンは険しい表情になり、腕を組んだ。

「まさか、冷たい狂犬に顔を見られたのか？」

「……やつを殺せば、いいだろう。違うか？」

カバーンは、目を怒らせて聞き返した。

「問題ない。組織の正式なメンバーとしての受け入れの条件が新たにできただけだ」

タルナーダは煙草の煙を吐き出し、笑って見せた。

「条件？」

カバーンは冷たい狂犬の資料をタルナーダに投げ返した。

「君にとって簡単な条件だ」

タルナーダは、受け取った資料をシュレッダーにかけた。

「言ってくれ」

「冷たい狂犬を殺せ。君にとって簡単だろう」

タルナーダは、パイプをくわえながら、ノートパソコンのキーボードを叩いた。すると、プリンターが再び動き出す。

「分かっている。当然だろう。だが、正体が分からない男をどうやって殺せばいいんだ？」

鼻先で笑ったカバーンは、肩を竦《すく》めた。

「我々は、君を見放したりしない。新たなミッションを与える。裏切り者の予備軍を殺せ。それで、狂犬を呼び寄せるのだ」

煙草の煙を鼻から吐き出したタルナーダは、新たにプリントアウトされた紙をカバーンに渡した。

死　因

1

午後八時四十分、夏樹はマルコ・ポーロ国際空港のタクシー乗り場から、タクシーに乗り込んだ。パリ・オルリー空港から、午後六時四十分発の英国のイージージェット航空機に乗ってやってきたのだ。

夏樹はドゥカーレ宮殿の秘密会議で死亡したニュージーランド代表のグレン・ロファスの死因に疑問を抱いた。腕時計の隠しカメラで捉《とら》えた映像では、カバーンの手がロファスの肩に触れた直後、彼は倒れて死亡している。カバーンは手に猛毒入りの注射器を隠し持っていた可能性があるのだ。

そこで夏樹はリンジーにロファスの死体が、検死解剖されたか調べさせた。ＣＩＡならイタリアの警察や諜報《ちょうほう》機関からだろうと簡単に情報を盗み出すことができるからだ。

彼女からは、十数分後に返事が来た。死体の外見を肉眼で確認するだけの検視が行われただけで、検死解剖はニュージーランドで行われるらしい。しかも死体はまだドゥカーレ宮殿の未公開の部屋に安置されている。

死体の移動がすぐに行われないのは、カーニバルの中心地であるサン・マルコ広場に隣接する宮殿からの搬出を嫌ったようだ。仮面コンクールのグランフィナーレは今夜終わるため、明朝決行される。

宮殿からはヴェネチア警察のボートで運ばれ、マルコ・ポーロ国際空港に到着するニュージーランド政府の特別機に乗せられる予定になっている。ニュージーランドに移送されてからでは、死体を確認することは難しくなるだろう。そのため、死体を調べるべく、夏樹は急いでやってきたのだ。

「フォンダメンタ・ザッテレ・アル・ポンテ・ルンゴまで行ってくれ」

夏樹はイタリア語で言った。

「お客さん、フランス人かい？」

運転手がバックミラー越しに尋ねてきた。自分では完璧《かんぺき》に言ったつもりだったが、発音が悪かったらしい。

「よくわかったな。グランフィナーレを見ようと思ってね」

夏樹は苦笑した。イタリアに再入国するにあたって、パトリック・デュガリーというフランス籍の新しいパスポートを使っている。

「そいつは、急がなきゃ」

タクシーはサン・ジュリアーノ通りから、海峡を渡るリベルタ橋を経てヴェネチア本島に渡った。本土から車の場合は、リベルタ橋の袂《たもと》にある巨大な駐車場に車を停める。そこから先の移動は、観光ゴンドラやトラゲット、あるいは水上バスであるヴァポレットなどの船を使うのだ。だが、この時間、運航している船はない。

リベルタ橋を降りてタクシーは右折して西岸を回り、島の南西部にあるフォンダメンタ・ザッテレ・アル・ポンテ・ルンゴ通りの突き当りで停まった。

チップをはずんだ夏樹はタクシーを降りて、水路にかかる木製の橋を渡り、人通りがない海岸沿いを進み、サンタ・マリア・デル・ロザリオ聖堂を左に曲がる。目的地までは、およそ二キロ、徒歩で行くのだ。

ヴェネチアの中心を蛇行して流れるグランデ運河の木橋を渡り、カンピエッロ・サン・ヴィダル通りに入る。夏樹は橋を渡りきった広場にある露店でマスクを購入した。動きやすいジーパンにゴアテックスの防寒着という格好なので、少しでもカーニバルにふさわしい装いにするのだ。それに監視カメラや観光客のカメラにも写りたくない。

路地を抜け、五本の水路を渡ってサリタ・サン・モイゼ通りの商店街に入ると、人で溢《あふ》れていた。マスクをかけた夏樹は、ローマ建築の柱がある建物の通路を潜り、サン・マルコ広場に出た。ステージが設けられている広場は、グランフィナーレの熱狂に包まれている。夏樹は宮廷衣装を身に纏《まと》った大勢の人々の間をかき分けるように進んだ。

広場の東側の右手にドゥカーレ宮殿があり、隣接する左手の尖塔《せんとう》がある建物がサン・マルコ寺院である。

宮殿の南側から港に出て、ゴンドラの船着き場にある桟橋の突端に出た。桟橋には何艘《そう》もの商業用ゴンドラが横並びに舫《もや》われている。夏樹はさりげなく桟橋の手すりを跨《また》いでゴンドラに乗り移ると、一番端に繋《つな》がれているゴンドラまで移動し、その舫《もやい》を解いた。

夏樹はゴンドラの後部のファルコラ（オールの支え）にオールを差し込んで、ゴンドリエーレ（漕《こ》ぎ手）のように船を操り、宮殿脇のパラッツォ・オ・デ・カノーニカ川に入った。

「むっ！」

夏樹はパリャ橋の袂の暗闇で、手を振る女を見て眉《まゆ》を吊《つ》り上げた。女は夏樹が気付いたことが分かると、手招きした。

舌打ちをした夏樹は、ゴンドラを川岸に漕ぎ寄せた。

「抜け駆けはなしよ。私たちコンビでしょう？」

女はゴンドラに乗り込んできた。リンジーである。彼女には、ロファスの死体の状況を調べさせた理由を教えていない。

「俺の行動がよくわかったな」

夏樹はゴンドラを岸から離し、パリャ橋を潜った。

「私があなたにロファスの情報を教えてから、一番早くヴェネチアに到着する便にあなたは乗ると予測していたの」

「馬鹿な。俺は同じ便に乗る乗客をすべて確認している。それに尾行も確認した」

公共の交通機関を使う場合は、なるべく最後に乗り込んで同乗者の確認をするのが習慣になっている。

「私はあなたよりも早くヴェネチアに到着しているの。二十分も待っていたわ」

リンジーが得意げな表情をしてみせた。彼女はパリ支局が保有するプライベートジェットで、先回りしていたようだ。ＣＩＡの組織力を侮っていたらしい。

「……女を待たせるのは、得意だ」

夏樹は鼻先で笑った。

ゴンドラを宮殿に沿って二十メートルほど進め、宮殿内部に通じる木戸の前で停めた。昨日、特殊部隊と警備員に追われて脱出した場所である。木戸の鍵《かぎ》は壊れたままになっているはずだ。

夏樹は岸に移ると、足元の杭《くい》にゴンドラを舫った。

「こんなところに出入口があるとは、知らなかったわ」

リンジーもゴンドラから降りてきた。夏樹を待っていたと言っていたが、先回りをしたものの夜間の宮殿への侵入口が分からなかったのだろう。

「レディーファースト」

木戸を開けた夏樹は、恭しく右手を出入口に向けた。

2

午後九時四十分、夏樹とリンジーは、くるぶしの高さまで水に浸《つ》かっている地下牢《ろう》を進んだ。

「こんなことなら、長靴を履いてくるんだったわ」

リンジーは文句を言いつつ、夏樹の後ろから付いてくる。

「静かにするんだ。宮殿が無人だとは限らないぞ」

立ち止まった夏樹は、溜息《ためいき》を漏らした。地下牢は天井が低く、石造りのため、音が響くのだ。

「分かった」

リンジーは肩を竦《すく》めて見せた。これでは、ずぶの素人と組んでいるのと同じだ。先が思いやられる。

夏樹は首を振ると、また歩き始めた。

突き当りの階段を上がり、小さなドアを開けて一階に上がる。

「何かが出てきそうで、面白い場所ね」

牢獄《ろうごく》を覗《のぞ》き込みながらリンジーは、囁《ささや》くように言った。彼女にとって無人の牢獄は、テーマパークの幽霊屋敷にしか見えないのだろう。

「なんなら、拷問部屋も案内するぞ」

苦笑した夏樹は、狭い木製の階段を足音も立てずに上がり、司法官の文書局と副書記官の執務室を通り抜けた。拷問部屋は副司法官の執務室のすぐ近くにある。拷問は当時の副司法官が命じ、ときには被疑者に直接尋問することもあったかもしれない。

「裏部屋は、どこも木製なのね。それに、とても静か」

リンジーはライトを壁や天井にまで向けながら歩いている。華やかな表の顔と違い、天井や床や壁までも板張りの宮殿の裏の顔が珍しいのだろう。また、建物が堅牢《けんろう》なため、カーニバルの賑《にぎ》わいは聞こえない。今のところ警備員や特殊部隊の姿もないようだ。

奥の階段を上り、三階の密文書大臣の執務室の近くに出た。

「…………！」

夏樹はライトを消してリンジーを抱きかかえるように執務室に隠れた。

前方のドアが開いたのだ。閉館後、夜間の宮殿内は無人と思っていたが、ロファスの死体が安置されているため、警備しているのだろう。

密文書大臣の執務室から出てきた二人のスーツ姿の男が、ライトを手に廊下の向こうからやって来る。イタリアの対外情報・保安庁の職員なのだろう。

二人の男がすぐ目の前を通り過ぎ、夏樹とリンジーがやってきた階段を下りて行った。

男たちの足音が遠ざかったことを確認した夏樹は、部屋を出て廊下の奥へと進み、密文書大臣の執務室に入った。

昨夜の会議で使われていたテーブルや椅子は片付けられている。普段は観光客に開放するからだろう。

「てっきり、この部屋だと思ったけど、違ったようね」

リンジーは何もない部屋を見て、大きな溜息を吐いてみせた。

「この部屋でないことは、確かだ」

夏樹は奥にある執務机の右側の壁面にある書庫の扉を開け、中をライトで照らした。棚板もなく、がらんどうの状態である。その手前の書庫を見ると、空っぽではあるが、棚板はある。この部屋が密文書大臣の執務室として機能していた時代、書庫には大量の公的な機密文書や書類が、厳重に保管されていた。書類を書き写すのに非識字者を使い、情報が外部に漏れないようにしていたという。だが、執務机のすぐ右側の書庫には棚板を入れる溝もないのだ。

夏樹は書庫の中の天井や壁をノックするように叩《たた》いた。

「やはりそうか」

にやりとした夏樹は、天井奥の窪《くぼ》みを押してみた。すると、何かが外れる音がして、壁が下にずれるように落ちた。ライトを書庫の奥の暗闇に向けると、数メートル先まで伸びた光が壁を照らし出した。秘密の部屋があったのだ。密文書大臣が扱う書類の中でも、機密性が高く重要な書類を保管する部屋だったのかもしれない。

「隠し部屋があることを知っていたの？」

書庫の中を覗いたリンジーが、尋ねてきた。

「宮殿の古い設計図を調べたところ、密文書大臣の執務室と隣りの部屋の壁の寸法が違っていることに気が付いたのだ。昔の資料なのでいい加減なのかと思ったが、食い違っている寸法を計算すると二十四平米もあった。誤差の範囲を超えている」

夏樹は説明しながら、書庫を抜けて隠し部屋に入った。

広さは、二十四平米前後、左右の壁に棚があり、中央にテーブルが置かれ、その上にニュージーランド政府通信保安局のグレン・ロファスの死体が載せられていた。この部屋なら隣りの執務室に観光客を入れても、気付かれる心配はない。

「ちょっと、待って」

リンジーは、慌てて書庫を潜り抜けてきた。

「さて、はじめるか」

夏樹は死体の上着のボタンを外し、左肩を露出させ、ハンドライトの光を当てた。小さな赤い点がある。注射針の痕《あと》に違いない。夏樹はスマートフォンを出すと、傷痕を様々な角度で撮影した。

ニュージーランドで検死解剖がされるらしいが、その結果が関係国と共有されるのかは、疑問だ。イニシアチブを取る英国が、揉《も》み消す可能性もある。そのため、解剖前の状態を記録しておく必要があるのだ。

「これって、注射針の痕？　ロファスは毒殺されたの？」

ようやくリンジーは、夏樹の行動を理解したようだ。

「そうだ。この男は催涙ガスの影響で、心臓発作を起こしたんじゃないのだろう。カバーンに殺されたに違いない」

「会議の妨害は偽装で、ロファス殺害が本当の目的だったの？」

「ロファスの殺害を知られないように、会議を妨害した可能性はある。あるいは、その両方かもしれない。ロファスの死にカバーンが関与したかを証明することで、やつの目的を知ることができるだろう」

「分かったわ。次は、何をするの？」

リンジーも自分のスマートフォンで撮影しながら尋ねてきた。

「毒物の検出だ」

夏樹はポケットから注射器を出すと、先端に口径が大きい針をはめた。すでに死体の血液は凝固しかかっているが、口径の太い注射針なら体内から吸い出せるだろう。

「血液採取するの？」

「毒殺されたのなら、毒物は血液にまだ残っているはずだ。体内で分解されている可能性もあるが、ロファスはすぐに死亡した。毒物の変異は、少ないはずだ」

夏樹は心臓に直接針を挿入し、粘性がある赤黒い血液を注射器で吸い込んだ。

「それって？」

リンジーが注射器のどす黒い血液を指差した。

「あとは、頼んだ。組織力を生かして解析してくれ」

夏樹は注射器から小さな透明の容器に血液を移すと、リンジーに渡した。

3

翌日の午前八時五十五分、夏樹とリンジーはパリ・シャルル・ド・ゴール国際空港からタクシーに乗り込んだ。

昨日よりも一便早い午前六時三十五分発のイージージェット航空機で、マルコ・ポーロ国際空港を発《た》ち、午前八時二十五分にシャルル・ド・ゴール国際空港に到着している。

タクシーの運転手には、パリ8区にあるコンコルド広場を抜け、ガブリエル通りで降ろすように言ってある。二人の目的地は通りの北側にある在仏米国大使館で、直接乗りつけるのを避けたのだ。

三十分後、タクシーはロワイヤル通りからコンコルド広場に右折し、ガブリエル通りに入ったところで停まった。

二人はタクシーを降りると、恋人同士のように寄り添って通りを西に向かって歩き始めた。通りの左手はヌーヴェル・フランス庭園、右手には森のような立派な木々に囲まれた米国大使館がある。また大使館側の歩道には車止めが並べられ、要所に警備の警察官が常駐するボックスがあり、一般人が大使館に近寄れないようになっていた。厳重な警備をしているのは、テロを警戒してのことだろう。

「ヴェネチアの方が、暖かいな」

夏樹はコートの襟を立てた。気温は零度前後、厚い雲が太陽光を遮っている。

正面から柴犬《しばいぬ》を散歩させている中年の男が、近づいてくる。フランスでは柴犬や秋田犬の一大ブームが訪れているため、パリっ子が日本犬を散歩させている風景は、珍しいことではない。

夏樹と並んでいるリンジーの脇を中年男が通り過ぎた。

「配達完了」

リンジーが小声で囁《ささや》いた。ロファスの血液を入れた透明な容器を、彼女は犬と散歩中の中年男のコートのポケットにすれ違いざまに投げ込んで渡したのだ。男は大使館に常駐しているCIAのエージェントなのだろう。

「結果はいつ分かるんだ？」

夏樹は前を向いたまま尋ねた。CIAに血液の解析をさせ、ロファスを死に至らしめた毒物を検出するのだ。

「今日中には、分かると思うわ」

リンジーは採取した血液を渡したせいか、ほっとした表情をしている。

「今日中か」

夏樹は大きな溜息《ためいき》をついた。

「とりあえず、朝食を摂《と》りましょう。美味《おい》しいお店、知っている？」

リンジーは明るい声で言った。

「悪いが、疲れている。どこかのホテルにチェックインするつもりだ」

夏樹はあくびを噛《か》み殺しながら答えた。疲れは多少覚えるが、演技である。

「ずっと働き詰めだった。休憩が必要ね」

リンジーは夏樹の様子を見て頷《うなず》いた。

「血液の解析結果が出たら教えてくれ」

夏樹は絡み付いていたリンジーの腕を解くと、ガブリエル通りからヌーヴェル・フランス庭園の入口前で立ち止まった。

「私も一緒にチェックインしていいでしょう？」

リンジーが駆け寄ってきた。

「君は一度支局に顔を出した方がいいだろう」

夏樹は右手を伸ばし、彼女を拒絶した。大使館の近くは一般車の駐停車が禁じられているにもかかわらず、夏樹とリンジーの三十メートル後方にシトロエンＣ４が停まっている。また、ジョギング姿の男が、前を歩いているのも気に入らない。二人に付けられたＣＩＡの監視なのだろう。彼女といることに問題はないが、諜報《ちょうほう》員が監視下に置かれていてはしゃれにならない。

「あなたといることも、任務のうちよ。一緒に」

「俺に構うな」

夏樹は彼女の言葉を遮り、庭園に足を踏み入れた。

庭園は西洋式のシンメトリーの設計ではなく、より自然に木々が配置されているが、悪く言えば雑然としている。夏樹は噴水がある広場を横切り、庭園を通り抜けてシャンゼリゼ通りに出た。

夏樹は数メートル先の路肩に停められているプジョーのナンバーを見ると、運転手に向かって手を振った。すると、夏樹に気が付いた運転手が笑顔で頷いてみせた。

プジョーの後部座席に乗り込んだ夏樹は、運転手の顔を確認した。配車サービスであるウーバーで、プジョーを呼び寄せておいたのだ。サービスの利用は、ウーバーの配車アプリをダウンロードしてクレジットカードを登録すれば、あとは行き先と乗り方を選択するだけで誰でも簡単に車を呼ぶことができる。また、乗車場所は自分のスマートフォンの位置情報だけでなく、マップ上で決め、時間指定もできる。しかも決済もネット上ででき、チップもいらない。

「行き先は、ル・メリディアン・エトワールホテルですね」

運転手は夏樹がアプリ上で入力した行き先を復唱すると、車を発進させた。

「とりあえずな」

夏樹はバックミラーを見ながら曖昧《あいまい》に答えた。

プジョーの横をシトロエンC４が猛スピードで追い越して行く。さきほどまでコンコルド広場の交差点近くに停車していた車だ。やはり、夏樹を監視していたらしい。

「シャンゼリゼ通りは、渋滞している。テルヌ駅経由で行ってくれ」

夏樹はシトロエンＣ４が直進して行くのを見て言った。

「そうみたいだね。それじゃ、凱旋門《がいせんもん》からワグラム通りに入るよ」

運転手はカーナビで渋滞を確認して答えた。

メインストリートであるシャンゼリゼ通りは、とかく渋滞する。そうかといってパリの裏道は一方通行が多いため、抜け道も少ない。パリで移動するのならメトロの方がいいだろう。

プジョーはエトワール凱旋門を左手に見ながらワグラム通りに入った。

「停めてくれ。ここでいい。だが、予定どおり、ル・メリディアン・エトワールホテルまで行って欲しい。金は出す」

ワグラム通りからテルヌ広場に入ったところで、夏樹は車を停めた。

「行き先を変えるのなら、スマートフォンでしてくれ。返金もできる。現金は困るんだ。お釣りもないし」

運転手はテルヌ広場の路肩に車を停めた。アプリで行き先を入力すれば決済はできるが、それが乗車記録となってしまう。ＣＩＡが夏樹の足取りを摑《つか》むのなら、ウーバーまで調べる可能性も考えなければならない。そのため、途中で降りるのだ。

「釣りはいらない」

夏樹は運転手に百ユーロを渡すと、車を降りた。

4

午前十一時十五分、オペラ・ガルニエのほど近く、パークハイアット・パリ・ヴァンドームの一室に夏樹はいた。

シャンゼリゼ通りからウーバーで呼んだプジョーに乗り、メトロの駅があるテルヌ広場でタクシーに乗り換えた。凱旋門で道を変えさせたのは渋滞もあるが、テルヌ広場にあるタクシー乗り場なら、タクシーがよく停まっていることを知っていたからだ。パリ市内ならメトロの方が移動は簡単だが、駅構内はもちろん出入口付近も監視カメラがあるため、あえて避けた。

タクシーはオーステルリッツ記念柱があるヴァンドーム広場で降り、尾行を確認するために徒歩でホテルに入った。CIAならタクシーの乗車記録も調べる可能性もある。用心に越したことはないのだ。

夏樹は洗面所で髪をブラシで整えていた。鏡に映る顔は、パトリック・デュガリーと名乗っていたゲルマン系の白人とは違い、彫りが深く黒髪のラテン系になっている。洗面所に椅子を持ち込んで特殊メイクをしていたのだ。

今回の任務では五種類のパスポートを携帯し、それぞれ違う顔立ちの写真が証明欄には貼ってある。それに合わせてラテックスで作製した顔面のパーツも持参してきた。

米国のパスポートの証明欄を開き、写真と今の顔とを見比べた。写真はあらかじめ日本で、同じパーツを使って特殊メイクをして撮影したものだ。

「ふーむ」

夏樹は小さく頷いた。パスポートの写真と今の顔は同じである。出来栄えは完璧《かんぺき》であるが、当然のことなので何の感情も湧かない。

洗面台に置いてあるスマートフォンが、振動した。メールが着信したらしい。

「ふん」

スマートフォンを手に取り、メールを確認した夏樹は鼻先で笑った。安浦からのメールで、CIAパリ支局長であるチャップマンがCIA副長官に宛てたメールが添付されていたのだ。夏樹が渡したウィルスに感染したUSBメモリをチャップマンはパソコンで使ったため、安浦に情報が漏れているのだ。

ヴェネチアの会議を妨害した犯人は、カバーンのコードネームを持つズボニール・バビッチであり、彼の真の目的は、ニュージーランドの政府通信保安局、副長官だったグレン・ロファスの殺害だった可能性があるという内容である。

ロファスの死体から採取した血液から、有機リン酸が検出されたという結果も添付されていた。彼の死亡に、催涙ガスはやはり関係なかったようだ。結果は二十分ほど前に分かったらしい。採取した血液をリンジーが大使館前で手渡してから、すぐに研究機関に持ち込まれたのだろう。

だが、夏樹にはまだ連絡が来ていない。また、チャップマンは情報源が夏樹だと言うつもりはないようだ。自分の手柄にしたいこともあるのだろう。だが、チャップマンの行動は、予測していた。諜報の世界は騙《だま》し合いであり、信じた者が馬鹿をみるのだ。

夏樹はスマートフォンでリンジーに電話をかけた。

「俺だ。例の解析結果は、分かったか？」

――まだよ。結果が出たら一番に連絡が来ることになっている。でも午後になれば、分かるんじゃないかしら。

リンジーの声に緊張感はない。彼女にも知らせは来ていないようだ。

「ランチを一緒に食べないか？」

――疲れているんじゃないの？

「仮眠したから大丈夫だ。うまいビストロを知っている」

――分かったわ。ご馳走《ちそう》してね。

彼女の現在の任務は、夏樹とペアを組むことである。スケジュールならどうにでもなるはずだ。

「待合せ場所は、トロカデロ広場、カフェ・デュ・トロカデロ。エッフェル塔が見える店外の席を、君の名前で予約してある」

もともと彼女から情報を引き出すべく、店に直接行って予約を入れておいたのだ。

——時間は？

「午前十一時五十分だ」

夏樹は腕時計を見ながら答えた。

セーヌ川沿いヴォルテール通り、ホテル・ブリリアント地下。

五十平米ほどの部屋には、十数人の男女が、ノートブックパソコンに向かって仕事をしていた。CIAパリ支局作戦司令室である。

昨日の朝、チャップマンの車から夏樹とリンジーが降ろされたルーヴル美術館からは、五百メートルほどの距離で、米国大使館へも数分で行ける便利な場所である。

「冷たい狂犬から、MZ004に連絡が入りました」

小型のブルートゥースイヤホンをしている男が、傍でコーヒーカップを片手に立っている中年の男に告げた。支局長のチャップマンである。

「ジム、音声を聞かせてくれ」

チャップマンはコーヒーを啜《すす》りながら部下に言った。

「MZ004のスマートフォンの音声です」

ジムと呼ばれた男は頷《うなず》くと、イヤホンから聞こえてくる音声を手元のパソコンのスピーカーから流した。MZ004とは、リンジーのことである。

——待合せ場所は、トロカデロ広場、カフェ・デュ・トロカデロ。エッフェル塔が見える店外の席を、君の名前で予約してある。

——時間は？

——午前十一時五十分だ。

夏樹とリンジーの会話である。リンジーのスマートフォンが盗聴されているようだ。CIAは巨大な組織だけに、職員も当局から管理されている。個人のスマートフォンが盗聴されていてもおかしくはない。

「ジム、おまえが指揮を執って、六名のチームで急行せよ。MZ004より、早く現場に着くんだ」

チャップマンは夏樹がコントロールできないことに、苛立《いらだ》ちを覚えているのだろう。

「了解しました」

立ち上がったジムは、別室に向かった。監視や尾行を行う諜報《ちょうほう》員は別にいるようだ。

「今度こそ、やつを管理下におくのだ。あの男に勝手な真似はさせない」

コーヒーを飲み干したチャップマンは、不敵な笑みを浮かべた。

5

夏樹がハンドルを握るシトロエンC4が、コンコルド広場からラ・レーヌ広場通りに入った。

Ｃ４はレンタカー会社からホテルまで届けさせておいたのだ。

ラ・レーヌ広場通りを抜け、トロカデロ庭園に沿って右折し、庭園の端の交差点を左折してプレジダン・ヴィルソン通りに入った。庭園は、セーヌ川越しにエッフェル塔が見えるため、人気の観光スポットである。

夏樹は交差点から二百メートル進み、トロカデロ広場に面するパティスリーの前に車を停めた。半円形の広場は、第一次世界大戦で活躍した連合軍総司令官であるフェルディナン・フォッシュの騎馬像を中心に、六本の道路が交わるラウンドアバウトになっている。また、レストランやカフェや雑貨店などが広場に面しており、人通りが多い場所でもあった。

夏樹のいる場所から、レモン・ポワンカレ通りを隔ててリンジーとの待合せ場所であるカフェ・デュ・トロカデロが見える。店は満席状態だが、夏樹が予約しておいた店先のテーブル席は空いていた。見晴らしのいいオープン席は、人気がある。確実に押さえるために直接店に行き、ウェイターにチップをはずんでいた。

時刻は午前十一時三十分、リンジーがＣＩＡのパリ支局にいるのなら、ここに来るのは、十一時四十分前後になるだろう。

十分後、レモン・ポワンカレ通りに黒いバンが停まり、五人の男が降りてきた。さりげなく振る舞っているが、耳にイヤホンをしており、隙がない素振りはＣＩＡの職員だと語っているようなものだ。男たちは、カフェ・デュ・トロカデロの周囲に散らばった。

「時間通りだな」

夏樹は腕時計を見て頷く。

彼らは夏樹とリンジーの電話を盗聴し、二人を監視するために派遣されたのだろう。夏樹は米国大使館と昨日の朝チャップマンの車から降りた場所から支局のおおよその位置を見当し、彼らが午前十一時四十分ごろに到着するという予測をしていたのだ。

男たちを降ろした車は右折してトロカデロ広場に入り、メトロ駅の前の路肩で停車した。なかなかいい場所に陣取ったものだ。待合せ場所のカフェとメトロの出入口が同時に監視でき、人員の回収も容易にできる。

夏樹は車を降りると通行人に紛れて広場を移動し、黒いバンの後方に近付いた。靴紐《くつひも》を直す振りをしてしゃがみ込み、手早く後輪のバルブキャップを外すと、専用工具である虫回しドライバーでバルブコアを緩めた。このままバルブコアを取り外すとタイヤの空気が一気に抜けてしまう。夏樹はバルブコアに特殊なキャップを嵌《は》めると、自分の車に戻った。

十一時四十七分、カフェ・デュ・トロカデロの前に一台のタクシーが停車し、リンジーが降りてきた。連絡してから三十分近く掛かっている。支局ではなく、別の場所にいたらしい。

夏樹はスマートフォンでチャップマンに電話をかけた。昨日の朝彼の車に乗った際、彼のスマートフォンとペアリングして電話番号を盗み出しておいたのだ。

——ハロー？

非通知のためにチャップマンは、首を傾げているのだろう。

「大吾・加藤だ」

——どっ、どうして、私の電話番号を！

チャップマンの声が裏返っている。

「そんなことはどうでもいい。部下のランチにまでチームを送り込むような無粋な真似は止めろ」

——なっ、なんのことだ？

「俺を監視できると思うな。部下は借りるぞ」

夏樹は電話を切った。これ以上長く話せば、逆探知されてしまうからだ。わざわざ電話を掛けたのは、チャップマンに夏樹の能力の高さを改めて教えるためであるが、リンジーを巻き込まないためでもある。

リンジーは夏樹が予約した店先のテーブル席に座った。すると店の奥から夏樹がチップを渡したウェイターが出てきて、彼女にメニューを渡した。メニューを開いたリンジーは、さりげない素振りで周囲を見渡している。

夏樹は一時間ほど前、店で予約を取った際にウェイターに封筒を預け、メニューに挟み込んでリンジーに渡すように頼んであった。封筒の中身は、彼女へのプレゼントだと言ってある。予約とは別にチップを払ったので、ウェイターは喜んで引き受けてくれた。

封筒には煙草の箱よりも小さく、厚さ九ミリという小型の無線機とブルートゥースイヤホンが入れてあった。特殊なものではなく、少々高いが市販品である。

リンジーは周囲をさりげなく見渡し、ブルートゥースイヤホンを左耳に入れると、スイッチを入れた無線機をジャケットのポケットに仕舞った。

夏樹はポケットから同じ型の無線機を出し、通話ボタンを押した。

「自然に振る舞え」

――どういうこと？

リンジーは、メニューを見ながら尋ねてきた。

「他人の目を気にせずに、ランチを食べたい。俺の指示通り動いてくれ」

――ひょっとして、監視下に置かれているの？

リンジーの舌打ちが聞こえた。彼女は関知していないのだろう。

「そういうことだ。監視することは、俺に対する裏切り行為だ。君の上司に分からせる必要がある」

――どうしたらいい？

「ナシオン方面のメトロに乗って次の駅で降り、地上出口で待つんだ」

――次の駅ね。

「パッシー駅だ。改札を出たら、階段を下に下りろ。上じゃないぞ」

――言っている意味が分からないんだけど。

最新の情報とは言い難いが、夏樹はパリの裏道まで知っている。だが、彼女はパリ支局に勤務しているにもかかわらず、地理に疎いらしい。

「降りれば、分かる。シトロエンC４で迎えに行く。車が停まったら、急いで乗り込むんだ」

夏樹が通話を切ると、リンジーは立ち上がってメトロのトロカデロ駅に向かった。周囲に配置されていた男たちが首を捻《ひね》りながらも、彼女と距離を取りつつ移動をはじめる。夏樹がまだ顔を見せないので戸惑っているのだろう。

夏樹は車を発進させて広場を進み、黒いバンを追い越した。バンはリンジーの行動を見定めるまで動かないはずだ。夏樹はバンの十メートル前で車を停め、彼らをバックミラーで確認する。

リンジーが地下鉄出入口の階段に消えると、二人の男が彼女の後を追い、二人の男がバンに乗り込んだ。残りの一人は、カフェ・デュ・トロカデロに戻った。夏樹が来るかもしれないと思っているのだろう。リンジーが、無線機で夏樹と連絡を取り合っていることは、想像もできないらしい。

夏樹がゆっくりと車を発進させると、黒いバンも動き始めた。リンジーがパリの南東にあるナシオン方面の電車に乗ったことが、尾行から報告されたからだろう。

トロカデロ広場を抜けて夏樹はパッシー駅に向かうべく、ベンジャミン・フランクラン通りを経由してアルボニ通りに入った。道の両端に駐車帯があり、びっしりと車が停められており、片側一車線になる。アルボニ通りは九十メートル先の高台で行き止まりとなり、その手前の左手にある坂道が、セーヌ川沿いの道に通じている。

セーヌ川に架かる鉄橋を渡るために、高台の下にあるトンネルからメトロ6号線は地上に顔を出す。パッシー駅は高台のすぐ下の高架の上にあり、駅の改札を出ると高台に上るための階段と高架から下りる階段がある。リンジーに階段を下りろと言ったのは、そのためだ。

黒いバンが警笛を鳴らし、猛スピードで夏樹を追い越して行った。リンジーがパッシー駅で降りたと連絡が入ったからだろう。夏樹は彼らが苛《いら》つくようにわざとスピードを落としていたのだ。

急ハンドルを切った黒いバンは、タイヤを軋《きし》ませながら坂道を下って行く。坂道は進入口も含めて三つの急カーブがあり、6号線の高架下に出る。

夏樹も坂道に差し掛かると、数十メートル先を走っていた黒いバンが突然蛇行し、駐車中の車に接触しながら、坂の途中の建物に激突して停止した。夏樹が後輪のバルブに細工したキャップは、急な衝撃を与えるとバルブコアと一緒に外れる仕組みになっており、タイヤの空気が一気に抜けて車の制御を失ったのだ。

夏樹はエアーバッグが膨らんだ事故車を横目で見ながら坂道を下りて、6号線の高架下で停まった。

階段の下で待っていたリンジーが駆け寄ってきた。背後から二人の男が迫ってくる。

変装した夏樹を見てリンジーは一瞬戸惑ったものの、助手席に乗ってきた。

「ドライブを楽しもうか」

夏樹はバックミラーで、右往左往している二人の男を見ながらアクセルを踏んだ。

6

午後零時二十分、夏樹とリンジーは、モンマルトルのビストロで食事をしていた。ルピック通りに面した〝ラ・ボワット・オ・レットル〟という、日本語に訳せば郵便ポストという小さな店で、近くには似たようなフレンチの店が二、三軒あった。三百メートルほど東にサクレ・クール寺院があり、寺院の周囲は観光客向けの店が軒を連ねている。この辺りは、パリでもレストランが集中するエリアなのだ。

店内はカジュアルなデザインで気取りがない。二人は開閉ができる窓際の席に座っており、ほとんどの席は埋まっていた。

「このテリーヌ、本当においしいわね」

リンジーは前菜のテリーヌに舌鼓を打っている。

店の定番メニューの〝田舎風テリーヌ〟である。黒いプレートにテリーヌと黒パンがおしゃれに盛りつけられており、どこが田舎風なのか分からないが味は折り紙付きだ。

「食材にこだわりがある店だ。何を食べてもうまいよ」

夏樹はワインを片手に言った。小さな店だが、厳選されたフランス産のワインを豊富に揃えている。また、新鮮な食材を使い、冷凍食品を一切使わないため冷凍庫も置いていないという徹底ぶりだ。

「この店を選んだ理由は、料理だけじゃないんでしょう？」

リンジーは黒パンを千切り、ナイフでテリーヌを塗りながら尋ねた。

「支局から離れている。それにこのあたりに監視カメラはないからな」

夏樹はすました顔で答えた。

「まさか、場所を知っているの？」

リンジーは怪訝《けげん》な目を向けてきた。

「パリ7区の東側、セーヌ川の近くだ」

夏樹は昨日車の中でチャップマンの様子を観察していた。情報をコピーしたUSBを渡したところ、かなり焦っていたようだ。そのため、車から降ろされたルーヴル美術館からほど近く、米国大使館からも遠くない場所であると考えている。

パリ7区はセーヌ川を挟んで大使館のあるパリ8区の南に接しているが、7区の中央部は公園や博物館などの公共機関が多いため、それ以外の場所に支局はあるはずだ。大使館との動線を考えれば、7区の東側、交通渋滞が比較的少ないセーヌ川沿いだろう。

「えっ！」

リンジーは両眼を見開いた。

「そんなことは、どうでもいい。それよりも、これを見てくれ」

　夏樹は自分のスマートフォンを見せた。安浦からのメールに添付されていたチャップマンのメールのテキストをコピーしたものだ。

「これって、……」

「君の上司が、副長官に宛てたメールだ」

「ちょっと待って、検査結果は出ているの？」

　唖然《あぜん》としたリンジーは、メールを読んで眉《まゆ》を寄せた。彼女は知らなかったらしい。

「有機リン酸が検出された。サリンやＶＸが使われた可能性がある。少なくとも病死じゃないってことだ。君を俺と組ませたのは、単に監視がしたいだけなのだろう。あの男は、協力するつもりはないようだ」

　夏樹はテリーヌを塗ったパンを食べながら言った。

「あなただけじゃなくて、私まで騙《だま》しているのよ。許せない！」

　リンジーは腕を組んで顔をしかめた。彼女の剣幕に驚いた隣席のカップルが横目で見ている。痴話喧嘩《げんか》でもしていると思ったのだろう。夏樹は愛想笑いを浮かべて誤魔化した。

「それが、我々のいる世界だ。ある意味彼は、常識に則《のっと》っている。責めるつもりはない」

「でも、私があなたと組むのは、仲間の仇《かたき》を討ちたいからなの。彼は、それを知っているはずなのに！」

リンジーは首を左右に振った。彼女の意志は分かる。だが、私情を挟まないのもこの世界の常識だ。チャップマンはそれを嫌って、彼女に情報を与えないのかもしれない。

「このままでは、俺たちはターゲットを発見することはできないだろう」

チャップマンはカバーンを見つけ次第、リンジーに知らせることもなく現地にCIAの強行部隊を投入するに違いない。

「どうしたらいいの？」

「デザートを食べたら方法を教えよう」

夏樹はワイングラスを傾けた。

三時間後、スーツケースを持った夏樹は、ヴォルテール通り沿いのホテル・ブリリアントのフロントにパスポートを差し出した。五階建ての古いホテルで、最上階から街路樹越しにセーヌ川を見下ろすことができる。

「ミッチェル・モリエンテ様ですね。予約は受け付けております。念のためにIDカードのご提示をお願いします」

フロントの男性は、表情もなく言った。夏樹はスペイン系米国人になりすましている。

「分かっている」

夏樹は顔写真の入った米国商務省国際貿易局の職員のIDカードを見せた。CIAで海外に派遣される諜報《ちょうほう》員は、さまざまな人物になりすます。民間人になる場合もあるが、公務員に扮《ふん》して出国することもあるのだ。

ホテル・ブリリアントは、CIAのパリ支局が管理運営しており、四、五階に一般客を泊めることで民間のホテルだと偽装している。二、三階はCIAの職員の宿泊施設で、一階は会議室や執務室、地下にはハンドガンの射撃場と作戦司令室があった。

「確認が取れました。三〇六号室です」

フロント係が、名刺サイズのカードキーを渡してきた。このホテルの従業員は全員がCIAの職員である。夏樹は本国から派遣されたCIAの諜報員になりすますことに成功したのだ。リンジーがCIAのサーバーに侵入し、偽のIDを作り上げたのだ。

高度なテクニックを必要とする作業だが、ハッカーである森本がリンジーのパソコンをリモートコントロールして行った。チャップマンに騙されていたことを知った彼女は、夏樹の作戦に積極的に協力している。彼女をプライベートな二重スパイに仕立てたのだ。もっとも彼女はチャップマンの失脚を狙っているだけで、組織を裏切っているとは思っていないらしい。

「荷物を預かってくれ。先にオーナーに挨拶《あいさつ》をしてくる」

夏樹はベルボーイに扮している職員を見て言った。

「了解しました。社長は一階奥の執務室にいらっしゃいます」

ベルボーイの職員が、夏樹のスーツケースをフロント係に渡した。

夏樹はエレベーターホールを抜けて廊下の奥へと進み、突き当りの部屋をノックした。

「どうぞ」

男の声に従って、夏樹は部屋に入った。三十平米ほどの部屋には大きな執務机があり、中年の男が机の上のパソコンに向かっていた。チャップマンである。

「ミッチェル・モリエンテです」

夏樹は執務机の前まで歩み寄り、右手を差し出した。

「君がモリエンテか、グローバルエージェントだと副長官から話を聞いている。カバーンに詳しいらしいね。専従チームに入ってくれ」

チャップマンも右手を出して握手をしてきた。副長官からのメールは、夏樹がCIAの副長官を騙《かた》ってチャップマンに送ったのだ。昨日彼の車に乗った際、彼のメールアドレスはスマートフォンをペアリングして盗み出していた。

また、グローバルエージェントとは世界のどこにでも派遣される諜報員のことで、何カ国もの言語を使う能力を要求されるエリートなのだ。CIAでも一目置かれる存在である。

「お任せください」

夏樹はチャップマンの手を強く握り返した。

ブリュッセル

1

二月十五日、午後六時四十分、ベルギー、ブリュッセル国際空港。

カバーンことズボニール・バビッチは、入国審査を受けていた。仕立てのいいスーツを着て、手荷物は書類カバンに小さなスーツケースと少ない。顔を隠すこともなく、堂々と振る舞っている。

「ミスター・デミルバイ、滞在目的は、なんですか？」

審査官がお決まりの台詞《せりふ》で尋ね、カバーンのスーツをちらりと見た。審査官は人相風体で入国者を品定めする。

「ビジネスです。イスタンブールでビールの輸入業をしているんですよ」

カバーンは丁寧に答え、審査官は滞在期間などの質問を続けた。

「ようこそ、ベルギーへ」

質問を終えた審査官は、ターキー（トルコ）と印字された赤いパスポートをカバーン
に返した。

「ありがとう」

笑みを浮かべたカバーンは、パスポートをジャケットのポケットに仕舞った。

ホテル・ブリリアント地下、CIAパリ支局作戦司令室。

夏樹は部屋の片隅にあるデスクのノートブックパソコンに向かっていた。

パリ支局に偽の職員として潜り込んで、四日目になる。偽と言っても、本部のサーバーを書き換えて正式な職員として登録されているので、夏樹を疑う者はいない。

薄暗い司令室に閉じこもっているのは気が滅入《めい》るため、廊下を隔てて反対側にある射撃訓練室で射撃をしたり、三階の宿舎となっているホテルの部屋で仮眠したりと、他の職員と同じように過ごしている。もっとも、作戦司令室で仕事をする職員は、情報分析が主なので射撃訓練はほとんどしない。彼らは世界中から入る情報を解析する専門家で、暇を持て余すことはないのだ。

夏樹が所属しているカバーンの専従チームのコードネームはブラックパンサーで、個人のコードネームはイニシャルでBPを使い、夏樹は四番目のメンバーであるためBP04というコードネームを付けられた。他の三名は殺しを厭《いと》わない現場の諜報員ばかり

で、作戦司令室に顔を出すことはめったにない。射撃訓練以外に地下に下りることはなく、普段はホテルの自室か、支局の近くにあるカフェで暇を潰《つぶ》している。

チームリーダーは、ダニエル・コティという米陸軍特殊部隊出身で、彼の部下は海軍特殊部隊シールズの出身であるケンドール・マックスウェルとジェローム・バクターと三人とも軍人上がりだ。彼らはＣＩＡの実行部隊である作戦本部に所属する。暗殺や誘拐など、汚れ仕事を専門とする部署に所属しているらしい。

夏樹は大学卒業後ＣＩＡにスカウトされて、中国やロシアで諜報活動してきたという経歴にした。嘘がばれないように公安調査庁の経歴をそのままＣＩＡに差し替えたのだ。カバーンは、ロシアでの諜報活動で目撃したことにしてある。

昨夜はコティが7区の飲食店が集中しているサン・ドミニク通りのバーで、歓迎会をひらいてくれた。諜報員としては粗雑だが、酒を飲めば陽気で気のいい連中である。

大きな欠伸《あくび》をした夏樹は、両手を頭上に伸ばし、ノートブックパソコンで時刻を確認した。午後六時四十五分になっている。夏樹は午前八時に作戦司令室に入ってから射撃場に行くなど何度か気分転換をしているが、さすがに四日目ともなると疲れを覚える。

エシュロンの情報は作戦司令室のデータ解析チームが担当しており、カバーンがネットワークに繋《つな》がっている監視カメラに映れば、すぐに顔認証ソフトにより特定されるはずだ。カバーンが発見されれば、すぐに支局長のチャップマンと専従チームに知らされる。

スマートフォンが振動し、メッセージが入った。

――〝食事に行かない？〟

リンジーからである。

彼女はカバーンの専従チームがあることすら知らされていない。彼女の唯一の任務は冷たい狂犬から連絡が入ったら、チャップマンに報告することである。

夏樹は席を立つと、首を回して筋肉をほぐしながら階段で一階に上がった。一階には小さいながらも一般客も入れるレストランがある。忙しい時はそこで食事をするのだが、パリ支局の職員はあまり使わないようだ。メニューに飽きていることもあるが、食事の席でまで同僚の顔を見たくないからだろう。

「ハーイ！」

一階でホテルのレストランに向かおうとすると、リンジーが明るく声を掛けてきた。

夏樹は周囲を見渡した。ホテル内で彼女といるところをできるだけ、同僚に見られたくない。特にチャップマンに目撃されることは避けたいのだ。

「心配しなくても、ボスは二十分前に帰宅したわよ」

リンジーはレストランではなく、エントランスに足を向けた。彼女はパリ支局に赴任して二年になると言っていた。ホテルのレストランは飽きているのだろう。

「だとしても、注意したほうがいいだろう。どこかで待合せをしよう」

「分かったわ。リストランテ・ディ・コモね。先に行っている」

リンジーはフロントの前を通って、エントランスから外に出て行った。

夏樹は二分ほど時間をおいて、ホテルを後にした。

セーヌ川沿いのヴォルテール通りを西に向かって進み、2ブロック先の交差点を左に曲がり、バック通りに入る。ヴォルテール通りに飲食店はあまりないが、バック通りにはレストランやカフェが何軒かあった。

リストランテ・ディ・コモは、バック通り沿いにあり、リーズナブルでパスタやピザがうまいイタリアンの店である。間口は狭いが中は意外と広く、テーブルや椅子はシンプルなデザインでモダンな感じがする店だ。

リンジーは奥の壁際の席に座り、メニューを眺めていた。

「オーソドックスだけど、ピザのマルゲリータにスパゲティのカルボナーラ、それにサラダはどう？」

リンジーは楽しそうに尋ねてきた。彼女にはカバーンが発見されたら、すぐに知らせることになっている。フランス国内なら、上司の許可を得ることなく夏樹と一緒に行動できるが、国外の場合、事実上捜査から外されている彼女は動けない。その時は、夏樹は冷たい狂犬としてチャップマンに電話を掛けて、彼女を連れ出すつもりだ。

チャップマンは、先日夏樹が電話を掛けたために新しいスマートフォンに交換しているが、支局長室であいさつした際に彼の新しいスマートフォンをペアリングして情報は盗み出している。また、電話を掛ければ、さぞかし肝を冷やすことだろう。

「それに生ハムとバローロのワインも頼んでくれ」

夏樹は席に着くと、メニューも見ないで答えた。この店に来るのは二回目であるが、メニューはすでに頭の中にある。それに、ちゃんとしたイタリアンの店なら、生ハムとイタリア・ピエモンテ州にあるワインの名産地バローロのワインも置いてあるはずだ。

「いいわね」

リンジーは笑顔で答えた。

「うん？」

夏樹はジャケットのポケットから、振動するスマートフォンを出した。

支局からのメッセージで〝集合。ターゲット、発見！〟と短い文章が送られてきた。カバーンが見つかったらしい。

「食事はお預けらしい」

肩を竦《すく》めた夏樹は、スマートフォンをポケットに仕舞った。メッセージは専従チームのメンバー全員に送られている。支局にすぐに戻らなければならない。

「ひょっとして」

リンジーの顔が強張《こわば》った。

「そういうことだ」

夏樹は席を立った。

2

午後七時五十分、夏樹はＣＩＡが所有するセスナ社の中型ビジネスジェット、サイテーション・ラティチュードの機上にいた。

ＣＩＡパリ支局の情報部分析官が、一時間ほど前の午後六時四十九分にエシュロンから割り出されたカバーンの情報を得ている。夏樹の提供したカバーンの顔写真を元に、ブリュッセル国際空港の監視カメラの映像から顔認証ソフトにより割り出されたそうだ。カバーンを発見したという知らせで夏樹を含む専従チームは、パリ支局に招集され、全員が揃ったところでシャルル・ド・ゴール国際空港に向かった。空港にはすでにサイテーション・ラティチュードがスタンバイしており、僅《わず》か五分後に飛び立っている。目的地のブリュッセル国際空港には、あと三十分ほどで到着する予定だ。

四日前、リンジーにヴェネチアに先回りされた時には少なからず驚かされたが、今さらながらＣＩＡの機動力には感心させられた。今回ＣＩＡを利用する作戦に出たことは、間違いではなかったようだ。

パリ支局に招集がかけられた直後に、夏樹は冷たい狂犬としてチャップマンに電話をしている。案の定、新しくしたばかりのスマートフォンの電話番号を知られたことに酷《ひど》く驚いていた。支局長クラスは優秀な諜報員《ちょうほういん》がなるのだろうが、彼らは現役ではない。

情報漏洩の原因が、自分のスマートフォンにあるとは想像もつかないのだろう。

チャップマンには、ブリュッセルでカバーンを発見したので、リンジーと車で移動すると言っておいた。パリからブリュッセルまでは約三百二十キロ、飛ばせば三時間で到着できる。約束していただけにさすがに駄目だとは言えず、チャップマンはリンジーに同行する許可を出した。

リンジーは今頃、支局の車であるアウディ・A4でフランス北部を飛ばしているはずだ。彼女とはブリュッセルで合流することになっている。

サイテーション・ラティチュードの機内には九つの座席が用意され、奥には会議用の四つの席があるテーブルもあった。

一緒に搭乗したブラックパンサーのコティとマックスウェル、バクターの三人は、支局で支給された暗視スコープ付きのM4カービン銃とサプレッサー付きのグロック19の入念な手入れをしている。どちらも比較的新しい銃なので、夏樹は作動の点検をしただけだ。銃の扱いは、元軍人と諜報員の違いであろう。不具合があれば、命に関わると思っているが、所詮《しょせん》道具だと夏樹は割り切っている。だが、彼らの場合は、武器に執着心を持っているようだ。

午後八時二十分、サイテーション・ラティチュードは、ブリュッセル国際空港に着陸した。

飛行機がターミナルから離れた西側のエプロンに寄せられ、タラップ付きのドアが下ろされると、M4を入れたバッグを提げ、グロックをジャケットの下に隠し持った夏樹とコティら三人はエプロンに降りた。

「迎えが来る」

コティは夏樹らに言うと、移動の邪魔にならないように飛行機から少し離れた。機体の点検を終えたら、サイテーション・ラティチュードはすぐにパリに戻ることになっている。さまざまな作戦や任務に備えて、常にシャルル・ド・ゴール国際空港に待機させておくのだろう。

夏樹らの前に暗闇から抜け出すように走ってきたベンツの大型バンであるVクラスが、停まった。エプロンの片隅に待機していたようだ。

「とりあえず乗ってくれ。外は冷える」

助手席の男が、ウィンドウを下げて言った。パリは七度近くあったが、ブリュッセルの気温は、一、二度、しかも雨が降っている。

「ムーブ、ムーブ」

コティは後部ドアを開けると、夏樹らに乗車するように促す。仕草が軍隊の指揮官である。マックスウェルとバクターは、表情も変えずに乗り込む。彼らもコティの扱いに慣れているのだろう。

苦笑を浮かべた夏樹が最後に乗り込んだ。

「俺はケルビン・カスバード、ブリュッセル支局でAチームのリーダーをしている。といっても、うちの支局でAチームは、俺と運転しているジョージ・マクヒューの二人だけだ。四人もいるパリ支局が羨《うらや》ましいよ」

カスバードは後部座席の夏樹らを見て、笑った。CIAの中でもAチームは暗殺部門の隠語なのだろう。英語で暗殺は〝assassination〟であり、古い映画やテレビドラマで流行《はや》った特殊部隊Aチームに掛けたのだろう。

二〇〇一年の九月十一日に発生した米国同時多発テロを受け、政府担当者とCIAは、テロリストの暗殺リストを作成した。実行はCIAの暗殺部隊が行う計画だったが、それが露呈し、米国議会で問題となり、CIAは信頼を失う結果となる。以来、暗殺部隊はCIA内部でも厄介な存在となっており、現実的にも部隊は縮小されているようだ。

「カバーンは、どうなっている？」

コティがカスバードに尋ねた。

「空港ビルの監視カメラに映ったのが最後だ。俺とマクヒューは、パリ支部から連絡を受けて、十分後に空港に急行したが、見つけることはできなかった。言い訳はしたくないが、こっちは二人だ。人手が足りない。君たちを大いに歓迎するよ」

カスバードが振り返って答えた。

「ブリュッセルは、トランジットだった可能性はないのか？」

コティの心配も頷《うなず》ける。入国審査を受けたとしても、すぐに出国する可能性はあった。

「ブリュッセルの入出国審査での顔認証は、厳重だ。出国した記録はない。それに最後に監視カメラに映った映像は、タクシー乗り場だ。間違いなく、市内に入っただろう。現在、解析チームが、タクシーの乗車記録を調べている」

「手掛かりを失ったわけじゃないんだな」

コティは大きな溜息《ためいき》を吐いた。隣国とはいえ、無駄足を踏むのは嫌なものだ。

「とりあえず、支局に向かう。カバーンの宿泊先であるホテルや隠れ家が分かったら、今夜にでも、我々で急襲することになるだろう」

カスバードがマクヒューの肩を叩《たた》くと、車は発進した。

「支局の近くにレストランはあるか？　俺たちは晩飯前に招集されて、腹ペコなんだ」

コティが腹を摩《さす》りながら尋ねた。ベルギーはパリとは違う。飲食店でも夕方に閉まる店が多いことを知らないようだ。

「なくもないが、支局にうまい冷凍ハンバーガーがあるぞ」

カスバードの答えにコティらは溜息を漏らした。


ターミナルの西側にあるエプロンを見渡せる古い格納庫の屋根の上に、狙撃《そげき》銃の暗視スコープを覗《のぞ》き込み、夏樹らが乗ったベンツVクラスを見送る男がいた。

「狂犬は、いないのか、あるいは、変装して別人になっているのか」

男は独り言を呟《つぶや》くと、暗視スコープが付けられた狙撃銃を分解しはじめた。カバーンである。格納庫の屋根で一時間ほどビジネスジェットが発着するエプロンを見張っていた。冷たい狂犬がＣＩＡと組んでいるのなら、専用機で来ると予測し、見張っていたのだ。

空港の監視カメラにわざと顔が映るようにしたのは、冷たい狂犬を誘い出すためだったが、誘いに乗ってきたのは、ＣＩＡの暗殺部隊だけだったらしい。あるいは、変装して紛れ込んでいる可能性も考えられた。確認できない上に、狙撃すれば、場所が特定されて反撃に遭う。そのため、撃つことができなかったのだ。

「どこにいるんだ。冷たい狂犬め！」

悪態をついたカバーンは、狙撃銃を仕舞ったバッグを肩に掛け、屋根の上を移動し始めた。

3

ブリュッセルの中心部にある王宮の北側に、十三ヘクタールという広大なフランス式のブリュッセル公園がある。

かつてブリュッセルを統治していたブラバン公の狩場だったのが、一七七五年に公園として整備され、一八三〇年の独立運動ではオランダ軍との戦地となったが、一八三五年に建築家ジンネの設計による改修で、現在の姿となった。

空港から移動した夏樹らは、ブリュッセル公園の東側を通るデュカル通りに面した三階建ての建物に入っている。ＣＩＡのブリュッセル支局であり、市の中心部に位置し、近くには米国大使館があった。地下室の明り取りの窓が一階下部にあるため、玄関は階段を上がる構造になっており、屋根裏部屋もあるので、フロアは五つあった。

表向きは米国の貿易商のビルということになっており、一階は貿易商の事務所、二階は会議室とスタッフルーム、三階は職員宿舎と仮眠室、屋根裏部屋は武器庫と倉庫、地下は作戦司令室になっている。パリ支局と違って、建物は狭いため、地下に射撃訓練室はない。

夏樹らは通りに面した二階の会議室に通されていた。

「このハンバーガーは、意外といけるな。バンズが少しパサついているが、パテは厚みがあってうまい。モリエンテ、おまえも食えよ」

電子レンジで解凍した冷凍ハンバーガーをうまそうに頬張っているコティは、満足げに言った。

会議室には大きな冷凍庫があり、冷凍ハンバーガーや冷凍ピザなどの冷凍食品が常備されている。また、飲み物も豊富に揃えられているので、会議室というよりも食堂と言った方が、ふさわしいのかもしれない。だが、偽装とはいえ、シェフが常駐するレストランがあるパリ支局とは大違いである。パリとブリュッセルでは職員の数も違うので、自《おの》ずと規模も変わるのだ。

「俺は、パリのレストランでマルゲリータを食い損なっているから、ピザにするよ」

ミッチェル・モリエンテに成りきっている夏樹は、冷凍庫を覗き込んでピザを取り出し、隣りの棚に設置してある電子レンジで温めた。午後九時半になっている。遅いとまでは言えないが、夜にハンバーガーを食べる気にはなれない。

夏樹は冷蔵庫から出したトマトジュースと温めたピザを手に、コティの向かいの席に座った。

「尾行を気にしていたようだが、いつもそんなに用心深いのか？」

口の中のハンバーガーを飲み込んだコティが尋ねてきた。夏樹は車で移動している間も常に後ろを気にしていたからだろう。

「習慣の問題もあるが、俺は中国での活動が長かったから用心深くなったんだ。あの国では諜報員《ちょうほう》でない一般人にも公安警察が目を光らせている。そもそも逮捕状なんてなくても逮捕できるし、拷問も普通に行われる。欧米の人権国家とは違うからな」

夏樹はピザを二つに折って、先端に噛《かじ》り付いた。焼きたてのピザではないので、食感はすこぶる悪い。それに米国ピザにありがちな濃厚というよりくどい味付けだ。パリの仇《かたき》をブリュッセルで討つべきではなかった。

「そうらしいな。命令されれば、イラクやアフガニスタンにも行くが、中国と北朝鮮での任務はごめんだな」

コティは鼻から息を漏らして、笑った。

「俺の場合は、父親の仕事の関係で韓国や中国で育った。欧米の言葉はだいたい話せるが、中国語や韓国語もネイティブなみだ。だから、アジアに派遣されたんだ」

嘘はついていない。幼い頃からトライリンガルで育ったために、夏樹は言語能力に長《た》けている。

「グローバルエージェントだと聞いているが、ＣＩＡにスカウトされたのは、ガキのころか？」

コティは真面目な顔で尋ねてきた。半分は皮肉だろう。

「そんなところだ」

頷いた夏樹はトマトジュースを飲み干し、食べかけのピザを冷蔵庫横のゴミ箱に捨てると、出入口に向かった。二口は我慢できたが、それ以上は限度を超える。人間の食べ物とは思えない。

「どこにいくのも自由だが、建物からは出るなよ。いつ出動が掛かるか分からない」

コティは冷凍庫から二つ目のハンバーガーを出しながら言った。

「それはないだろう。やつはこっちが多人数だと確認したはずだ。当分は、姿を見せない。保証する」

監視カメラが沢山ある空港で、顔が映るようなヘマをカバーンは絶対しないはずだ。わざと監視カメラに顔をさらけ出して誘い出し、追跡者の規模を知りたかったに違いない。あるいは、夏樹の暗殺を目論《もくろ》んでいる可能性もある。おそらく、夏樹らが空港に到着した時点でどこかから監視していたに違いない。

「馬鹿な。なんでそんなことが分かるんだ？」

コティが苦笑すると、マックスウェルとバクターは顔を見合わせて笑った。彼らはカバーンの恐ろしさを知らない。直接対峙《たいじ》した夏樹は、肌で感じたのだ。それを口で説明することは難しい。

「あいつの目だ。獲物を決して逃がさない獣の目をしていた。だが、捕食者は用心深い。追われていると感じたら、必ず追跡者の正体を知ろうとするはずだ。俺は、作戦司令室に行って状況を聞いてくる」

夏樹は廊下に出ると、スマートフォンを見ながら階段に向かった。リンジーとは、スマートフォンのメッセージで互いの状況を確認している。彼女はフランスの国境の手前まで来たらしい。ブリュッセルまではまだ一時間近く掛かるだろう。

地下まで下りると、明り取りの窓から漏れる街灯の光が、廊下を照らしていた。だが、天井の照明は、歩道から覗かれないようにあえて点《つ》けていないようだ。

夏樹は廊下の中ほどにあるドアのセキュリティボックスに、自分のＩＤカードを差し込んでドアを開けた。これは本部のサーバーに埋め込んだ夏樹が扮《ふん》するミッチェル・モリエンテのデータを基に、リンジーが作成したものである。身分は偽りだが、カード自体は本物で、セキュリティボックスに差し込まれたＩＤカードは、本部サーバーに瞬時に照会されて、本人確認をしているのだ。

内部はパリ支局より一回り狭く、職員の数も六名と半分ほどである。

「今日赴任してきたミッチェル・モリエンテだが、情報分析官と話がしたいんだ」

入口近くのデスクに座っている眼鏡を掛けた女性に尋ねた。

「あなた、パリから派遣されたAチームの要員ね」

栗毛色の髪をした女は、僅《わず》かに眉《まゆ》を寄せた。暗殺部隊の職員を嫌っているらしい。

「俺はAチームの人間じゃない。グローバルエージェントで、彼らに協力するように言われているだけだ」

「グローバルエージェント！　主任分析官は不在だけど、私も分析官よ。ジルファー・ケスラー、ジルと呼んで。よろしく」

ノートブックパソコンに向かっていたジルファーは夏樹を改めて見ると、眼鏡を外して握手を求めてきた。グローバルエージェントは、一握りの人材で、エリートというイメージがCIAではあるのだ。ケスラーという名前からすると、ドイツ系米国人なのだろう。ドイツ語とフランス語が堪能なためにベルギーに派遣されたに違いない。

「我々が、カバーンと呼ばれている男を追ってきたことは知っているね」

ジルファーの横に空いている椅子を引き寄せ、夏樹は座った。

「もちろんよ。そのために、私は残業しているの」

ジルファーは苦笑してみせた。

「現段階は、エシュロン頼りなんだろう？」

「他に何かある？」

ジルファーは肩を竦《すく》めて見せた。

「カバーンはイタリアで、ある秘密会議に潜入し、会議を妨害するとともに暗殺も企てた。今回ブリュッセルに来た理由も同じような任務だという可能性があるとは、考えられないか？」

夏樹は彼女に詳細は言わなかった。諜報員は情報をべらべらと話さないものだ。

「同じような任務？　ブリュッセルで秘密会議がまた開かれるというの？」

ジルファーは首を傾げた。ヴェネチアで開かれたのは、米国が参加できない秘密会議である。CIAでも察知することは難しいと思っているのだろう。

「あの会議は特別だと思う。これは勘に過ぎないが、ヴェネチアの時も、暗殺が主たる任務だった気がするんだ」

「それじゃ、会議の妨害は、暗殺を偽装するためだったの？」

「偽装かもしれないが、妨害することで、米国を陥れることに成功している。カバーンは、二つの目的を達成したのだろう」

「凄腕《すごうで》のエージェントということね」

「そういうことだ。ブリュッセルで近々、先進国の高官や政治家が集まるような会議はないかな。カバーンは、海外の要人の暗殺を企《たくら》んでいる可能性もあると思うんだ」

夏樹は殺害されたニュージーランドのグレン・ロファスの経歴を調べ、彼自身の存在に疑問を持っていた。ロファスの両親はソビエト時代のウクライナの政治家で当局に弾圧され、米国経由でニュージーランドに政治亡命をしていた。ロファスは九歳の時に両親とともにニュージーランドに移り住んでいる。国籍はすぐに変わったようだが、生粋のニュージーランド人でない者が、情報機関の副長官にまで成り上がるのだから、複雑な事情があったのだろう。

両親はすでに他界している。可能性としては低いかもしれないが、両親の背負った問題で彼はロシア当局から恨みを買っていたのかもしれない。あるいは彼自身が、ロシアと深い繋《つな》がりがあり、口封じに暗殺されたとも考えられる。いずれにせよ、カバーンがロシアとパイプがあるため、ロシア絡みという線で調べて間違いはないだろう。

「ブリュッセルでの国際会議ね。調べてみるわ」

ジルファーは小さく頷《うなず》いた。少しは納得したようだ。

「それとブリュッセルの政治家や財界人で、本人もしくは家族が旧ソ連、あるいはロシア出身という人物がいないか、調べて欲しい。正直言って、前回の暗殺も何を目的としていたのか分からないが、両親が旧ソ連に関係していたことが気になっている。あらゆる可能性を調べる必要があるが、ある程度絞って調べて欲しい」

暗殺には必ず意味がある。それが分かれば、カバーンを見つけ出せるだろう。

「了解。任せて」

ジルファーはパソコンに向かって座り直し、キーボードを軽やかに叩《たた》き始めた。

4

午前五時半、夏樹は、ＣＩＡブリュッセル支局の三階仮眠室のベッドで目覚めた。

三階にはベッドが四つある仮眠室が二つあり、カバーンに即応するために、仮眠室に宿泊することになったのだ。夏樹はコティと同室になり、彼の部下であるマックスウェルとバクターは隣室で眠っている。

「どうした？」

夏樹が体を起こすと、コティが反応した。この男は諜報員《ちょうほう》としては使えそうにないが、特殊部隊で鍛え上げた戦闘能力だけでなく、五感も優れているらしい。

「いつもより早く寝たので、目が覚めてしまった。ジョギングをしてくる」

ベッドから降りた夏樹は、スポーツウェアに着替えながら答えた。

「正気か？　カバーンは俺たちのことを把握していると言ったのは、おまえだろう。一人で行動すれば、殺してくれといっているようなものだ」

コティも体を起こした。

「朝ジョギングするのは、日課だ。それにあいつは一人だ。俺たちを二十四時間監視するのは、不可能だろう」

「一匹狼だというのか？」

「一人で行動するタイプだ。俺には分かる。一人だから、追跡も困難だが、相手も俺たちを絶えず監視下におくのは、難しいということだ」

夏樹はカバーンに自分と同じ匂いを感じている。便宜上、CIAのエージェントになりすまして、コティらと行動をともにしているが、夏樹も本来は単独行動を好む。だから、カバーンの行動パターンは、分かるのだ。

「なるほど。今頃は、どこかのホテルで眠っているというわけか」

「五つ星ホテルで、のんびりとしているはずだ。カバーンは俺たちを誘い出すために、また動くだろう。それまで、出番はない」

カバーンはおそらくブランド好きなのだろう。彼が身につけていた香水で分かる。普段は上等なスーツを着込んだビジネスマンになりすまし、高級ホテルに宿泊しているに違いない。

「それまで、俺たちは、何もすることはないのか?」

「慌てる必要はない。食って、寝て、体を鍛え、英気を養うことだ」

「冷凍ハンバーガーでか? 昨日は食ったが、今度はおまえと同じことをしそうだ」

コティは大袈裟《おおげさ》に肩を竦めて見せた。うまそうに食っていたが、我慢していたようだ。

「ドゥジョンケ通りにコロネルというステーキハウスがある。ブリュッセル一うまいステーキとハンバーグが、食えるぞ」

夏樹はジョギングシューズを履くと、部屋を出た。

ブリュッセル支局を出た夏樹は、デュカル通りを南に進み、公園の端の交差点を右に曲がり、ブリュッセル王宮の前を走る。夜明け前の歩道はジョガーどころか歩行者も皆無である。広々とし、ジョギングするには気持ちがいいコースと言えるが、パリと同じく歩道も石畳が多いので膝《ひざ》への負担が大きい。そういう意味では、日本は走りやすい。

また、ブリュッセルは治安が悪いエリアと安全なエリアがはっきりしており、基本的な目安は道である。百パーセントではないが、安全な道さえ選べば、トラブルを避けられる。

王宮に沿って左折し、王立広場を抜け、路面電車の軌道があるレジャン通りに入った。すでに一キロほど走っているが、気温は一、二度、体はまだ温まらない。

レジャン通りの突き当りである最高裁判所の前にあるポウラエール広場を左に折れると、ウィンドブレーカーのフードを被《かぶ》った女が並走してきた。リンジーである。彼女はCIAブリュッセル支局にほど近いホテルにチェックインしていた。

ジョギングが毎朝の習慣というのは嘘ではないが、彼女が接触を望んできたのだ。

「調子はどう?」

リンジーは走りながら唐突に尋ねてきた。スマートフォンのメッセージで現状は伝えてあるが、いつも短文で送るため、情報不足に苛立《いらだ》ちを覚えているのだろう。

「今のところ、進展はない。カバーンは、俺を誘い出すためにまた何か仕掛けてくるだろう。とりあえず、俺がブリュッセルに入ったことは知っているはずだ」

夏樹は淡々と答えた。

「あの男は、あなたを狙っているの？」

「やつは諜報員というより、殺しのプロだ。俺に素顔を見られ、コードネームまで教えたのは、俺を必ず殺すためだ。俺がやつを追っているのと同じ理由だ」

カバーンに夏樹も名乗りを上げたのは、相手を殺すためである。唯一の誤算は、互いにあの場所で相手を殺せなかったことだろう。

「殺し屋の掟《おきて》？」

「そんなところだ。カバーンは俺を誘い出すために、事件を計画しているはずだ。計画が実行される前にやつを探し出す。早く見つかった方が死ぬ。簡単なことだ」

夏樹とリンジーは、広い交差点の角にあるティファニーの前を通って左に曲がり、ワテルル通りに入った。時刻は午前六時になろうとしているが、この時間にベルギーで開いている店は、皆無だ。

「どうやって、計画を事前に察知するの？」

リンジーは息を乱さずに尋ねてきた。

「ブリュッセル支局の分析官に、俺が情報を解析する条件を出して調べてもらっている。いくつか候補は出てくるだろう」

夏樹は国際的な会議や本人も含む親族に旧ソ連またはロシア出身者がいる政財界の大物がいないか、分析官に調べさせていることを説明した。

「それを一つずつ当たっていくの？」

「候補が絞りきれない場合は、Ａチームを使うつもりだ」

今まで彼らと行動をともにしてきたのは、利用するためである。また、絞り込むことができるのなら、彼らを出し抜いて夏樹は自分で調べるつもりだ。

「それじゃ、私もパリ支局の同僚に情報を集めてもらうわ。違う分析官から得た情報を照らし合わせれば、選別しやすくなると思う」

「大丈夫か、チャップマンに目を付けられるぞ」

チャップマンがリンジーのブリュッセル行きを許可したのは、夏樹を監視させるためである。彼女がカバーン捜査に関わることを嫌っているはずだ。

「その点は、私も細心の注意をする。でも、今の局長は職員からすごく嫌われているの。同僚も私に協力してくれるはずよ。本当にあの局長、なんとかならないかしら」

走りながらリンジーは、溜息《ためいき》を漏らした。

「心配するな。あの男を局長の座から引きずり下ろすのは、簡単なことだ。なんなら辞職させることもできる」

チャップマンのパソコンは未《いま》だにウィルスに侵されているため、データは安浦に送られ続けている。当初安浦はその都度メールに添付させて夏樹に送っていたが、昨日からそれが面倒になったらしく、自動的に夏樹に転送されるようになった。そのため、チャップマンのデータがリアルタイムで得られるようになっている。

今は大切な情報源のためリンジーに教えるわけにはいかないが、チャップマンがCIAの機密情報を利用して不正に株取引をしていることや愛人に宛てたメールなど、すでに夏樹は彼の弱みを大量に握っていた。

「あなたが言うと、嘘には聞こえないわね」

リンジーは横目で夏樹を見て笑った。

「カバーンを始末したら、情報をやるよ」

夏樹はリンジーの背中を軽く叩くと、支局に戻るべく、交差点で彼女と別れた。

5

ブリュッセル北駅、午前十一時。

駅の正面から西に向かって延びるシモン・ボリヴァル通りと南北に交差するアルベール二世大通りは、高層ビルが立ち並ぶ美しい景観をしている。

一方、北駅の東側は、西側の治安のいいビジネス街とは一変し、薄汚れた古い街並が続く。安ホテルに雑貨店、公認の娼館《しょうかん》などが点在する駅の裏町らしい光景が広がる。治安は言うまでもなく最悪で、駅近くのホテルに行くまでに何度も強盗やスリに遭遇するというのは、日常茶飯事だ。

北駅の東側を通るブラバン通りは、間口が狭い商店が肩を寄せ合い、どの店も落書きだらけのシャッターが下されている。

中国製の電化製品が並ぶディスカウントストアのシャッターが開けられると、それが合図だったかのように三軒隣りのトルコ絨毯《じゅうたん》などを扱う雑貨店のシャッターも上げられた。駅裏の街がようやく目覚めたようだ。落書きだらけのシャッターが上げられれば、通りも活気付く。だが、夕方まで下ろされたままの店は、潰《つぶ》れたのか娼館のどちらかだろう。

カバーンは、トルコ物産の店の隣りにある娼館〝ナイト・スタイル〟の屋根裏部屋に佇《たたず》んでいた。三階建ての建物の一階は、バーとサロン、二階と三階は〝チョンの間〟を兼ねた娼婦の居室である小部屋が八部屋あり、最上階はオーナーの隠し部屋となっている。

隠し部屋と言っても三十平米近くあり、ベッドにソファー、本棚、それにパソコンが並べてある彼の住居である。

カバーンは壁にもたれ掛かり、シガレットのドリームスを吸いながら、デスクトップパソコンに向かってキーボードを叩《たた》く男をぼんやりと見つめていた。ドリームスの原産国はベルギーであるが、ハリウッドスターが愛用するリトルシガーで、セレブ御用達のブランド品と言っていいだろう。

「イゴール・ジルコフとダリア・パシンコワは、八人のうちのどれかですね、多分」

男は娼館の若きオーナー、デドリック・ベントレであるが、同時にコンピュータのプログラマーでもあり、裏の業界では知られたハッカーであった。

「三日もかけて、結局絞り込めなかったのか?」

カバーンは苦り切った顔で、シガーの煙を吐き出した。

「冷戦中の密入国者も含めて亡命したロシア人夫婦の数は、はっきりしていない。政治亡命だから政府が隠しているんだ。だが、政府の資料から得られた情報では、少なくとも十二人、六組いる。そのうちで名前を変えて政財界に進出しているのは一組だ。また、国家保安庁によれば、北欧の国から移住し、ベルギー国籍を得た市民で、ロシア系と思われる人物は百人を超すが、そのうち夫婦は十六組、つまり三十二人もいる。その中で、スパイと疑われているのは、三組、六人だ。あんたの探しているジルコフとパシンコワは、この八人の中にいるのだろう。だが、それ以上、絞ることは誰にもできない。なぜなら、何者かが、痕跡《こんせき》を消す作業をしたからだ」

ベントレは、振り返って左右に頭を振ってみせた。国家保安庁とは、ベルギーの情報機関のことである。

「分かった。リストをプリントアウトしてくれ」

カバーンは小さく頷《うなず》き、シガーの煙を口に含んだ。

五日前、イスタンブール旧市街、カメカン通りのアパートメントでタルナーダがカバーンに出した新しいミッションは、「裏切り者の予備軍を抹殺しろ」というもので、ベルギーに潜り込ませたロシアの諜報員《ちょうほう》を暗殺することであった。

ロシアは世界中に諜報員を送りこんでいる。民間人を装い、本当の夫婦として子供を儲《もう》けてさえいる諜報員もあった。中には政財界に進出しているケースもあり、その多くは本国からの命令をひたすら待ち続けるモグラとなっている場合もある。

だが、潜入した国で民間人として生きて行くうちに、世間を欺くことにストレスを感じ、母国を裏切るケースもある。

二〇一〇年、米国で長年潜伏していた十人ものロシアの諜報員が、FBIに一斉に逮捕される事件が発生した。

中でもドナルド・ヒースフィールド夫妻の逮捕は、世間に衝撃を与えた。夫婦が揃って旧ソ連のKGBで訓練を受けた諜報員で、ソ連崩壊後もロシア対外情報庁（SVR）に属していた。夫婦役の諜報員はカナダで他人の名義を盗んでなりすまし、子供を儲けてから米国に潜入するという周到さで、周囲は誰しも彼らを良識のある米国人と信じていたという。逮捕時、二人の息子は両親が諜報員であることはもちろん、自分たちがロシア人であることすら知らなかったというから驚きである。

彼らを含めた十人もの潜入諜報員の存在は完璧《かんぺき》に米国に溶け込んでいた。FBIに知られたのは、裏切り者のリークのためであった。

ベルギーにはSVRに所属する潜入諜報員が何人もいたが、その中で近年連絡が取れなくなった者が二人いた。夫婦として三十年も前から潜入していたイゴール・ジルコフとダリア・パシンコワの二人である。

彼らはモグラだったため、任務を与えることなくベルギー人として生活させていた。自由にさせていたために、当局の監視も緩かったのだ。問題は、彼らが同じくモグラとして潜伏している諜報員の本名と偽名まで知っていることであった。

しかも、何者かがSVRのサーバーからヨーロッパに潜入している諜報員のデータを消し去ったのだ。タルナーダからもらったリストだけでは動けないため、カバーンは裏社会のパイプを使ってヨーロッパでも屈指の天才ハッカーと呼ばれるベントレを雇って調べさせていたのだ。

「絞りきれないのなら、八人を抹殺する他ないのか。なるほどな」

カバーンは呟《つぶや》くと、鼻先で笑った。

タルナーダは、冷たい狂犬を殺害するための新しいミッションをカバーンに与えた。SVRもイゴールとダリアの二人の行方が分からなくて困っていたのだろう。ベントレと同じく八人程度まで絞り込んでいた。だが、八人も殺害すれば、ベルギー当局だけでなく冷たい狂犬にもカバーンの存在を知られる可能性があった。

タルナーダの狙いはそこにあるのだろう。うまくいけば、裏切り者と冷たい狂犬を同時に処分できる。そうでなくても、八人のうち何人かをカバーンが殺害すれば、自《おの》ずと裏切り者は絞り込めるというわけだ。

「リストをどう使おうが、俺は関知しない。だが、報酬として三日間の拘束代は、払ってくれ。それだけ、価値がある仕事はしたはずだ」

ベントレはプリントアウトされた用紙を得意げにカバーンに渡した。

「確かに優れていることは、認めよう。SVRが苦労して調べ上げたリストと、ほとんど変わらない」

リストを見て鼻先で笑ったカバーンは、スーツの上着に隠し持っていたサプレッサー付きの銃で、ベントレの額を撃ち抜いた。ロシアの情報機関や特殊部隊でも使われている強化ポリマー製のグリップフレームを持つ、MP443である。

「役立たずめ」

カバーンはリストをポケットにねじ込むと、パソコンの本体に数発の弾丸をぶち込み、部屋を後にした。

暗殺候補

1

CIAブリュッセル支局、地下司令室、午後八時。

「説明してくれ」

夏樹は分析官であるジルファー・ケスラーの横に座ると、彼女のパソコンのモニタを見つめた。

「四月五日にシリアへの人道支援を協議する国際会議が、ブリュッセルで行われる予定です。まだ、公表されていませんが、シリアの度重なる化学兵器使用を非難する目的で開催されるようですね」

ジルファーはこの二日間、カバーンの暗殺対象者の情報を精力的に収集したらしい。画面には、会議の場所や時間、出席予定者のリストなどが表示されている。

夏樹は暇を見つけては、ブリュッセル市内を丹念に歩き回った。カバーンと遭遇した際、街の最新の地理を知っていた方が有利になるからだ。また、あえて身をさらけ出すことにより、カバーンを誘《おび》き出せればという思惑もあった。今の変装が夏樹だとは思っていないだろうが、ＣＩＡの諜報員として認識されている可能性が高いからだ。

「一カ月以上先の会議だな。この会議を妨害、もしくは出席者を暗殺するためにカバーンが、ブリュッセルに来たとは思えないな」

夏樹は首を捻《ひね》った。

「会議には、各国の外相級が参加します。そのため、会議主要国の次官が、来週の金曜日にブリュッセルで事前会議を開きます」

来週というのなら考えられなくもない。次官といえども政府の要人である。カバーンの標的としては、妥当である。

「会議の主催国は、米国か？」

「米国と英国です。ただし、例の件で、両国は険悪になっているので、おそらく英国が主導すると思われます。会議の参加者を暗殺すれば、米国に疑いの目が向けられる可能性もあります」

例の件とは、ヴェネチアの秘密会議のことである。英国をはじめとしたファイブアイズの国々は、米国が本気で会議を妨害したとは思っていないだろう。だが、米国を責めることで、貿易で無理難題を押し付けようとする現政権を牽制《けんせい》することが可能になる。

「それじゃ、会議参加者に、カバーンのターゲットがいるのかもしれないな」

夏樹は小さく首を傾げた。漠然としている。候補としては挙げられるが、ピンと来ないのだ。

「次に、国家保安庁のサーバーを調べて、ロシアに関係する人物をリストアップしました。まず、政治亡命者は十二人ですが、ベルギー国籍を得たロシア系移住者は百人を超します」

夏樹はロシア絡みの移住者や政治亡命者を探すように指示をしていた。潜入諜報員《ちょうほう》という可能性があるからだ。

「少なくとも百十二人は、いるということか。対象が多過ぎるな。スカールベークやシント・ヤンス・モーレンベークなどを含むブリュッセル市に隣接する首都圏内に住む者に限定してくれ。この国では、ブリュッセルにすべてが集中している。地方都市に住む人間は、除外してもいいだろう」

「首都圏在住ですね」

頷《うなず》いたジルファーはキーボードを叩《たた》いた。カバーンが暗殺を図る理由は、よほど重要な機密情報をロシアから持ち出したのか、あるいはロシアから送り込まれた潜入諜報員だったが、裏切ったという二つの理由が考えられる。

ヴェネチアで暗殺されたロファスの年齢は四十九歳であったが、彼がニュージーランドに両親とともに亡命したのは、九歳の時である。少年時代に機密を握ったとは思えない。たとえ両親が握っていた機密を受け継いだとしても、四十年以上前の情報であり、価値はないはずだ。

考えられるのは、両親だけでなく、彼も英才教育を受けた潜入諜報員だった可能性である。だが、結局、ロシアを裏切り、殺される羽目になったのだろう。

「現在、ブリュッセル在住者は、三十人まで絞り込めます」

ジルファーは淀《よど》みなく答える。

「三十人か、だいぶ絞り込めたな。この中で夫婦はいるか？」

「七組います」

「十四人になったか。絞り込みは、それで限界かもな。それじゃ、夫婦者を上位にして三十人のリストをプリントアウトしてくれ」

警察のような地味な張り込みをするつもりはない。対象者の家に侵入して、徹底的に調べ上げ、怪しいようなら直接尋問する。だが、対象者が多いので、コティらAチームにも手伝わせる必要があるようだ。

「一枚でいいですか？」

「六枚頼む」

コティらの分である。

「了解」

ジルファーは楽しげにキーボードを叩いた。

「待ってくれ。リストの順を逆にしてくれ」

パソコンのモニタを見ていた夏樹は、プリンターから排出されたリストに手を伸ばしかけたジルファーに言った。

優先順位が高いものは、夏樹自身が調べたいのだ。

「……了解しました」

首を捻ったジルファーは、リストの順位を変えてプリントアウトすると、夏樹に手渡した。

「ありがとう」

夏樹は軽く頷いてリストを受け取り、席を立つと、二階の会議室に向かった。

コティとマックスウェルとバクター、それにブリュッセル支局の二人がテーブルを挟んで座り、ウィスキーで酒盛りをしている。彼らは夏樹と違って、ほとんど支局から出ることはない。真面目というより、億劫《おっくう》なのだろう。

「モリエンテ。ドゥジョンケ通りのコロネルに行ってきたぞ。久しぶりに歯ごたえのあるステーキにありつけた。一緒に飲まないか」

夏樹と目が合ったコティは、ウィスキーの入ったグラスを掲げて言った。まったく外出しなかったわけではなさそうだ。

「五人揃っているのなら、ちょうどいい。カバーンを捜すぞ」

夏樹はリストを全員に配った。

2

午後十時、ブリュッセル、ファブリック通り。

市の中心部より西寄りの観光スポットもない住宅街である。

ファブリック通りの空いている駐車帯にアウディ・A4が停まった。運転しているのはリンジーである。腕時計で時間を確認した夏樹は、助手席から降りた。

二時間前にブリュッセル支局で、コティらAチームと打合せをし、カバーンが暗殺を計画している可能性があるターゲットのリストを渡している。その際、夏樹はリストの対象者を三つに分け、上から十二人をコティらパリ班、その次の十人をカスバードとマクヒューのブリュッセル班、残りの八人を夏樹が一人で担当することに決めていた。

彼らには、上からプライオリティが高いと教えてあるので、夏樹が一人で八人も捜査することに反対する者はいなかった。だが、実際のプライオリティは下からの順番になっている。対象者はブリュッセル市内に散らばっており、それぞれの班は午後十時から順にリストの一番上から捜査を開始することになっていた。

夏樹は歩きながらサプレッサー付きのグロックのスライダーを引いて初弾を込めると、ズボンに差し込んだ。暗闇で銃を発砲し、同士討ちを避けるという理由でリンジーは車で待機させている。本当は、単純に一人で行動したいだけだ。

この辺りは比較的治安がいい場所である。だが、ブリュッセルで、午後十時を過ぎて一人歩きをする住民はいない。

夏樹は煉瓦《れんが》の建物に沿って三十メートルほど進み、外壁が黄土色に塗装された三階建てのアパートメントの前で立ち止まった。玄関のドアの横にポストが三つ並んでいる。一フロアに一世帯住んでいるらしい。リストの最後尾に載っている夫婦が、このアパートの三階に住んでいるのだ。

夏樹はアパートメントの玄関のロックを先の曲がったピッキングツールで開けると、滑り込むように建物に侵入した。ポケットから盗聴盗撮発見機を出し、付属のベルトで左腕に巻いた。これで壁や天井に埋め込んである小型カメラも見つけることができる。

だが、三階の住人が、長年潜伏している諜報員なら赤外線センサーの警報装置があってもおかしくはない。夏樹はポケットから小型単眼暗視スコープを取り出した。リンジーがパリ支局から持ち出したＣＩＡの備品で、掌《てのひら》サイズにもかかわらず、暗闇で五十メートル先の物体が認識できる。市販品でも小型のものは出回っているが、焦点距離はせいぜい三十メートルほどだ。

夏樹は左手に持った暗視スコープで周囲を注意深く見ながら右手で銃を構え、照明の消えた廊下を進んだ。奥の階段をゆっくりと上った。幅が九十センチほどの狭い階段にも三階の廊下にも赤外線センサーはないようだ。それに左腕の盗聴盗撮発見機も反応しない。三階の住人が諜報員なら、あまりにも無防備である。

突き当りにあるドアの前で耳をすませた夏樹は、神経を集中させて内部の様子を窺《うかが》う。侵入する前に建物の照明がすべて消えていることは確認している。ドアの向こうから生活音は聞こえない。すでに眠っているようだ。この部屋の住人は、ただのロシアからの亡命者なのかもしれない。

背後に微《かす》かな物音。

振り返って銃を向けた。

銃口の先に銃を手にしたリンジーが立っている。

「何をしている？」

右眉《みぎまゆ》を吊《つ》り上げた夏樹は、銃を降ろした。

「暇はいやなの」

肩を竦《すく》めたリンジーが、夏樹の耳元に囁《ささや》いてきた。

「リストの中に、潜伏諜報員が必ずいるはずだ。遊び半分じゃ、逃げられるぞ」

夏樹は彼女から少し離れ、小声で注意した。近過ぎる距離は、武術で言うのなら彼女の間合いだからである。

「ごめんなさい。でも、私たちは、コンビでしょう？　違う？」

リンジーは唇が触れそうなほど、顔を近付けてきた。掟《おきて》破りの〝ロリータレンピカ〟の甘い香りが鼻腔《びこう》をくすぐる。彼女がもっとも得意とする武器の一つだ。

「……分かった」

溜息《ためいき》をついた夏樹は、ドアの鍵穴《かぎあな》にピッキングツールを差し込んで解錠した。単純なシリンダー錠である。ものの数秒あれば、十分だ。

驚くようなことではないが、リンジーは両眼を見開いている。

夏樹はドアの隙間から中を覗《のぞ》くと、部屋に足を踏み入れた。

道路に面した窓から漏れる街灯の明りが、部屋を照らしている。レースのカーテンはあるが、束ねられたままだ。ベルギー人は採光を重視するせいか、窓にカーテンもしない住人をよく見かける。

広くはないが、暖炉と座り心地がよさそうなソファーが置かれたリビングを夏樹は注意深く進む。

「むっ！」

夏樹は右頰をぴくりとさせた。血の匂いがするのだ。

銃を構えて腰を低くし、リビングを通り抜けて寝室に入った。

ベッドの上で血だらけの初老の男女が、両腕をベッドに縛られている。この部屋の住人に間違いないだろう。生死を確認する必要もない。眉間《みけん》に銃弾を撃ち込まれているのだ。

「先を越されたの？　それとも別の犯罪者の仕業？」

遅れて部屋に入ってきたリンジーが頭に手をやった。

男女とも両耳が切り落とされている。暗殺というより、猟奇殺人のように見えるのだ。

夫婦が裏切り者なら、銃弾を撃ち込めばそれですむはずである。

夏樹は銃をズボンに挟み込むと、二人に掛けられている毛布を剝《は》がした。

男女は全裸で身体中が切り刻まれている。

「なっ！」

リンジーが口元を左手で押さえた。

「そういうことか」

夏樹は二度頷《うなず》いた。

「そういうことかって？」

リンジーは首を捻《ひね》ると、銃を仕舞った。

「拷問されたんだ。やつも、ターゲットを特定できていないんだろう」

夏樹は毛布を元に戻すと、ベッドの周辺を調べ始めた。

「今度は何？」

「やられたな」

夏樹はベッドの正面の壁に掛けてある小さな0号サイズと思われる油絵の額を調べ、鼻先で笑った。額の裏側に小型の隠しカメラを見つけたのだ。カバーンが自分を追っている者を突き止めるために仕掛けたのだろう。夏樹らは暗殺候補者の家を調べ、カバーンが侵入した際に備え、監視カメラを設置する予定だった。先を越されたらしい。

「まだ、この近くにいるわね」

リンジーは銃を抜いた。隠しカメラは無線式だが、電波の到達距離はせいぜい百メートルだろう。

いち早く銃を手にした夏樹は寝室から駆け出し、リビングの窓から道路を見下ろした。走ってすぐ捕まえられるほど、近くにはいないはずだからだ。

一台の黒い車が、数十メートル先の駐車帯から抜け出した。

「くそっ！」

夏樹は鋭く舌打ちをした。

3

午後十一時、スカールベーク、アザレ通り。

ブリュッセル首都圏は、ブリュッセル市を含む十九の基礎自治体で構成されており、スカールベークは南北に細長いブリュッセル市の東に隣接する自治体である。

トルコ人やモロッコ人の移民が多いエリアであるが、ブリュッセル国際空港に近く、高速道路での市内へのアクセスもいいため近年人気のエリアとなった。中心部にあるジョザファ公園周辺には富裕層も住んでおり、治安もいい。

ジョザファ公園の西側を通るアザレ通りは、公園の鬱蒼《うっそう》とした緑と道路を挟んで昔ながらの煉瓦造りのヨーロッパ建築の住宅の対比が美しい通りである。街がスラム化していないことを知る指標は、ペイントスプレーによる落書きだが、この辺りでは裏通りでもめったに見かけない。また、歩道も広く清掃も行き届いている。

黒いベンツのAクラスが公園と反対側の駐車帯に停められ、ライトを消した。この時間帯、人通りはもちろん、車の行き来も途絶えている。運転席にはカバーンが座っていた。

一時間ほど前、ファブリック通りのアパートメントに住む亡命ロシア人夫婦を拷問にかけて、暗殺ターゲットであるイゴール・ジルコフとダリア・パシンコワの二人なのか確認してきた。

二人は耳をそぎ落としても違うと言い張った。潜入諜報員《ちょうほう》といっても、長年一般人として暮らしていると、感覚が鈍り拷問にも耐えられなくなる。彼らがカバーンの拷問に耐えてまで秘密を守ったとは思えない。二人とも諜報員でもなく、本当に民間人だったようだ。

カバーンはロシア対外情報庁とハッカーであるデドリック・ベントレが出したリストを照らし合わせて新しいリストを作成し、それを元に動いている。だが、驚いたことに、カバーンがファブリック通りの夫婦宅を出た直後、CIAの諜報員が来た。

男女のペアだったが、一人は数日前にブリュッセル国際空港に仲間五人と一緒にいた男であった。女は地元在住の諜報員で、男はCIAの暗殺部隊に所属しているのだろう。空港で見かけた残りの五人は、他の場所を手分けして捜査しているに違いない。

カバーンがターゲットのリストを作ったように、彼らも同じようなリストを持っている可能性があるということだ。二人が捜査を終えて建物の外に出てきたところを殺すつもりだったが、男に寝室に仕掛けた隠しカメラに気付かれてしまった。近くに他の仲間も待機しているかもしれない。その場から去るほかなかったのだ。

アザレ通りに面した建物は形やデザインもまちまちであるが、総じて三階建ての煉瓦《れんが》や石造りの家が多い。多くが集合住宅で、暖房効果を高めるため建物は隙間なく建てられている。また、古い景観を守るために建て替えも、外壁を残すケースが多い。

道を挟んで百メートルほど先にあるアパートメントを見つめていたカバーンは、車から降りた。建物に張り付くように壁際を歩き、一階がグレーにペイントされた建物の玄関の前で立ち止まった。ドアは二重のシリンダー錠になっているが、ドアノブを回すと、簡単に開いた。誰かが先に侵入しているということだ。

「二軒目でヒットか。ついているな」

懐からMP443を抜くと、カバーンは建物に入った。ファブリック通りからここに来るまで、暗殺候補リストに従って市内のラーケンにある別の家も見て来た。ただ、候補者の尋問をするためではない。カバーンを追うCIAの暗殺部隊がいないか調べてきたのだ。

カバーンはリストに挙がっている候補者を尋問すると同時に、彼らの家に監視装置を設置して追手に備えるつもりだった。だが、CIAはカバーンとほぼ同時に動いている。

罠《わな》を仕掛ける暇がないのだ。誘《おび》き出すつもりが、このままでは追い詰められてしまう。それなら、候補者を探すのではなく、CIAを暗殺する作業を優先させれば、立場を逆転させることができる。

一階の廊下を抜けて階段を上がったカバーンは二階の家の玄関に近付き、ドアに小さな丸い機器を取り付けた。特殊なブルートゥース集音マイクである。このマイクで拾った音は、スマートフォンを介し、左耳に押し込んであるイヤホンに送られる。

――パスポートの出入国を見る限り、怪しい点はないな。

――いや、潜入スパイなら、他にもパスポートを持っている可能性もある。もっと、よく探すんだ。

集音マイクが室内にいる二人の男の会話を拾った。彼らは英語で会話している。カバーンはしばらく耳を傾けたが、室内を物色する音と二人の男の声だけが聞こえてくる。住人は、ミハイル・シモンスとマレリー・アールブレヒトという五十代の夫婦で子供はいない。普段使う言語は、フランス語だと、手元のリストには記載されている。男たちは、住人を殺害したかあるいは麻酔薬で眠らせ、室内を物色して暗殺候補者かどうか調べているのだろう。候補者だと分かれば応援を呼び、カバーンが来るまで監視活動をするつもりに違いない。

彼らが候補者を見つけてくれるのなら手間は省ける。だが、行く先々でCIAに邪魔をされるのは迷惑だ。今回の任務は、裏切り者の暗殺と冷たい狂犬の殺害が目的である。

どちらも達成できなければ、カバーンはタルナーダの組織に入れないどころか、殺される可能性もあった。

ロシアで諜報員としての訓練を受けたのち、長年一匹狼として活動してきたが、ロシア対外情報庁（SVR）から分離した組織の幹部として迎えられるという誘いに乗った。うまい話には、裏があるということだ。

冷たい狂犬がカバーンの情報をCIAに流し、暗殺部隊が動いているとすれば、冷たい狂犬の殺害は最優先事項である。そのためには空港で見た六人を全員殺すことだ。たとえ、冷たい狂犬がその中にいなくとも、六人を殺すことで、冷たい狂犬は必ず動くはずだ。

カバーンはドアを勢いよく開けて室内に飛び込むと、振り向いた二人の男たちの右膝《みぎひざ》を次々と撃ち抜いた。

「きっ、貴様は、カバーン！」

膝を撃たれて床に倒れた男が、叫んだ。

「声を出すな。諜報員らしくもない」

カバーンはさらに左太腿《ふともも》を撃つと、ジャケットの下に手を伸ばした別の男の右腕に銃弾を浴びせた。

「おまえたちには、聞きたいことがたくさんある」

カバーンは銃口を二人に交互に向けると、口元を歪《ゆが》めて笑った。

「我々の正体を知っているのなら、何を聞いても無駄だ」

両足を撃たれた男は額から脂汗を流しながら答えた。

「難しい質問をするつもりはない。冷たい狂犬の居場所を教えろ」

「冷たい狂犬？」

二人の男は互いに顔を見合わせて首を捻《ひね》った。二人は冷たい狂犬というコードネームさえ知らないようだ。

「白々しい」

カバーンは右腕を負傷した男の顎《あご》を蹴《け》り上げて気絶させると、最初に撃った男の右膝の銃創を足で踏みつけた。

「ほっ、本当だ。本当に、……知らないんだ」

男は激しく首を左右に振ると、白目になった。気を失ったようだ。

「まだ、痛みが足りないらしいな」

カバーンは、意識を失った男の左膝を撃ち抜いた。

4

午後十一時二十分、アンデルレヒト、オマル通り。

アンデルレヒトは、ブリュッセル市の西に隣接する基礎自治体である。中心部にはベルギーで最古といわれる十世紀に建てられたロマネスク様式の聖ピーテル・聖グイド教会などの観光スポットがあるが、サッカーの名門クラブ、RSCアンデルレヒトの本拠地としてのスタジアムもある異色の街だ。

夏樹はオマル通りの歩道と植え込みの隙間に、アウディ・A4を頭から突っ込んだ。駐車帯に停めたいところだが、ブリュッセルはどこも駐車場不足のため、夜間の駐車帯が空いていることなどめったにない。

三百メートルほど西に進むと、聖ピーテル・聖グイド教会があり、商店街というほどではないが、通り沿いには地元住民向けの肉屋や雑貨店などの小売店がある。

「カバーンに遭遇するかしら？」

助手席のリンジーは尋ねてきた。まだ、ファブリック通りのアパートメントの損傷の激しい死体を見たショックが、残っているのだろう。

二人はここに来る前に、市の南西部に住む別の暗殺候補者の家に侵入している。中年の夫婦を麻酔薬で眠らせ、家に監視カメラと盗聴器を仕掛けてきたのだ。カバーンと違い、カメラと盗聴器の電波をインターネットに接続する中継機も設置してきたので、どこからでも確認できる。

「可能性はなくもない。カバーンは俺たちが追っていることを知った。おそらく暗殺候補者を探すのは後回しにして、俺たちを殺しにかかるはずだ」

夏樹はそう言うと、車から降りた。

んでしょう」

「Aチームもカバーンを追っているのよね。彼らにもファブリック通りの件は、伝えた

リンジーも車を後にすると、尋ねてきた。

「連絡はした。だが、彼らは、カバーンの恐ろしさを理解していないようだ」

パリ支局のコティとブリュッセル支局のカスバードにもすぐに連絡してある。だが、彼らは用心していれば、恐れることはないと思っているようだ。CIAの暗殺部隊に所属する連中は、元特殊部隊のエリートばかりである。簡単に殺されることはないと思っているのだろう。

「あの現場を見ていないから、そう言えるのよ」

リンジーは舌打ちをした。

殺害現場は、警察には届けずにCIAのブリュッセル支局に連絡し、彼らに処理を任せた。下手に警察や軍の非常線を張られると、動き辛《づら》くなるためだ。支局の現場処理班が死体を片付けることになるだろう。

通りに人影はない。ブリュッセルの夜は、人界ではなくなる。

夏樹とリンジーは、数十メートル西に進み、煉瓦の建物の前で立ち止まった。ポケットからピッキングツールを取り出した夏樹は、周囲を見渡すと、玄関ドアに近付いた。

「…………！」

ドアの鍵穴《かぎあな》にピッキングツールを差し込んだところで、ポケットのスマートフォンが

振動した。

夏樹は玄関から数メートル離れ、耳の奥に入れてあるブルートゥースイヤホンの通話ボタンを押した。

——コティだ。カスバードと十分ほど前から連絡が取れない。彼らの元に急行する。

二つのAチームと夏樹は、一時間毎に連絡を取り合うことになっていた。だが、彼らは頻繁に情報交換をしていたらしい。夏樹がファブリック通りの件で、彼らに警告したからだろう。平気を装っていたが、かなり警戒しているようだ。

「位置は分かっているのか？」

——分かっている。Aチームは作戦司令室から直接命令を受けるべく、位置発信機を体内にインプラントしている。互いの位置は、いつでも把握しているのだ。だが、彼らはリストの十四番目の住所から動かない。

「彼らの状況が分かったら、連絡をくれ」

——君は、一人で大丈夫か？

「平気だ。人一倍、用心深いことは知っているだろう？」

——そうだった。君は俺たちとは違う。

コティの笑い声がスマートフォンから響く。馬鹿にしているのだろう。

「気を付けてくれ」

夏樹は通話を終えた。

「何かあったの?」

リンジーが強張《こわば》った表情で尋ねてきた。

「カスバードらと連絡が取れないらしい。コティがこれから現地に向かうようだ」

スマートフォンを仕舞った夏樹は、目的のアパートメントとは反対方向に急いだ。

「どっ、どうしたの?」

リンジーが慌てて追いかけてくる。

「カスバードらは、カバーンに殺された可能性が高い。現場に行くんだ」

夏樹は振り向きもせず、大股《おおまた》で車に向かった。

「それなら、支局に連絡して現場処理班を向かわせるべきよ。味方に被害が出たのなら、なおさら私たちはカバーンの捜索を優先させるべきじゃないの?」

リンジーは早足で追いついてきた。

「カスバードたちは、多分俺の渡したリストを持っていただろう。それをカバーンに奪われた可能性がある」

夏樹はAチームにリストを手渡した際に内容を暗記し、書類は局内で破棄するように言ってあった。夏樹ならその場で記憶する。優秀な諜報《ちょうほう》員なら、任務に関係する文書は、紙だろうが電子媒体だろうが残さない。だが、彼らはそうしなかったはずだ。

「私たちは、リストに従って行動する限り、カバーンに先回りされる可能性があるというわけね。冷たいことを言うようだけど、なおさら現場に行く必要はないんじゃない」

彼女は首を左右に振った。

「俺なら、仲間の死体を回収する敵を殺す」

夏樹はアウディに乗り込んだ。

5

午後十一時四十分、夏樹はアウディ・A4を走らせ、アンデルレヒトからブリュッセル市内を横切り、スハールベークに入った。

ルイ・ベルトラン通りのラウンドアバウトを過ぎてアザレ通りに入り、鉄道橋を過ぎたところで車を停めた。左手はジョザファ公園の森が織りなす暗闇になっている。ここから二百メートル先に、カスバードとマクヒューの二人と連絡が取れなくなったアパートメントがあった。

車から降りた夏樹は、アウディ・A4のトランクを開けた。ショットガンのレミントンM870PやM4カービン銃、それにハンドガンのグロック17Cや26など、武器が沢山積まれている。夏樹はパリ支局から支給された暗視スコープが装備されたM4を取り出すと、予備のマガジンを入れたタクティカルポーチを肩に掛けた。カバーンは元特殊部隊の軍人である。ハンドガンより、強力な火器が必要なのだ。

「カバーンの逃走に備えて、車で待機していてくれ」

夏樹は傍でトランクの武器を見つめているリンジーに、無線機を渡しながら強い口調で言った。ブルートゥースイヤホンと接続できる小型の無線機である。

「分かったわ」

無線機を受け取ったリンジーは、素直に頷《うなず》いた。武器を見て、自分に対処できる相手ではないことを悟ったのだろう。

M4を手にした夏樹は、ジョザファ公園に足を踏み入れた。カバーンが待ち伏せをしているのなら、対象となるアパートメントが見渡せるこの公園の暗闇に潜んでいるはずだからだ。アザレ通りから近付けば、狙撃《そげき》される可能性が高い。そのため、公園の闇を利用して近づくのだ。ポケットから小型単眼暗視スコープを出すと、あえて遊歩道を外れて雑木林に分け入った。

百五十メートルほど進み、大木の陰に身を潜めた。カスバードらが調べているアパートメントは公園と反対側にある数十メートル先の赤く塗られた煉瓦《れんが》の建物だろう。カバーンはすでに暗闇に身を潜めて、狙撃銃を構えているに違いない。これ以上近付くことは、死を意味する。

目の前をシトロエンC4が通り過ぎ、赤い煉瓦の建物の前で停まった。彼らはアンデルレヒトより南のユックルという自治体を調べていたため、夏樹らより遅れてくることは分かっていた。

シトロエンからコティらパリ支局の三人が飛び出し、建物に入って行く。狙撃されるかと思っていたが、そうではなかったようだ。三人の動きが早かったこともあるのだろうが、カバーンは夏樹の来るのを待っているのかもしれない。あるいは、すでに立ち去った可能性もある。だが、それを確かめるために、身を晒《さら》すような冒険はしない。

零時十分、ベンツのバンである二台のトランスポーターがアパートメントの前で停まった。CIAの現場処理班である。

五分後、建物からコティらが出てきた。カスバードらは殺害されていたようだ。三人は銃を構え、周囲を警戒しながら車に乗り込んだ。カスバードらの死体の状況を見て、ようやくカバーンの恐ろしさを理解したのだろう。彼らをも震え上がらせるような無残な死に様だったに違いない。

カスバードら三人は何事もなく、車に乗り込んだ。

「杞憂《きゆう》か」

M4を構えていた夏樹は、苦笑した。現場に駆けつけたコティらをカバーンは狙っていると思っていたが、考え過ぎていたようだ。

ボムッ！

数十メートル先の闇で炎が上がり、白煙を引く飛翔《ひしょう》物が飛び出すと、コティらの乗ったシトロエンC4を襲った。

車は爆発し、その場で一回転して燃え上がる。

対戦車ロケット砲であるRPG7を使ったのだろう。カバーンが、元軍人であることを忘れていた。コティらが襲われることは予期していたが、銃で狙撃されるものだと、勝手に思い込んでいたのだ。

最初の炎は、RPG7のバックファイヤーなのだろう。夏樹はM4を向け、暗視スコープを覗《のぞ》いた。

男が背を向けて駆けて行く。カバーンに違いない。

夏樹は男を目掛けて、M4を連射した。

男の姿がスコープからふっと消える。スコープで周囲を確認したが、植え込みの陰に倒れているのかもしれない。

「当たったのか？」

首を傾げた夏樹はM4を肩に掛け、グロックを抜くと、ゆっくりと前進した。

空気が擦れる音が響き、傍らの樹木の皮が弾《はじ》けた。サプレッサー付きの銃で狙撃してきたのだ。咄嗟《とっさ》に身を屈《かが》め、数十メートル先のマズルフラッシュの残像目掛けて銃撃すると、右に飛んで地面に転がった。案の定、銃撃した場所に銃弾が撃ち込まれた。

グロックをズボンに差し込み、肩に掛けていたM4の暗視スコープを覗き込んだ。人影がスコープを横切った。

夏樹は猛然と走り、林を抜け、公園の生け垣を飛び越して歩道に出る。

十数メートル先に停めてある黒いベンツに、カバーンが乗り込んだ。

「俺だ！　すぐ来てくれ！」

耳のブルートゥースイヤホンの通話ボタンを押してリンジーを呼び出しながら、M4を連射し、ベンツを銃撃した。車体に銃弾の火花が散り、後部ウィンドウが吹き飛んだが、ベンツは走り去る。

目の前にアウディが、急ブレーキを掛けて停まった。

「乗って！」

リンジーが叫ぶよりも早く、夏樹はボンネットを飛び越して助手席に飛び込んだ。

「行け！」

夏樹の叫び声とともに、アウディがタイヤを軋《きし》ませながら発進した。

アザレ通りから東に向かいオーギュスト・レエール通りに入ったベンツは、地下トンネルに進入した。ブリュッセルの北に位置するアントウェルペンに通じる高速道路E40号線である。郊外に逃げるつもりらしい。

高速道路に入ったため、リンジーはベンツとの距離を縮めようと、車をすぐ後ろに付けた。

「後ろにつけるな！」

夏樹が注意した途端、ベンツから銃撃された。後部ウィンドウがないため、振り向きざまに撃ってきたのだ。

フロントウィンドウに銃弾が当たり、車が一瞬蛇行した。

隣りを見ると、リンジーが右肩を左手で押さえている。

「大丈夫か？」

「右肩を撃たれた」

リンジーが苦しげに答えた。肩を押さえている左手から血が滲《にじ》んでいる。だが、ここでカバーン追跡を諦《あきら》められない。

「我慢しろ。スピードを落とすな」

夏樹はM４のマガジンを交換すると、窓から身を乗り出してベンツを銃撃した。だが、カバーンはシートの下に蹲《うずくま》るようにして運転している。頭が出ないように、シートを後ろにずらしているのだろう。

「車を左に寄せるんだ！」

夏樹はベンツの後部右車輪に連射した。

後輪が、バースト。

ベンツは右に回転しながら雑草の生い茂る土手を勢いよく乗り越え、高速道路から飛び出して行った。

「停めろ！」

「もう、だめ」

ハザードランプを点灯させて右の路肩に車を停止させたリンジーは、シートにもたれ掛かった。右肩を撃たれたようだが、弾丸が、貫通していたとしても命に関わるようなことはない。

「その程度の傷では死なない」

冷たく言い放った夏樹は、M4を座席に置いて身軽になり、車から降りると、グロックを抜いて土手を駆け上った。

まるでブルドーザーが切り開いたかのように土手の上に生い茂っていた木々はなぎ倒され、ベンツは土手下を通る道路のガードレールにぶつかって仰向けの状態で停止している。

グロックを構えながら夏樹はベンツに近付き、用心深く運転席を覗いた。カバーンの姿はない。銃を四方に向けたが、半径三十メートルに人影はない。恐るべき男である。激しい事故を起こしたにもかかわらず、自力で脱出したのだ。

街灯が五十メートル間隔で設置されているので、周囲は見渡せる。だが、道路の向こうは緑地帯になっているため、深い闇に閉ざされていた。カバーンが道路を渡っていったのなら、追跡は難しい。それに待ち伏せされているのなら、分が悪いのはこっちである。

「くそっ！」

夏樹は舌打ちをすると、踵《きびす》を返した。

6

ブリュッセル南駅は、TGV、ICE、ユーロスター、タリスなどの国際列車が停車する巨大なターミナル駅である。

だが、北駅と同じく、治安はブリュッセル市内でも最悪で、駅周辺の建物の壁はスプレーペイントの落書きで溢《あふ》れ、周辺道路はゴミが散乱している。空港と同じく、ブリュッセルの玄関口であり、顔でもあるが、いたって残念な場所なのだ。

午前三時、八八年型ルノーのキャトルGTLが環状道路から左折し、ブリュッセル南駅の裏通りであるフォンスニー大通りに入ると、駅の端の路肩に置いてある数台のレンタルサイクルをなぎ倒して停まった。

「うー」

ハンドルを握る男は、唸《うな》り声を上げて首を振った。カバーンである。

冷たい狂犬に乗っていたベンツが銃撃され、カバーンは車ごと高速道路E40号線から飛び出し、土手下の道路まで転がった。すぐに脱出し、緑地帯を抜けて住宅街に入り、路上に停められていたキャトルGTLを盗んだのだ。

車を降りて周囲を確認すると、カバーンは足を引きずりながらトラム（路面電車）の線路を跨《また》ぐ横断歩道を渡った。反対側の歩道まで来ると、落書きだらけのシャッターにもたれ掛かり、荒い息をした。ズボンは裂け、血だらけの右太腿《ふともも》が覗いている。車が横転した際に負傷したのだ。

カバーンは近くの裏通りに入ると、1ブロック先にある蔦《つた》の絡まる家のドアをノックした。駅前と違って周辺の建物のシャッターは汚れていない。それに道路も清潔だ。治安改善のため、住民が清潔を心がけているのだろう。

ドアの上部にある覗き窓に光が差した。内部から誰かが覗いているのだ。

「俺だ。入れてくれ」

カバーンはドアに近付き、フランス語で声を潜めた。辺りに人影はないが、声は響くからだ。

「あんたか。迷惑だ」

かなり訛《なま》りのあるフランス語である。

「おまえたちは、俺に貸しがあるはずだ。それにここがテロリストの隠れ家だと、密告してもいいいんだぞ」

カバーンは低い声で凄《すご》んだ。

男の舌打ちが聞こえると、何重もの鍵《かぎ》が開けられる音がしてドアは開いた。

「入ってくれ」

アラブ系の顔をした男が、顔を覗《のぞ》かせた。

カバーンが中に入ると、男は路地に顔を出して左右を確認し、ドアを閉じた。

「珍しい。あんたでも怪我をすることがあるのか？」

四十歳近いアラブ系の男が、眉《まゆ》を寄せた。

「ムハマド、生意気な口を叩《たた》く前に、俺の治療をするんだ」

カバーンはMP443の銃口をムハマドの顎《あご》の下に突きつけた。

「わっ、分かった。こっちに来てくれ」

ムハマドは手招きをすると、廊下の奥へと進んだ。途中にある階段を通り過ぎて、突き当りのドアを開けた。十二畳ほどの部屋にベッドと椅子、それにスチール棚が並んでいる。倉庫なのか寝室なのか分からない部屋だ。

「座ってくれ」

ムハマドは、足を引きずるカバーンに背もたれのない椅子を指差した。

カバーンはスチール棚の引き出しから消毒液や先の曲がった手術針と糸などの医療用品を出すと、ベッドの上に銃と一緒に置いて椅子に座った。ここに来るのははじめてではないらしい。

「腕に自信があるのか？」

カバーンはじろりとムハマドを睨《にら》みつけた。

「とんでもない。そんなこと聞かないでくれ。自慢できるのは、爆弾作りだけだ」

ムハマドは首を左右に振った。

「それなら、できるやつを連れてこい」

「この隠れ家に寝泊まりしているのは、俺も含めて三人だけで、他の二人も傷口を縫うことはできない。そもそも医療器具を揃えた男は、とっくにシリアで死んじまっている」

ムハマドは肩を竦《すく》めて見せた。

「ＩＳＩＬの兵士も落ちぶれたものだ。一昔前は、医者だの、学校の教師だの、頭のいい連中は、一杯いたのにな。残っているのは、爆弾オタクのテロリストばかりか」

カバーンは鼻先で笑いながら、止血バンドを右太腿の付け根に巻き、きつく締めた。

「落ちぶれたのは、ロシアが我々に対する援助をしなくなったからだ。そうじゃないのか？」

ムハマドは腕組みをしてカバーンを睨んだ。彼はこの隠れ家の責任者として数年前からブリュッセルに住み着いている。カバーンはこの男がシリアで活動している時からの知り合いだった。

イラク・レバントのイスラム国（ＩＳＩＬ）は発足当時、勢力を拡大するためにシリアの反政府組織を次々と攻撃し、降伏した活動家を仲間に引き入れた。

シリア政府にとってＩＳＩＬの存在は厄介であったが、反政府組織を駆除するという目的でロシアと利害は一致していたのだ。また、ロシアはＩＳＩＬを除く反政府組織への爆撃を繰り返したことで、結果的にＩＳＩＬの勢力拡大に貢献していた。ロシアはＩＳＩＬを一時的に利用していたのだ。

「くだらん負け犬の遠吠《とおぼ》えだ。自分でやる。痛み止めに酒を持ってこい」

カバーンは医療器具の封を開けながら、男に命じた。

「冗談じゃない。俺たちはイスラム教徒だ。酒を飲むはずがないだろう」

ムハマドは右手を左右に振ってみせた。

「馬鹿野郎！　コーランも読めないくせに、なにがイスラム教徒だ。俺が、おまえの喉《のど》を切り裂く前に持ってこい！」

激しい剣幕でカバーンがいうと、ムハマドは渋々部屋を出て行った。

「役立たずめ！」

カバーンは吐き捨てるように言うと、ズボンを引き裂き、右太腿の傷を露出させた。十五センチ近い傷である。出血は酷《ひど》いが、動脈を切断しているわけではなさそうだ。

「酷い怪我だ。ウィスキーで消毒するのか？」

いつの間にかウィスキーのボトルを手にしたムハマドが、部屋の入口に立っていた。ベルギーのシングルモルトウィスキー〝オウル〟で、生産量が少ないため日本で入手するのは難しい希少種である。

「酒を飲みたいだけだ」

カバーンはムハマドからボトルを奪い取ると、キャップを歯で開けて吐き出し、ボトルから直接ウィスキーを飲んだ。

「はじめるか」

ボトルの三分の一ほど飲んだカバーンは手術用の針に糸を通し、傷口の端から縫い始めた。

「痛くないのか？」

ムハマドは吐き気をもよおしたのか、口元を手で押さえている。

「出て行け。目障りだ」

カバーンはベッドの上の銃を左手で握ると、ムハマドに向けた。

「分かった。何かあったら呼んでくれ」

両手を挙げたムハマドは、後ろ向きに部屋から姿を消した。

「クソッ！　クソッタレ！」

一針、一針、縫うごとに激痛が走る。大量に放出されていたアドレナリンが、少なくなってきた証拠だ。ウィスキーをがぶ飲みしてアルコールで感覚を鈍らせようと思ったが、効き目はまったくない。

「冷たい狂犬め！」

カバーンはＣＩＡの暗殺部隊の五人を殺害した。その中に冷たい狂犬がいればと思ったが、そうではなかったようだ。ジョザファ公園で銃撃してきた男が、冷たい狂犬だったに違いない。断言してもいい。同じ暗殺者の匂いを、暗闇を通して感じることができたからだ。

数分後、傷口を十四針縫って処理したカバーンは、ウィスキーを一気に飲み干し、傷口に医療用アルコールを振りかけた。

あまりの激痛に身体中を震わせたカバーンは拳《こぶし》を握りしめ、

「うおー！」

雄叫《おたけ》びを上げた。

死のマスカレード

1

ロンドン、ヴォクソール、午前八時。

テムズ川に架かるヴォクソール橋の袂《たもと》に、古代建築を模したような風変わりなビルがあった。英国秘密情報部、MI6の本部である。

映画〝007・スカイフォール〟では、MI6本部ビルは大爆発を起こして廃墟《はいきょ》となったが、あくまでも物語の中の出来事であり、実物は二〇一八年現在も健在だ。

MI6本部の対岸にリバーウオークというビルがあり、一階にガラス張りの〝Ft4カフェ〟というカジュアルなカフェレストランがある。店内からテムズ川が一望でき、対岸のMI6本部ビルもほぼ正面から見ることができた。

店の中央にある四人席に中年のスーツ姿の男が三人座っており、紅茶を飲んでいる。

カジュアルな店の雰囲気に馴染《なじ》まない男らの他に、客はなぜかいない。それもそのはずで、店の入口にはクローズドの札が下がっていた。

「この店のマフィンは特別うまいな。MI6本部で会議を開かなかったのは正解だ。あなたの心遣いには感心するよ。ところで、事件から一週間が経ったが、米国から何か連絡が入ったのかね？」

一人の男が、向かいの席に座る白髪の男に尋ねた。男はブレッド・トンプソン、オーストラリア安保情報機構の副局長で、対面の男はMI6の副長官ゴードン・ウィルソンである。また、ウィルソンの右隣りには、カナダ安全情報局のトーマッシュ・アーフィールドが座っていた。

「米国は、事件と関係ないと言い張っている。今日中には、なんらかの答えは出してくるだろう。だが、まだ、犯人は捕まえられないようだ」

ウィルソンは紅茶を啜《すす》りながら答えた。

「セキュリティの厳しい秘密会議にやすやすと潜入し、痕跡《こんせき》も残さずに脱出した犯人を一週間で捕まえるのは、不可能だろう」

トンプソンは大きく頷《うなず》いた。

「ロファスの死因は、催涙ガスが誘発した心臓発作じゃなく、毒殺と聞いたが、本当か？」

分厚いクッキーを頬張っていたアーフィールドが、ティーカップに手を伸ばしながら尋ねた。この店のマフィンとクッキーは人気があるようだ。

三人はヴェネチアでの秘密会議〝マスカレード〟後、はじめて集まった。ウィルソンはニュージーランドの政府通信保安局にも会議の打診をしていたが、ロファスの後任が決まっていないため、仕方なく三カ国だけで会合を開いたのだ。

「彼の死体は、ニュージーランドで検死解剖されたが、何者かに死体から血液が抜き取られていることが分かったのだ。そのため、血液検査も慎重に行われ、有機リン酸系の毒物が死因だと分かった。ただ、毒物の分解が進んでおり、特定は出来なかったらしい」

ウィルソンは溜息混じりに答えた。

「誰が、検死解剖前に死体から血液を抜いたんだ？」

アーフィールドは首を傾げた。

「ＣＩＡだろう。会議の妨害はともかく、暗殺は自分たちじゃないという証拠を集めるために必死のようだ」

ウィルソンはすました顔で答えた。

「米国が潔白を証明するために動いているのなら、やはり、無実かもしれないな。英国は、真犯人が分かっているんじゃないのか？」

アーフィールドが言うと、トンプソンが頷いた。

「会議を妨害し、ロファスを暗殺したのは、米国じゃないだろう。だが、あの日、ＣＩＡの諜報員《ちょうほう》が何人もヴェネチアに集結していたことは、分かっている」

ウィルソンは部下に命じて、調べさせたようだ。

「やはり、CIAに秘密ごとをするのは、難しいということか」

トンプソンが溜息《ためいき》を漏らした。

「ひょっとすると、CIAのエージェントが会議に潜り込んでいたのかもしれない。会議に二人の偽者が混じっていたことは、知っているはずだ。そのうちの一人がロファスを殺害したことは事実だ。当初二人はコンビかと思っていたが、違っていたらしい」

「馬鹿な。それじゃ、二つの組織から派遣されていた諜報員がいたというのか？」

ウィルソンの説明をアーフィールドは鼻先で笑った。二人の偽者にまんまと秘密会議への潜入を許したというのなら、笑うほかないだろう。

「あの会議では、正規メンバーでないイタリア、ドイツ、フランスの代表を呼んだために彼らに顔出しはしたくなかった。少し、演出が過ぎたようだ。それが裏目に出た。まあ、これを見てくれ」

ウィルソンは足元に置いてあったバッグから、パッド型PCを取り出して起動した。

画面に緑がかった映像が表示され、二人の男が激しく争っている。暗視カメラで撮影された映像なのだろう。だが、不鮮明でカメラが高い位置のため、二人の顔は映っていない。

「これは？」

アーフィールドが尋ねた。

「ドゥカーレ宮殿の地下牢《ろう》に設けられた監視カメラの映像だ。秘密会議を妨害した二人が、脱出する際に、地下牢で争っていた。というか殺し合いをしていたようだ。国家憲兵隊の特殊部隊に追われているのに、仲間なら殺し合いはしないだろう」

ウィルソンは二人に映像を見せながら説明した。

「不鮮明な映像だが、どうして地下牢に監視カメラが設置してあったのだ？　まさか、秘密会議をするためにすべての出入口に設けたのか？」

アーフィールドは訝《いぶか》しげな目を向けた。

「すべての出入口に、監視カメラを設置し、私の部下とイタリアの国家憲兵隊の特殊部隊を配置したつもりだった。正直言って、二人の侵入者が使った地下牢の出入口があることは知らなかったのだ。この監視カメラは、温暖化と地盤沈下で水没する地下牢を学術的に監視するために、大学の研究者が数年前に設置したらしい。宮殿の警備会社も把握していなかったのだ」

ウィルソンは苦笑した。

「なるほど、水位を記録するための監視カメラなのか」

アーフィールドは感心している。

「ドイツのフィリップ・ヘスラーに化けた男が、ロファスを殺害したのだろう。そして、フランスのベルナール・マルティニに変装していた男は、ＣＩＡの諜報員だと私は思っている」

ウィルソンは改めて補足した。

「だとすれば、会議の内容は、米国に筒抜けになっているということか。大いにあり得る話だ。それが、事実なら米国の諜報活動は、やはり度が過ぎている」

アーフィールドは険しい表情になった。

「諸君を呼んだのは、米国の横暴を阻止するために、マスカレードを起動させる必要があると判断したからだ。ニュージーランドからは、会合の趣旨がなんであれ我国に賛成だと委任されている」

マスカレードは、ファイブアイズの管理運営するエシュロンを無効化し、それにとって代わるシステムのコードネームである。マスカレードを起動させれば、米国は自国以外からもたらされる情報から閉ざされることになる。先進国家にとっても致命的な問題なのだ。まさに米国にとって〝死のマスカレード〟になる。

「我々にマスカレードの起動の承認を求めているのか？」

アーフィールドは両眼を見開き、ウィルソンを見つめた。

「その通り。マスカレードで鼻持ちならない米国に鉄槌《てっつい》を下そうではないか」

ウィルソンはアーフィールドとトンプソンの顔を交互に見た。

2

ブリュッセルの小道、シェンヌ通りの街角にある小便小僧像は、期待通りかは別として誰もが行く観光スポットである。

だが、小便少女像があることは意外と知られていない。街角にある小便小僧像はレプリカであるが、ブリュッセル市立博物館に所蔵されている本物は一六一九年に製作されている。少女像は小僧像の人気にあやかって一九八五年に製作されたもので、小便小僧像から五百メートル北東の小道に設置してある。

午後一時、夏樹はブリュッセルのイロ・サクレ地区にあるレストラン街であるブッシェ通りを歩いていた。

未明にカバーンをあと一歩まで追い詰めたが、取り逃がしている。その際、リンジーが負傷したため、CIAのブリュッセル支局に彼女を預け、夏樹は三階の仮眠室で四時間ほど睡眠を取った。

ブッシェ通りは道の両脇に様々なレストランが肩を寄せ合う煉瓦《れんが》敷きの道路で、狭いにもかかわらず、店からはみ出したテーブル席が道を占拠するため、車の通りもままならないほどである。

夏樹は観光客を縫うように通りを歩き、上海という看板を出す中華レストランの前を過ぎて次の角を右に曲がってドミニゲン通りに入ると角のレストランの陰に立った。小脇に挟んでいた地元新聞を広げ、さりげなく通りを見渡した。ドミニゲン通りは、小便少女像がある小道の1ブロック東の通りで、食通を唸《うな》らせる店が並んでいる。

尾行がないことを確認した夏樹は、交差点から三軒目の〝スヘルテマ〟というベルギー料理の店に入った。

「予約されていますか？」

出入口に立っていたウェイターに尋ねられた。

「待合せだ」

夏樹は答えると、店内を見渡した。壁際にベンチ席がある古いヨーロッパスタイルの店で、ほぼ満席である。

奥の壁際の二人席に座っている中年の男と目があった。国家情報局の局長、安浦である。今朝、彼から時間と場所を指定されたメールをもらっていたのだ。

安浦は首を捻っているが、夏樹はかまわずに対面の席に座った。

「相変わらず、変装がうまいな。分からなかったよ。わざわざすまなかった。ブリュッセルに来たら急にムール貝が食べたくなったんだ。二人分、頼んである」

安浦は、ビールが入ったグラスを片手に日本語で言った。

「電話ですむ話じゃないのか？」

夏樹はウェイターを呼び、メニューも見ないでベルギービールであるデュベル・トリプルホップを頼んだ。製品名の通り、三種類の最高級のホップを使った一品で、コクのある苦味と豊かな香りが特徴である。

「昨日、フランクフルトで、ちょっとした会議があった。私は日本代表として参加していたのだ。帰国前に君と情報交換をしておこうと思ってね」

安浦が答えると、それを待っていたかのようにウェイターが、夏樹のビールと蓋《ふた》つきの大きな取手鍋《なべ》をテーブルに置いていった。

安浦が鍋の蓋を取ってテーブルに置くと、山盛りのムール貝から湯気とともになんとも言えない香りが、鼻腔《びこう》を突いた。

「白ワイン蒸しだが、それでよかったかね？」

安浦はさっそくムール貝を摘《つま》んで、フォークで食べ始めた。ベルギーでは何も入れないタイプやビール蒸しなど調理法が選べる。

「構わない」

夏樹は表情もなく頷くと、フォークでムール貝を食べた。他の国で食べる痩《や》せたムール貝と違って、ハーブとムール貝が織りなす豊かな香りが口の中に溢《あふ》れる。この風味は、オランダのベルギー寄りにあるゼーランド地域で水揚げされた新鮮なムール貝に間違いない。

「惜しかったな」

安浦はムール貝を食べながらぼそりと言った。未明の出来事は、メールで簡単に報告している。

夏樹は安浦をちらりと見ただけで無視した。慰めを言われるほど腹だたしいことはないからだ。

「事件の背景が分かってきた」

安浦は夏樹の態度に構うことなく言った。

「ＳＶＲ（ロシア対外情報庁）が絡んでいるのだろう」

夏樹は二つ目のムール貝の身を、ベルギー人のように最初に食べたムール貝の殻を使ってトングのように挟んで食べた。

「さすがだ。分かっていたのか。ヴェネチアで暗殺された男はロシアのスパイだったが、祖国を裏切ったようだ。また、君の狙い通り、今度の暗殺予定者もロシアのスパイという可能性が強くなった。そもそも、最初の会議を妨害することで、疑われるのは米国だ。例の男は、暗殺と米国を貶《おとし》める謀略を同時に行ったのだ」

安浦は夢中でムール貝を食べている。日本語ではあるが、まさか国際的謀略について話しているとは誰も思わないだろう。

「ロシアの狙いは、米国を弱小国家にすることらしいな」

夏樹は鼻先で笑った。

日本人は関心がないが、米国ではトランプ大統領が当選したことが、〝ロシアゲート〟事件だと問題視されている。

トランプは以前から、ロシアと太い繋《つな》がりがあった。たとえばトロントのトランプタワーが破綻《はたん》した際、ロシア系カナダ人が三億五千百万ドルもの返済を肩代わりした。また、トランプはフロリダに二千万ドルで買った家をその直後にロシアの財閥オリガルヒに九千万ドルで売り払っている。

大統領選ではオリガルヒは、トランプ陣営に何億ドルもの選挙資金を投じた。また、ロシアは対立陣営に対してインターネットで攻撃したと言われている。さらに選挙期間中にロシアの名の知れた諜報《ちょうほう》員が四百回以上、トランプを含む家族や選挙関係者と接触していた。

ロシアの力でトランプは大統領となり、彼は次々と陳腐な政策を押し出し、米国を一国主義に導くことで、世界から孤立し、国力を低下させている。ロシアはトランプを持ち上げることで彼を操り、他方、謀略で米国を陥れるという手法を取っているのだ。その見返りとして、トランプはG7にロシアを正式メンバーにするように求めるなど、ロシアの地位向上に腐心している。いずれにせよ、トランプがロシアと親密になればなるほど米国は没落の道を辿《たど》ることになる。

「今回の事件で、英国は同盟国に対して重大な決定を告げた」

安浦はムール貝を食べる手を止めた。MI6のウィルソンから得た情報なのだろう。

「なんだ？」

夏樹も手を休め、ビールグラスを手にした。

「マスカレードが起動される」

安浦は神妙な顔で告げた。

3

午後三時、サングラスをかけた夏樹は、ブリュッセル国際空港のプライベートジェット専用エプロンの傍に停めたアウディ・Q7の運転席に座っていた。ブリュッセル支局の車をパリ支局から乗ってきた車が使えなくなったため、ブリュッセル支局の車を勝手に持ち出したのだ。

空港に来たのは、昼飯がてら安浦と情報交換した際、彼から意外な人物と接触するように言われたからだ。

「あれだな」

上空を見つめていた夏樹が呟《つぶや》くと、北東の方角から進入してきたジェット機が着陸し、目の前のエプロンに入ってきた。セスナのサイテーション・ラティチュードである。パリ支局が管理運営しているのと同じ型だ。

サングラスをかけた夏樹は車を降りると、ジェット機に近付いた。

サイテーション・ラティチュードの前方のドアが開き、タラップが下ろされる。黒いスーツを着た二人の男が、降りてきた。一人は一九五、六センチ、もう一人は一八二、三センチ、二人とも胸板の厚い、鍛え上げた体をしている。

「ミスター・大吾・加藤？」

背の高い男が夏樹に近寄ると尋ねてきた。もう一人は、夏樹の斜め横に立った。後ろに回ることが、非礼だということは分かっているらしい。

「そうだ」

夏樹のメイクはミッチェル・モリエンテのままだが、冷たい狂犬として先方と会うことになっている。パリとブリュッセル支局の職員に会わない限り、ばれる恐れはない。あえてメイクを変えないのは、カバーンを誘《おび》き寄せるためである。

「ボディチェックをさせてくれ。武器は後で返す」

背の高い男が、表情もなく言った。

夏樹は黙って両手を挙げた。

背後に回った別の男が、夏樹の体を調べ、グロックと足首に巻きつけていたタクティカルナイフを取り上げた。

「打合せは、機内で行います。こちらへ、どうぞ」

背の高い男はタラップの下まで進むと、右手で機内を示した。

「二人とも、先に乗れ」

夏樹は男らに冷たい視線を送った。

「分かった。だが、あんたに背中は見せたくない。俺たちから離れて乗ってくれ」

よほど、夏樹を警戒しているようだ。

背の高い男が先にタラップを上ると、別の男は後ろ向きに歩いて機内に消えた。

機内の仕様はパリ支局の飛行機とほとんど変わらない。ドイツ支局もフランス同様、予算を割り当てられているようだ。

「奥のミーティングエリアに行ってくれ」

背の高い男はそう言うと、近くの席に座った。振り返ると、別の男は前方のタラップ付きドアを閉めている。離陸するつもりはなくても、外気は六度と低いので、機内の温度を保つためだろう。

夏樹は通路を進み、強化ガラスのパーテーションの奥へと進んだ。

「ようこそ」

会議テーブルの一番奥の席に座っていた明るいグレーのスーツを着た男が、立ち上がって握手を求めてきた。ＣＩＡ副長官ブライアン・メリフィールドである。

サングラスを外した夏樹は、無言で握手に応じ、彼の対面に座った。相手が大物だからと、気を遣うつもりはない。

「ミスター・安浦に君を紹介して欲しいと頼んだが、本当に会ってくれるとは思っていなかった。……素顔じゃないからだね」

メリフィールドは夏樹の顔をしげしげと見て言った。近くでよく見たところで、夏樹の特殊メイクを見破ることはできない。メリフィールドが見ているのは、スペイン系の男であり、日本人に見えるはずがないのだ。

「俺は会ってくれと頼まれただけだ」

安浦からは、メリフィールドとの待合せ場所と時間を聞いただけである。会う必要はないが、カバーンを見失っているので、些細《ささい》な情報でも欲しいためだ。

「実は今朝、フランクフルトでNATO参加国の情報機関による会議があったのだが、主催国のドイツや英国などの担当者の態度がよそよそしかった。会議後、古い友人であるミスター・安浦が、その理由を説明してくれた。彼もオブザーバーとして参加していたのだ」

安浦はまんまと米国に貸しを作ることに成功したようだ。

メリフィールドは溜息《ためいき》を漏らすと、近くの棚からウィスキーとグラスを出した。日本のウィスキー〝響《ひびき》〟の十七年ものである。欧米人に人気のブレンディッドウィスキーだ。

「君もどうかね？」

メリフィールドはグラスを二つ出した。

「遠慮しておく」

いいウィスキーでも飲みたいかどうかは時と場所、それに相手にもよる。

「今朝、我国抜きのファイブアイズのメンバーが会合を開き、マスカレードの起動を決定したそうだ。運営は明日からはじまるらしい。そうなれば、我国は米国を除く世界中の目と耳を失うことになりかねん。私は裏のチャンネルを使って、マスカレードを起動しないように彼らに要請している。同時に現在米国に向けられている疑いを早急に晴らす必要があるのだ」

グラスに響を注いだメリフィールドは、首を振ってみせた。

「俺と何の関係がある？」

自業自得である。夏樹は鼻先で笑った。

「カバーンの逮捕にSOGを使うつもりだ。協力してくれないか？」

SOG（特殊作戦グループ）は、CIAの軍事部門である。地上、海上、航空部隊の三部門で構成され、米軍の特殊部隊であるデルタフォースやシールズ出身者で構成され、主に紛争地での秘密作戦に従事している。CIAがSOGを使うというのであれば、本気だということだ。

「SOG？　Aチームの失敗を繰り返すつもりか？」

夏樹はわざと舌打ちをした。SOGは軍人としては、超エリート集団らしいが、カバーンのような老練な諜報員の暗殺には、向いていない。

「失敗？　どこまで情報を把握しているのだ？」

両眼を見開いたメリフィールドは尋ねてきた。

「パリ支局のAチームの三人が、車ごと吹き飛ばされたのをこの目で見ている。その直後、俺はカバーンと銃撃戦となり、車で逃走したやつを追い詰めたが、あと一歩のところで逃げられた。だが、かなり負傷しているはずだ」

「なっ！」

声を失ったらしい。

「カバーンを仕留めたいのなら、情報を集めることだ。それにＳＯＧを投入する前にやることがあるだろう。暗殺者の逮捕以前に、原因を取り除くことだ」

「…………？」

メリフィールドは首を捻《ひね》った。

「まずは、ＡＧ００８７命令書を破棄することだ。それが先決だ。頭の悪い大統領に説明するんだな」

英国などが米国に反発するきっかけとなったのは、大統領が同盟国にも徹底的な諜報《ちょうほう》活動を許した命令書が原因なのだ。

「ばっ、ばっ、馬鹿な！」

メリフィールドは、目を泳がせ、腰を浮かした。ＡＧ００８７命令書はＣＩＡの中でもトップシークレットで、存在を知るのは一握りのはずだ。

「話がそれだけなら、俺は帰る。連絡は俺のスマートフォンに直接してくれ」

夏樹は席を立った。

「そっ、それなら、電話番号を教えてくれ」

メリフィールドも慌てて席を立った。

立ち止まった夏樹はスマートフォンを出し、おもむろにメリフィールドの電話番号をタップした。

「えっ！」

メリフィールドのポケットで呼び出し音が響いた。席についてすぐに彼のスマートフォンとペアリングをさせ、情報は抜き取っていたのだ。

「他人に俺の電話番号を教えるな」

夏樹は呆然《ぼうぜん》としているメリフィールドを無視し、飛行機を後にした。

4

午後五時、イスタンブール旧市街、カメカン通りのアパートメント。

四階にある角部屋のドアの前に、二人のスラブ系の男が立った。一人は黒髪で、もう一人は栗毛という違いはあるが、二人とも一九〇センチ近い身長で鍛え上げた体をしており、そのうえ立派な髭《ひげ》を生やしている。

黒髪の男がドアをノックした。

「入れ」

タルナーダの声である。

ドアロックが解除されて部屋に入ると、二人の男はタルナーダに敬礼した。体に染み付いた動作である。

「よく来た。イヴァン・デニソフ、セルゲイ・ヤンバエフ」

タルナーダは手元の資料を見ながら二人に手招きした。改めて二人の顔を確認しているようだ。タルナーダは頷《うなず》くと、資料をシュレッダーにかけた。

「はっ！」

男たちは行進するかのように歩調を合わせ、三歩進んで直立の姿勢になった。二人とも緊張しているのか、能面のように表情がない。

「前の任務は、済んだんだな。新聞では事故死となっていたが、おまえたちの仕事だったはずだ」

タルナーダは引き出しからパイプを出し、煙草の葉を詰めながら言った。

「警察の目は、節穴ですから」

黒髪のデニソフが口元を歪《ゆが》めて笑った。二人は、どこかで暗殺の任務をすませてきたらしい。

「カバーンを知っているか？」

タルナーダはパイプに火を点《つ》けながら言った。

「カバーン！　あの皆殺しのカバーンですか？」

両眼を見開いたデニソフが尋ねた。

「そうだ」

タルナーダは短く答えた。

「カバーンは一匹狼として、我国の任務をこなしていると聞いたことがあります。組織とも契約するんですか？」

ヤンバエフは首を捻った。

「あの男は裏社会で長年、活躍してきた。それだけにインターポールで指名手配されている。顔写真こそないが経歴と指紋は残されているのだ。私は組織に入れば、移植手術で新しい顔と指紋を与え、幹部として迎え入れると交換条件を出した。それだけの価値があると見込んだからだ。そのため、他の幹部を納得させるだけの任務を与えた。だが、どうやらしくじったらしい」

「しくじった！」

デニソフが絶句した。

「あのカバーンが、任務をしくじったのですか？」

傍のヤンバエフも驚きの表情を見せた。

「未明に、しばらく時間が欲しいと連絡が入った。何か、トラブルが生じたのだろう。負傷したのかもしれない。まだ任務は継続中だが、今後、停滞する可能性がある」

タルナーダは煙草の煙を吐きながら、険しい表情になった。

「それほど、難しい任務なのですか？」

腕組みをしたデニソフが、気難しい表情になった。彼らが呼ばれたのは、カバーンの任務にかかわることだと思っているのだろう。

「冷たい狂犬というコードネームのやつが、任務を妨害している」

タルナーダは笑顔で答えた。

「冷たい狂犬？」

デニソフとヤンバエフが同時に首を捻った。二人とも知らないようだ。

「日本人の諜報員らしい。詳しい情報は、どこの国の諜報機関も握っていないようだ。変装の名人らしく、素顔を知っている者もいない。だが、カバーンを苦しめるほどの腕利きということは、分かってきた」

タルナーダは立ち上がると、窓のブラインドを指先で広げ、外の様子を窺《うかが》った。日曜日だけに建物の周囲は、観光客が多い。

「その冷たい狂犬が、任務の妨害をしているというのなら、どこの組織の諜報員なのですか？　我国に敵対するというのなら、日本ですか？」

デニソフは眉間《みけん》に皺《しわ》を寄せて尋ねた。

「日本の情報機関は八年前に辞めている。フリーのエージェントだと言われているが、今はＣＩＡで働いているようだ」

タルナーダは淡々と答える。

「カバーンの任務を聞いていいですか？」

ヤンバエフが遠慮がちに尋ねた。

「祖国の裏切り者と冷たい狂犬の暗殺だ。彼にとって、難しい任務ではないと、私は思ったんだがね」

　パイプを深く吸い込んだタルナーダは、ゆっくりと煙を吐き出した。

「その任務をこなせば、カバーンを、組織の幹部にするんですか？」

　デニソフとヤンバエフが顔を見合わせた。幹部ということは、彼らの上に立つことを意味する。二人はタルナーダの言葉をどう捉《とら》えたらいいのか、分からないのだろう。

「我国は、米国と中国の陰に隠れてしまったのが現状だ。しかも国民は、政府に対して不満を訴えている。国民の不満をそらし、米中を蹴《け》散《ち》らして不死鳥のように復活する必要があるのだ。そのためには、諜報活動の強化が必要だと政府は考えた。ＳＶＲ（対外情報庁）の暗殺部隊やＦＳＢ（連邦保安庁）の特殊任務センター、それに君らのようにスペツナズからエリートを引き抜き、新たに特殊課報局、ギーベリを作りだした。だが、現場での経験値が足りない者が多いのが現状だ。そこで、私は、経験豊富なカバーンに目を付けたのだがな」

　タルナーダは歯切れ悪く答えた。

　ちなみにスペツナズはロシア連邦軍参謀本部情報総局に属する特殊任務部隊である。

「我々の任務は？」

　デニソフはタルナーダの顔色を窺うように尋ねた。

「まずは、カバーンを捜し出し、現状を把握することだ。場合によっては、現地の工作員を使っても構わない」

「見つけて、ご報告するだけでいいのですか？」

ヤンバエフは僅《わず》かに首を傾げた。

「任務が続けられるような状態なら、彼に協力しろ」

「もし、負傷して動けないようなら、どうしましょうか？」

デニソフは右眉《みぎまゆ》を僅かに吊《つ》り上げた。

「殺せ！」

タルナーダは吐き捨てるように言った。

5

午後六時半、アウディ・Q7のハンドルを握る夏樹は王立図書館の脇を抜け、オビタル通りからロンバール通りに入り、2ブロック先の交差点を右折した。

右側の駐車帯には、パトカーが並んでいる。次の角を右に曲がりマルシェ・オー・シャルボン通りに入ったところで、左の駐車帯の隙間に車を停めた。周囲は一般の乗用車も停めてあるが、パトカーの方が多い。

車を降りた夏樹は、道を挟んで反対側の中央警察署と記された建物の入口に立った。ダークスーツに黒いトレンチコートを着ている。スペイン系だったメイクから少し表情を変えるため、目の周りに特殊なファンデーションを塗って白くし、薄いブルーのカラーコンタクトレンズを入れて、ゲルマン系の白人に見えるようにした。

二人の制服警察官が、木製の大きな両開きのドアの前に立っている。

夏樹はポケットから警察官バッジを出して二人に見せると、右側に立っている男がドアを開けてくれた。

軽い敬礼をして署に入った夏樹は、正面受付まで進んだ。

「CGSUのゲルト・メルテンスだ。テロ対策室のムッシュ・ケヴィン・フェライニに会わせてくれ」

夏樹は身分証明書付きのバッジを、受付に座っている制服警察官に見せた。

CGSUは連邦警察特殊部隊のことであり、公的な行事はもちろん訓練中もバラクラバを被《かぶ》って顔を隠すなど、秘密主義を徹底している。

夏樹が持参した身分証明書付きのバッジは、CIAのブリュッセル支局で用意したものだ。各支局には、海外で工作活動をする諜報員《ちようほう》が使用する偽造パスポートや身分証明書などの台紙や材料が用意されており、専用のパソコンでいつでも本物と変わらない物を作成することができる。作成方法は、パリ支局でリンジーから直接教えて貰《もら》った。

また、ハッカーの森本にブリュッセル警察のサーバーをハッキングさせ、夏樹をゲルト・メルテンスという名前で警察官として登録してある。そして、作成した個人ファイルに六年前に他部署に移動と記載した。特殊部隊に所属した段階で、一般の警察官としての記録はなくなるからである。

「ムッシュ・メルテンス、フェライニ警視は、二階の会議室で待っています。階段を上がって、一番近い部屋です」

受付の警察官はパソコンの画面を見て答えた。スケジュールに入っているようだ。

「ありがとう」

夏樹は受付の前を通り、エレベーターホールの手前の階段を上がった。建物は五階建てで堅牢《けんろう》な作りをしている。階段の手前にあるミーティングルームと記されたドアをノックしようとすると、中からドアが開けられた。受付から連絡があったのだろう。

「どうぞ、ムッシュ・メルテンス」

強張《こわば》った笑顔を浮かべたフェライニは、会議室に招き入れると窓際の席に座った。三十平米ほどで、テーブルと椅子が廊下側に寄せられ、一組だけ窓際に置かれているのだ。夏樹と面会するために、用意したのだろう。

「最初に断っておくが、我々は通常、一般の警察官と接触することもない。だから、今日のミーティングは内密に願う」

夏樹は人差し指を左右に振ると、フェライニの前の席に腰を下ろした。

「了解しています。失礼ながら、あなたの履歴も調べさせてもらいました。同じ連邦警察に所属していても、ＣＧＳＵが極秘の組織だと改めて分かりました」

フェライニは、森本が警察本部のサーバーに書き込んだメルテンスのファイルを閲覧したようだ。

「私の警察官としての職歴は、六年前で止まっているはずだ。それ以上は、調べることはできないからね。こんな時間に面会を要請したのも、できるだけ他の署員と顔を合わせたくないからだ。無理を言ってすまなかった」

夏樹は苦笑して見せた。

「構いません。緊急事態なのでしょう。ご用件を伺っていませんが、どのような内容でしょうか？」

フェライニの顔が幾分穏やかになった。夏樹が笑ったせいだろう。事前に直接電話をしてアポイントを取っただけのため、身構えていたのかもしれない。

「我々は今、一人のテロリストを追っている。その男の情報が欲しいのだ。未明に仲間と追跡したが、見失ってしまったのだ」

夏樹はカバーンを高速道路E40号線に追い込み、車を銃撃した末に事故に至った経緯を多少脚色して話した。

「テロリストの名前は分かっていますか？」

「ズボニール・バビッチだ。セルビア最強の特殊部隊〝コブラ〟の元兵士で、現役時代にボシュニャク人を大量に虐殺したそうだ。だが、十二年前に退役し、消息を絶っていた。ＩＳＩＬに所属し、暗殺を繰り返しているようだ」

夏樹はカバーンの写真を渡し、彼をロシアの暗殺者としてではなく、ＩＳＩＬのテロリストだと説明した。まったくの嘘ではない。ロシアが陰でシリアのＩＳＩＬに資金を投じて支援をしていた際、カバーンはISILの幹部と接触していたという記録もある。ISILに敵対する人物の暗殺、あるいは組織の壊滅を実際行っていたのかもしれない。

「ズボニール・バビッチですね」

フェライニはテーブルに置かれていたノートブックパソコンで、検索した。彼はテロ対策室の室長で、現場の指揮官として重要な権限を持っていることは事前に調べてある。

「ズボニール・バビッチ！　皆殺しのカバーン！」

フェライニは両手を広げて叫んだ。

「驚いた。警察のサーバーに記録があるのか？」

「まさか。インターポールからの情報を調べてみたんです。バビッチは国際手配されていますよ。もっとも、彼がまだ若いころのことですが、フォチャの虐殺に関与したことで手配されているのです。最新の情報ではありませんが、ジェノサイドに関与した男なら、凶悪なテロリストになっていたとしても、おかしくないですね」

フェライニは鼻に皺を寄せた。ジェノサイドという言葉は、誰しも忌み嫌い、軽蔑《けいべつ》するものだ。

「昨日のE40号線の事故で、バビッチは負傷している可能性が高い。車を奪って逃走したはずだが、足取りが分からないのだ。怪我をしていては、ホテルには泊まれない。どこかに隠れ家があるのだろう」

事故処理は警察で行っていることもあるが、ブリュッセルにはISILの拠点や隠れ家がある。警察のテロ対策本部に聞けば情報が得られるはずだ。夏樹はカバーンが事故後にブリュッセル市内のISILを頼った可能性もあると思っている。CIAでは情報が摑《つか》めなかった。彼らも万能ではない。夏樹は情報を求めて市警本部にやって来たのだ。

「バビッチは、市内に潜伏するテロリストのアジトに隠れている可能性があるのですね」

「モーレンベークに拠点があると思っている。資料はないか？」

日本ではモーレンベークと呼ばれているが、正式にはシント・ヤンス・モーレンベークというブリュッセルの西に位地する基礎自治体の一つである。

ベルギーは第二次世界大戦後の高度成長期に労働力の不足を補うために、旧植民地をはじめとしたアフリカから移住者を受け入れ、モーレンベークに多くの移住者が住み着いた。やがて世界的な不況とともにこの地区は荒廃し、〝ゼンヌ川沿いのシカゴ〟と呼ばれるほどスラム化が進み、犯罪多発地区となった。

この地区の失業率は三割を超え、社会への不満を抱いた住民が犯罪に走る。また地下イスラム教会で過激な聖職者が、イスラム系住民に対して聖戦を呼びかけてISILに勧誘し、テロリストになるという構図があるのだ。

「確かにモーレンベーク地区には、我々が監視を続けているテロリスト、あるいはテロリスト候補の住居やアジトがあります。しかし、この二、三日は、別の事件でモーレンベークに通じる道路は、検問が厳重に行われていますので。バビッチが危険を冒してまで、あのエリアに入るとは思えません」

「それじゃ、ほかに隠れ家やアジトはないのか？」

頷《うなず》いた夏樹は尋ねた。

「いくつか候補はありますが、現段階では証拠不十分のため、警察が介入できない場所もあります。それでも、リストアップしますか？」

フェライニは質問で返してきた。

「構わない。我々は君らと違う」

夏樹はにやりと笑って見せた。

6

午後十時、ブリュッセル南駅の裏通り。

蔦《つた》の絡まる家の一室でカバーンは目を覚ました。ＩＳＩＬの隠れ家である古い家の一階にある倉庫のような部屋である。

慌てて腕時計で時間を確認したカバーンは、ベッドから半身を起こした。六時間近く無防備に眠っていたらしい。負傷した太腿《ふともも》を自ら縫合し、消毒した段階で疲れたというより、気を失うように眠ってしまったのだ。

「むっ！」

下半身を動かすと、右足に激痛が走る。

「くそっ」

眉間《みけん》に皺《しわ》を寄せたカバーンは、ベッドから降りると、スチール棚から包帯を出し、太腿に巻きつけた。

「まずいぞ」

舌打ちをしたカバーンは、枕元に隠してあったＭＰ４４３をズボンの後ろに差し込んだ。この隠れ家を冷たい狂犬が見つけるとは思えない。だが、安全と言える場所などこにもないのだ。一ヵ所に留《とど》まるべきではない。

カバーンは部屋を出て、一階の別の部屋を調べた。足は痛むが、包帯できつく縛ったので、歩くことはできる。この家は隠れ家であると同時に、シリアから逃れてきたＩＳＩＬの兵士の宿泊施設でもあった。

階段を上がり、二階の部屋を一つ一つ確認して行く。二階と三階には四部屋ずつ寝室があり、数年前まではいつも満室だったと聞いたことがある。だが、この一、二年ＩＳＩＬの弱体化とともに、宿泊する兵士も激減した。もっとも、このままＩＳＩＬがシリアの拠点を失えば、国外に逃れた兵士が、ブリュッセルにも大勢到着する可能性もあり、隠れ家は再び賑《にぎ》わうことだろう。

部屋をすべて確認したが、二階も使われていないらしい。

「なるほど」

一人頷いたカバーンは、左の足首に巻きつけてあった小型ナイフを抜いた。タルナーダから貰《もら》った刀身にギーベリと刻まれたナイフである。カバーンは階段を三階まで上り、照明の消えた廊下を進んだ。

近くのドアが突然開き、何かが飛び出してきた。

体を捻《ひね》ってかわしたカバーンは、襲い掛かってきた男を羽交い締めにする。

廊下の照明が点灯した。

カバーンが押さえ込んでいたのは、右手に棍棒《こんぼう》を握りしめたムハマドである。

「出てこい。俺だ」

カバーンはムハマドを解き放し、部屋の陰に隠れている男たちに命じた。

部屋からアラブ系の二人の男が、決まり悪そうに出てきた。彼らは右手に握っていたナイフを折り畳むと、ポケットに仕舞った。ムハマドの仲間である。

「警察かと思ったんだ」

ムハマドが苦笑を浮かべ、肩を竦《すく》めて見せた。一階と二階のどこかに赤外線センサーがあったらしい。彼らが三階にいるのは、襲撃に備えてのことだろう。

「これで、全員だな？」

カバーンは笑顔でムハマドらを見渡した。

「言っただろう。今は三人だけだ。脅かさないでくれ」

ムハマドは首を左右に振った。

「安心した」

カバーンは右手に隠し持っていたナイフでムハマドの首を切り裂いた。

「なっ！」

驚愕《きょうがく》の表情を見せた二人の男たちの頸動脈《けいどうみゃく》もナイフで切断し、首から血飛沫《ちしぶき》が上がる。

カバーンは降りかかる血を浴びることなく、三人から離れていた。

ムハマドらは、叫び声をあげることすらなく次々と床に崩れる。

「くっ！」

カバーンは苦痛に顔を歪《ゆが》めて、跪《ひざまず》いた。目にも留まらぬ動きだったが、それだけ傷に負担を与えたのだ。

しばらくして立ち上がったカバーンは、ムハマドらが出てきた部屋に入った。

二十平米ほどの広さで、二段ベッドが二つ置いてある。ほかにも部屋があるのに彼らは一つの部屋で過ごしていたようだ。これも襲撃に備えてのことだろう。

太腿が裂けて血だらけのズボンを脱ぐと、彼らの荷物から適当なズボンを出して穿《は》き替えた。

ベッドの奥にドアがある。開けてみると、ウォークインクローゼットになっており、洋服の代わりにストックが折りたためるAK74U短機関銃が5丁と予備の銃弾とマガジン、それにRPG7とロケット弾などの武器のほか爆薬も置かれている。

カバーンはベッド脇に置かれているスポーツバッグにAK74Uとマガジン、それに爆薬を入れた。

「車もあったはずだ」

スポーツバッグを担いで廊下に出たカバーンは、ムハマドらが着ている服のポケットを探り、車のキーと財布から現金と彼らのIDを抜き取った。世話になったが、ここに立ち寄った記録をすべて消し去る必要があったのだ。

「うん？」

カバーンは、小首を傾げた。一階で物音がしたのだ。ムハマドらの部屋に戻ると、武器庫となっているウォークインクローゼットに入り、天井や奥の壁を軽く叩《たた》いた。

「やはり、そうか」

にやりとしたカバーンは壁板を引き下げ、その向こうに現れた暗闇をハンドライトで照らした。奥の壁に脱出口と思われる梯子《はしご》があったのだ。カバーンは梯子に摑まってライトで周囲を確認すると、引き下げた壁板を元に戻し、梯子を上った。

三メートルほど上り、天井を塞《ふさ》いでいる鉄の扉の閂《かんぬき》を外して開けると、冷えた空気が流れ込んできた。建物の外に出られるのだ。

カバーンは屋根の上に出ると扉を閉め、屋根伝いに隠れ家から立ち去った。

「三人とも死んでいるぞ。死体の体温もまだ温かい。殺されたばかりだな」

ムハマドらの死体を確認した男は、立ち上がった。イヴァン・デニソフである。傍にセルゲイ・ヤンバエフの姿もある。

　彼らはタルナーダの命を受け、イスタンブールからブリュッセルに現れ、まっすぐブリュッセル南駅に近いISILのアジトにやって来た。カバーンの所持しているナイフの柄には、GPSチップが内蔵されており、位置は特定されていたのだ。タルナーダが組織の印として与えたものである。ナイフは組織のメンバーの証《あかし》であるが、所在を知らしめる道具でもあるのだ。

「こいつらを口封じのために殺したのか？　残忍なやつだな」

　死体を見下ろしているヤンバエフが言った。

「単に痕跡《こんせき》を消すためというのなら、過剰だろう。カバーンは負傷していることを、隠したかったたんじゃないのか」

　デニソフは険しい表情で答えた。

「深手を負っている可能性がある。だとすれば、やつを、殺すほかないな」

　ヤンバエフは小さく頷《うなず》いた。

動く標的

1

翌日の十二時、夏樹はゴアテックスのジャケットの襟を立て、パリ15区のドセ通りを南に向かって歩いていた。

気温は三度、小雨は降っているが、フードを被《かぶ》るほどではない。

郵便局の脇を抜け、次の交差点で鉄道の高架橋があるグルネル通りを左に折れた。

1ブロック進んだ夏樹は、一方通行のダニエル・ストゥム通りに進入する車を避けるために立ち止まり、正面の交差点角にあるラ・カンティーヌ・デュ・トロケ・デュプレックスというビストロの周囲をさりげなく観察した。

通行人も多いが雨が降っているせいもあり、誰しも足早に通り過ぎて行く。付近に駐車されている車に乗っている人はいない。とりあえず、尾行や監視はいないようだ。

夏樹は横断歩道を渡り、ビストロに入った。開店は十二時のため、客はまばらだ。雨が降っているので、歩道に出されているテラス席は少ないが、白人の客が座っている。天候が悪くても、テラス席が一番だと思っている客が多いのだ。

パリのレストランやカフェは、客だけでなく店側もテラス席を好む。それがパリの風情だからだ。だが、度が過ぎて歩道を占拠しているケースも多々見られ、冬でもビニールやガラスの囲いで防寒対策している店も多い。そのため、条例で防寒対策の禁止やテラス席税を徴収するなど、取り締まりを強化しているが、テラス席は店の顔にもなるため条例を無視する店が多い。

ウェイターが夏樹を見て近寄ってきた。

テラス席に近い窓際の席に座るブルーネットの白人女性が夏樹に気が付き、手を振ってみせた。昨年はエマ・メイユーと名乗っていたが、本名はリアーヌ・ネシブ、フランス国内治安総局（DGSI）の諜報《ちょうほう》員である。彼女の職場である首都圏テロ対策部の近くにある店で、彼女は抜け出して来たのだ。

「席は分かっている」

ウェイターに断った夏樹は、エマの前の席に座った。

昨年、公安調査庁の諜報員時代に世話になったフランスの諜報員ポリーヌ・デュメルクが、失踪《しっそう》する事件があった。彼女からの救援要請もあり、フランスに渡った夏樹はDGSIと協力したことがある。今回、CIAと協力するのと同じ経緯で、陰で安浦が動いていた。

エマはＤＧＳＩが寄越した諜報員であり、ＣＩＡのリンジーと同じ役割であった。とはいえ相棒が女性なのは、夏樹が男の諜報員と組みたくないという単純な理由だからである。

エマが夏樹を認識できるように、昨年彼女と会った時と同じようなメイクをしている。彼女も夏樹の素顔は知らない。

「また会えるとは思わなかったわ。でも、観光じゃなさそうね」

彼女は嬉《うれ》しそうに笑って見せた。任務を妨害するために北朝鮮の工作員が拘束したエマの両親を、夏樹は救出している。両親の命の恩人に対する掛け値なしの笑顔なのだろう。

「そういうことだ」

夏樹は渋い表情で頷いた。

昨夜夏樹は、ブリュッセル中央警察テロ対策室のケヴィン・フェライニから、カバーンの逃亡先と思われる市内にあるＩＳＩＬのアジトの候補を聞き出している。テロリストのアジトの候補は、ほとんどがモーレンベークに集中していたが、それ以外の場所は四カ所と意外と限られていた。

すぐさま情報に従ってアジトと思われる建物を調べ、三軒目のブリュッセル南駅の傍にある建物で、アラブ系と見られる三人の男の死体を見つけている。また、三階の部屋に血染めのズボンが脱ぎ捨てられていた。確証はないが、カバーンが怪我の治療をし、口封じのために潜伏していたISILの兵士を殺害したのだろう。だが、問題は、カバーンの痕跡がそこで途切れてしまったことである。

さらに最悪な事態が生じた。日付が変わってマスカレードが起動され、エシュロンが機能しなくなったのだ。映像や音声などが、デジタルで偽の情報に変換されているため使い物にならなくなり、CIAの欧州での情報網は絶たれた。CIAを利用する意味がなくなったため、夏樹はブリュッセルから引き上げてきたのだ。

「私で役に立つ?」

エマはメニューを見ている振りをして、尋ねてきた。この店は彼女が指定している。職場から近いが、彼女の同僚は店にこないそうだ。それでも警戒しているのだろう。職業柄プライバシーを守るために行く店を職場では、日替わりで決められているそうだ。そのため、同僚を誘わない限り、同じ店で会うことはないらしい。

彼女には個人的に連絡し、上司にも黙って出てくるように言ってあった。

「調べて欲しいことがある。ランチを食べながら話そう」

夏樹はウェイターを呼んだ。注文もしないで話を続ければ、怪しまれるだけである。

「そうね。お腹が空《す》いちゃったわ。この店はバスク料理がおいしいのよ」

エマは夏樹にメニューを渡してきた。何にするのか、もう決めてあるらしい。

彼女はマテ貝の前菜とベーコンのソテーにフランスパン、夏樹は前菜に二種のアスパラとサーモンのマリネ、メインを鴨のロースト、それにワインをボトルで頼んだ。

ウェイターは注文を取ると、厨房《ちゅうぼう》にオーダーを通し、その足でブルゴーニュのワインを持ってきた。カジュアルな店のため、値段も手頃である。夏樹はメニューを見て銘柄にはこだわらなかった。というかこだわる銘柄がなかったからだ。

ワインを飲みながら、彼女の近況を聞いた。昨年まで彼女の上司であり、職場のトップだったクロード・デュガリは、左遷されたようだ。夏樹に翻弄《ほんろう》され、無能ぶりを披露したためらしい。

「お待たせしました。マテ貝の前菜、それに二種のアスパラとサーモンのマリネの前菜です」

ウェイターが前菜を運んできた。

マテ貝はバターでソテーしてあるのだろう、いい香りがする。夏樹の前菜も、グリーンとホワイトアスパラの上に花のようにサーモンが盛り付けられている。パリはレストランが腐るほどあるが、観光客向け、悪く言えば一見《いちげん》さん向けで味は今一つという店も多いが、この店は違うらしい。

「相変わらず、おいしいわね。あなたのマリネも保証するわよ」

さっそくマテ貝のソテーを口に運んだエマは、首を縦に大きく振ってみせた。

「君に人捜しを手伝って欲しい」

夏樹はナイフとフォークを手に取り、本題に入った。

「あなたに捜せない人がいるの？」

エマが吹き出しそうになる。

「テロリストだ。資料は後で君のスマートフォンに送る。今朝から、情報源を絶たれて困っているのだ」

英国をはじめとする米国と対極をなすグループの一員にフランスは入っている。エシュロンを無効化し、新しい監視ネットワークシステムであるマスカレードを使用できるのだ。夏樹はマスカレードで、カバーンを捜し出すつもりである。

「情報源？」

エマは首を傾げた。

「マスカレードを使いたい」

夏樹はアスパラをナイフで切りながら言った。

「マスカレード？　何かのコードネーム？」

エマは肩を竦《すく》めて見せた。マスカレードはトップシークレットの情報であった。彼女のセキュリティレベルでは、知る由もない情報のようだ。おそらく一般の諜報員は、これまで同様、エシュロンを使用していると思っているのだろう。

「気にしなくていい」

夏樹はワイングラスに手を伸ばして苦笑した。

2

午後一時、一台のタクシーがブリュッセル北駅にほど近い、〝コベント・ガーデン〟の前で停まった。

〝コベント・ガーデン〟の由来は、ロンドンに古くからある繁華街で、その起源はローマ時代にまで遡《さかのぼ》ることができる。

一人の中年の東洋人がタクシーから降りた。ビジネスマンのようなスーツを着た男は、西側の入口から〝コベント・ガーデン〟に入ると、ガラス張りの天井がある中庭を通り抜け、南側のドアから外に出た。男は安浦である。

尾行を確認した安浦は、目の前に広がるシャルル・ロジエ広場に出ると、左手にあるヒルトン・グラン・プラス・ホテルに入った。フロントの前を通り過ぎてエレベーターに乗った安浦は、五階で降りた。

「大丈夫らしいな」

呟《つぶや》いた安浦は階段で七階まで上がり、デラックススイートルームのドアをノックした。

ドアが開けられ、安浦は入口に立つダークスーツの男に頷《うなず》くと、部屋の奥へと進む。

広いリビングスペースの右側に置かれた一人掛けのソファーに座っていた男が、立ち上がった。

「良雄、わざわざすまなかった」

男は笑顔で右手を差し伸べた。CIA副長官のブライアン・メリフィールドである。

「やあ、ブライアン、もう米国に帰ったと思っていたが、どうしたんだい？」

安浦は握手をすると、男の対面にある三人掛けのソファーに腰を下ろした。二人は、名前で呼び合うほどの仲らしい。もっとも諜報《ちょうほう》の世界だけに偽装もありうる。

ソファーに座っているのは二人だけで、ドア口に立っている男の他に寝室の入口の前にも屈強な男が控えている。

「帰りたいのは山々だが、急遽《きゅうきょ》、残ることになったのだ。これからロンドンへ飛ぶ。その前に君から少しでも情報をもらおうと思ってね」

メリフィールドは寝室側に立っている男に、ジェスチャーで飲み物を用意するように指示をした。

男は頷くと、壁際のテーブルの上に置いてある二つのグラスにウィスキーを注いだ。

「その前に君の国はどうなっているんだ？　大変だろう？　現状を教えてくれ」

安浦が神妙な顔で尋ねると、メリフィールドの部下からウィスキーが注がれたグラスを渡された。

「まいったよ。マスカレードの起動は、ただの脅しだと思っていた。そもそも、エシュロンから得られる膨大なデータをリアルタイムで書き換えるソフトが開発されるなんて、不可能だと思っていたんだ」

メリフィールドは肩を竦めると、部下からウィスキーの入ったグラスを受け取り、一息に飲み干した。

「私もそう思っていたよ」

相槌《あいづち》を打った安浦は、唇にグラスの端を当てた。

「エシュロンを管理するNSA（国家安全保障局）は、サイバー攻撃されているとパニック状態だ。報告を受けたホワイトハウスも、同様だよ」

「事前に忠告しなかったのか？」

安浦は口に含む程度にウィスキーを飲むと、グラスをテーブルに置いた。

「国務長官とNSA長官には警告してあった。だが、彼らはマスカレードの存在を疑い、大統領への報告を怠ったのだ。もっとも今の大統領は、CIAを毛嫌いしている。側近も同じで、我々のことを信用していないんだ」

メリフィールドは、部下に二杯目のウィスキーを作らせている。そうとうストレスを溜《た》め込んでいるらしい。

「怠慢だな。彼らが判断する問題じゃない。だが、現政権は、大統領が経験者を次々と首にしたせいで素人の集まりになってしまったから仕方がないか。大統領には事態の報告をしたのかね？」

「耳が痛いよ。大統領は長官から直接話をしてもらった。だが、彼はエシュロンの重要性が分からないらしい。というか、説明しても、理解できないようだ。現実問題として、エシュロンが使えないせいで、諜報活動が停止している。我国は目隠しで断崖絶壁を結ぶロープの上を、歩いているようなものだ。もし、海外からテロリストが団体で押し寄せてきたとしても、現段階では未然に防ぐことなど不可能だ」

メリフィールドは大きな溜息《ためいき》を漏らした。

「分かるよ」

「君が紹介してくれた冷たい狂犬だが、今はどうしている？　会ったときに、ＳＯＧ（特殊作戦グループ）との共同活動を提案してみたが、失敗を繰り返すのかと冷たくあしらわれたよ」

「彼はもともと一匹狼で団体行動は好きじゃないんだ。気を悪くしないでくれ」

苦笑した安浦もグラスのウィスキーを飲み干した。話というより、メリフィールドの愚痴はすぐに終わりそうもない。

「国防長官は、現在太平洋で展開している第七艦隊をドーバー海峡に派遣するとまで、言い出している。首謀者である英国を脅すつもりなのだ」

「馬鹿な。太平洋艦隊は、ロシアと中国、それに北朝鮮に睨《にら》みを利かせている。今動かしたら、中国と北朝鮮にプレッシャーをかけてきた意味がなくなる。第一、西側の団結が、崩れたと宣伝するようなものだ。今、中国と北朝鮮に背を向けるのは、間違っている」

安浦は険しい表情になった。

「常識のある人間なら、そう考えるだろう。ホワイトハウスのポンコツ連中じゃ、この危機を乗り越えることはできない。私がロンドンに行くのも、マスカレードの即時停止と、エシュロンの復旧を英国と交渉するためなのだ。そのために我国に有利となる情報が必要になる」

二杯目のグラスを空けたメリフィールドは、安浦を鋭い視線で見た。

「ただちにするべきことは、ＡＧ００８７命令書の破棄じゃないのか？　冷たい狂犬から聞いたぞ」

安浦はメリフィールドから視線を外さずに答えた。

「……それは、彼からも指摘された。大統領を説得し、ＡＧ００８７命令書を無効にする手続きをするつもりだ。すでに長官が大統領と会議に入っている。だが、あの頑迷で、無知な大統領を納得させるには、時間がかかる。それに今回の騒動の発端は、ヴェネチアの秘密会議から始まった。犯人を探し出し、背後の組織を特定することが、現段階で一番だと思う」

「分かった。現状で分かっている情報をすべて、君に渡そう。また、冷たい狂犬にも連絡を取ってみる」

「助かったよ」

メリフィールドは、早くも三杯目のウィスキーを口にしている。飲まずにはやってられないのだろう。

「それにしても、米国の死活問題にまで発展するとは、思わなかったよ。私というより、日本がお役に立てて、なによりだ」

安浦は上目遣いで笑って見せた。

3

ベルギー南東部、アルデンヌ地域、午後七時十分。

日本ではルーテシアと呼ばれているスポーツタイプのルノー・クリオが、アルデンヌのディナン通りを南に向かって走っている。

運転しているのはカバーンを追っているデニソフで、助手席には相棒であるヤンバエフが座っていた。

「それにしても、田舎まで逃げてきたものだな」

デニソフは街灯もガードレールもない道を呆《あき》れ顔で見ている。ブリュッセル市内からは百五十キロほど離れただけだが、高い建物はなく夜空がやたらと広く見える。

アルデンヌはフランス北部とベルギーの南東部、それにルクセンブルクにまたがる地域で、森林に覆われた高地である。第二次世界大戦末期、敗色濃厚なドイツ軍がこの地域で米軍に対して決死の闘いを挑んだ〝バルジの戦い〟は、ヒットラーが戦局を変えようとした一戦だった。

「うまく逃げたつもりだろうが、ナイフを持っている限り、俺たちからは逃げられない」

ヤンバエフはスマートフォンの地図上に浮かぶ赤い点を見ながら言った。ナイフは組織の一員としての証《あかし》というより、裏切り防止を防ぐ道具として使われているのだろう。

「信号を半日以上、捉《とら》えることが出来なかった。てっきり国外に逃れたのかと思って、焦ったぜ」

デニソフは笑った。

「電波の届かない地下にでも潜っていたのだろう。次の交差点を右に曲がってくれ」

ヤンバエフはスマートフォンの地図の指示に従った。道の両側に二、三階建ての家がまばらに建っている。暖房効率をよくするために家が隙間なく建てられているブリュッセル市内とは違い、建物がそれぞれ個性を主張し、独立して建てられているのだ。

建物は一・五キロほど続いたが、村を過ぎたらしく、いきなり牧草地帯と畑になり、視界が開けた。もっとも、街灯もない場所なので、見えるのはヘッドライトが照らす範囲だけである。

「次の三叉路《さんきろ》を右だ」

ヤンバエフはスマートフォンと道を見比べながら指示した。

「了解！」

デニソフは方向指示器を出すと、目の前に迫った二股《ふたまた》の道を右に進んだ。誰も見ていない場所なので方向指示器はいらないのだが、後続のベンツのバンに前もって教えるためである。カバーンを取り逃がすことがないように、ブリュッセル市内在住のロシアのギーベリの工作員を四人連れてきたのだ。

「停めてくれ」

「二百メートル先か。これ以上近づくと感づかれるな」

車を停めたデニソフは、自分のスマートフォンで位置を確認した。

「ここから歩くか」

頷《うなず》いたヤンバエフは、車から降りた。

「こちら、スカラー01、これよりターゲットまで徒歩で移動。油断するな」

デニソフも降りると、無線機で後続の車に乗る男たちに伝えた。

六人の男たちは、暗視ゴーグルにボディアーマー、武器はAKシリーズの第五世代アサルトライフルであるAK12にMP443、しかもAK12のマガジンは、AK74と互換性がある六十発のカスケット箱型弾倉である。

「見ろ。五十メートル先に小屋がある。信号は、あの小屋からだ」

先頭を歩いていたデニソフは、拳《こぶし》を握って仲間に止まるように合図を送ると、スマートフォンの画面を見ながら小屋を指差した。後続の四人は反応し、立膝《たてひざ》をついて周囲を警戒する。デニソフとヤンバエフは、ロシア最強の特殊部隊であるスペツナズ出身だが、後続の男たちも軍隊経験者なのだろう。

「あの小屋で怪我が癒《い》えるまで、じっとしているつもりなのだろう。皆殺しのカバーンも大したことはないな。とりあえず、踏み込んで状態を確かめるか」

　ヤンバエフは眉《まゆ》を顰《ひそ》めた。

「おまえは、馬鹿正直に命令に従うつもりなのか？　あの男が任務を遂行したら、俺たちの上司になるかもしれないんだぞ」

　デニソフは舌打ちをした。

「カバーンが、上司！　とんでもない」

　ヤンバエフは首を振った。

「殺せばいいんだ」

　デニソフは荒い鼻息を漏らすと、ハンドシグナルで仲間に前進と知らせた。

　六人の男たちは、五十メートルを一気に駆け抜けて煉瓦《れんが》の小屋を取り囲んだ。

　カバーンは男たちを見て鼻先で笑った。

「やはり、来たか」

　男たちが一斉に銃撃をはじめる。

　AK12の五・四五ミリ弾が容赦なく煉瓦の壁を貫通し、破壊していく。発射速度毎分六百五十発、男たちは瞬く間に全弾六十発、六人で三百六十発を撃ち尽くした。すぐさま男らは空のマガジンを交換する。

　髭面《ひげづら》の男が別の髭面の男に何か指示をすると、四人の男たちを引き連れ小屋のドアを蹴破《けやぶ》って突入していく。残った髭面の男は、見張り役なのか、小屋の前に立って辺りを警戒している。

轟音《ごうおん》！

小屋が巨大な炎を吹き上げて爆発した。

カバーンは小屋から数十メートル離れた大木の陰から、ＡＫ74を手に現れた。彼はタルナーダから貰《もら》ったナイフにＧＰＳチップが仕込まれていることに気が付いており、ナイフを手製の爆弾とともに小屋に設置しておいたのだ。

「俺が殺せると思ったのか？」

小屋の前に爆風で倒れている男をカバーンは、足で蹴った。

「カッ、カバーン……待ち伏《ぶ》せしていたのか？」

髭面の男は苦しそうに咳き込みながら、半身を起こした。

「一度に大勢を殺すには、街中じゃ無理だ。のこのこやってきたおまえらが悪いんだ」

「くそっ、なんてことだ」

男は力なく首を振った。

「タルナーダの命令か？」

カバーンはＡＫ74の銃口で男の首筋を突いた。

「そうだ。おまえが任務を続行できないようなら、殺せと命令を受けている」

「おまえたちは、俺の状態を確認するまえに銃撃した。命令とは違うようだな」

「それが、どうした？」

男は鼻で笑った。

「どうでもいいことだな」

カバーンは笑うと、男の眉間《みけん》をＡＫ74で撃ち抜いた。

4

午後八時、パリ1区、ホテル・ブライトン・パリ。

リヴォリ通りとアルジェ通りに面しているホテルの最上階の一室に夏樹はチェックインしていた。十九世紀にエガートン卿《きょう》が建てたという格式のあるホテルで、無粋な団体観光客が泊まるような大型ホテルではない。

最上階のプレステージルームで、眼下にはチュイルリー庭園があり、左手にはルーヴル美術館、右手にはエッフェル塔とパリの観光名所を一望することができた。また、四十五平米という広々とした空間には、寝室とリビングがあり、各部屋には厳選されたアンティーク家具や絵画が配されている。贅沢《ぜいたく》をするつもりはなかったが、気に入ったホテルに空き部屋がなかったため、パリの中心部という立地条件で選んだ。

「パリで仕事しているのに、こんな贅沢ははじめて。この部屋だって分かっていたら、ドレスを着てきたのに」

エマはワイングラスを片手に窓の風景に見とれている。

彼女に仕事を頼んだので、お礼にディナーに招待し、食後のワインを飲むために部屋に誘った。マスカレードにカバーンの情報を登録し、顔認証ソフトで割り出せるようにエマは同僚の情報分析官に依頼してくれたのだ。分析官には、上司からの指示だと誤魔化したらしい。

「エージェントには、息抜きも必要なんだ」

夏樹は左手にあるライトアップされた観覧車を見ながら言った。庭園の北側のエリアは夜遅くまで営業している遊園地になっている。

「パリは仕事場という頭しかなかったけど、あなたといるとはじめて来た街のように輝いて見えるわ」

エマは窓際のテーブルにワイングラスを置くと、夏樹に寄り添ってきた。彼女の頬は酔ったわけではないだろうが、火照っている。

「角度によって、見え方は変わる。それだけの話だ」

夏樹はエマの背中に右手を回すと、左手のワイングラスをテーブルに置いた。

「あなたは、いつも女性を違う角度で見ているの？」

「女性を様々な角度から見るのが、男の本質だ」

嘘ではないが、諜報員《ちょうほう》は何に対しても多面的に観察する癖がある。

「でもあなたは、顔を隠している。ずるいわよ」

エマは右腕を夏樹の首に絡ませ、唇を近付けてきた。昨年彼女と一緒に仕事をしたが、任務中ということもあり、親密な関係になることはなかった。だが、今回は事情が違う。

「トップシークレットだからな」

夏樹はエマを抱き寄せた。

二人の唇は自然と重なる。

ポケットのスマートフォンが、不意に振動を始めた。

「すまない」

夏樹は彼女から離れ、スマートフォンの電話に出た。今使っているスマートフォンに私用の電話が入ることはないからだ。

――ムッシュ・メルテンスですか？

男は夏樹のベルギー人としての偽名で尋ねてきた。

「そうだ」

――テロ対策室のケヴィン・フェライニです。あなたから何か動きがあれば、連絡するように言われていたので、ご報告します。

彼からブリュッセル市内のＩＳＩＬのアジトの情報を得た後も、カバーンの情報があれば連絡するように頼んでおいた。

「見つかったのか？」

――いえ、ついさっき、アルデンヌの警察署から激しい銃撃戦と爆発があったと連が入り、応援を求めてきたのです。田舎街ですのでテロとは考え難いのですが、とりあえず、鑑識を連れて出動します。住所をメールで送りました。カバーンと関係はないかもしれませんが、もしよろしければ、現場に来ませんか？

フェライニには、夏樹が連邦警察特殊部隊の隊員だと言ってある。銃撃戦に慣れていると思っているのだろう。

「今、訓練中ですぐに行くことはできない」

彼はブリュッセル市内にいると思っているに違いない。アルデンヌはフランス寄りなので、この時間帯なら飛行機よりも車で行った方が早いだろう。だが、四時間近くかかるはずだ。

——大丈夫です。我々も現場までは一時間半は掛かります。数人の死体が転がっているらしく、地元警察には現場を保全だけさせて触らせていません。現場検証は明日《あした》の朝まで掛かるでしょう。

「そこまで言うのなら、訓練を途中で切り上げて現場に行こう。だが、四、五時間掛かる。待っていてくれ」

溜息《ためいき》をついた夏樹は、通話を終えた。フェライニから得た情報で、カバーンまであと一歩まで迫った。今回の事件はかかわりがないのかもしれないが、カバーンがブリュッセルから脱出する過程で起きた可能性がゼロとは言い切れない以上、調べる必要がある。

ただし、美人と過ごす一夜と田舎街で死体の検分をして夜明かしするのとを天秤《てんびん》にかけるのは、辛《つら》いものがある。

「訓練の切り上げ？　まさか、出かけるつもり？」

エマは責めるような目で見ている。フェライニを騙《だま》すために言ったのだが、「訓練の切り上げ」はまずかったようだ。

「部屋は自由に使ってくれ」

夏樹はエマの頰にキスをすると、急いで部屋から出て行った。

5

午後十一時、夏樹はプジョーのSUV、3008のハンドルを握り、フランス北部の高速道路A34号線を疾走していた。

車はホテル・ブライトン・パリに近い、サントノーレ通りの駐車帯から調達してきた。イグニッションキーを使う古いタイプの車なら、配線をショートさせるだけでエンジンは掛けられる。一方鍵《かぎ》を必要としないスマートキータイプの車を盗み出すのは、高度なテクニックと機材が必要だったが、新たな手口で簡単にドアの解除とエンジンの始動ができるようになった。

スマートキーは微弱電波を使うのだが、それを特殊な装置を使って電子IDを照合する〝リレーアタック〟という手口である。通常は車の所有者が車から降りたところを狙い、スマートキーからの電波を増幅する装置を持った中継役から、車を盗む役が受信して犯行に及ぶ。車を盗み出し、新しい電子キーと交換すれば転売可能となるのだ。

だが、夏樹はCIAのパリ支局の装備庫から車のオーナーのキーの発する微弱電波から、電子IDそのものを複写する機器を持ち出している。夏樹はプジョー・3008から降りた男とすれ違いざまに彼のポケットの中のスマートキーから出る微弱電波を拾い、車のIDを複写し、まんまと3008を盗み出していた。

フランス北部のラ・モンセルを過ぎる。道は上り坂が続く。すでにアルデンヌ地方に入っているのだ。

十キロ先で国境を越え、道はようやく平坦《へいたん》になる。民家が点々とある片側一車線の田舎道だが、道の左側に街灯が立っていた。ブイヨン通りに入ったのだ。このまま進めば、ディナン通りになり、目的地はすぐそこである。夏樹はスマートフォンのナビゲーションアプリを使ってフェライニから送られてきた事件現場の住所に向かっていた。

ディナン通りから外れ、フォルゼ通りに入った。

一・五キロほど進むと、前方に数台のパトカーが停められている現場に到着した。田舎のせいか野次馬はいない。夏樹はパトカーの横に車を停めた。時刻は午後十一時二十分、意外と早く現場に到着できたようだ。

瓦礫《がれき》と化した小屋を四方から投光器で照らし出している。現場は想像以上に悲惨な状態だ。地元の警察が応援を求めたのは、当然だろう。

車から降りた夏樹は、張り巡らされた規制線のテープの内側にいる警察官の前で立ち止まった。地元の警察官なのだろう。

「テロ対策室のフェライニ警視がいるはずだ。呼んでくれ」

夏樹は警察官バッジを見せながら言った。

「はっ、はい」

敬礼した警察官は小屋の中に入り、待たされることもなく、フェライニを連れてきた。

「訓練中にすみませんでした。なんとも不可解な事件です。鑑識作業はまだ終わっていませんが、写真撮影は一通り終わっていますので、一緒に中を見てください」

フェライニは前に立って歩き出した。

「その前に小屋の周囲を見せてくれ」

夏樹は小屋のすぐ近くで倒れている男の死体を見た。後頭部の半分が吹き飛んでいる。至近距離からライフル弾で撃たれたようだ。額が黒く焼けている。

「死体が完全に残っているのは、この男だけです」

フェライニは苦笑を浮かべた。

夏樹は頷《うなず》くと時計回りに小屋の周囲を歩きはじめた。

小屋は煉瓦《れんが》造りで、平屋だったらしく、壁はなんとか残っているが、屋根は吹き飛んでいる。しかも、壁には凄《すさ》まじい銃弾の跡が残っていた。

「爆発する前に、ＡＫ12で四方から、銃撃されたのだな」

小屋の前で倒れていた男の近くに、ＡＫ12が落ちていた。貫通力が高い、五・四五ミリ弾が使われたに違いない。それで四方から銃撃したのなら、小屋の中の人間は、蜂の巣状態になる。

　小屋を一周した夏樹は、中に足を踏み入れた。いたるところに肉片が飛び散っている。確かにこの状態では、鑑識作業は朝まで掛かるだろう。

「小屋の中の死体は、爆発で吹き飛んでバラバラになっています。胴体の数から言って、五人分の死体があるようです」

　フェライニはハンカチで鼻を押さえながら言った。爆弾の火薬と建物が燃えた臭い、それに血の臭いが混じり合った異臭が鼻を突くのだ。

　夏樹は足元に転がっている足首をハンドライトで照らした。ナイフのシースが巻きつけられてある。飾り気がないタクティカルナイフではなく、柄に銀の鎌の飾りが打ち付けてあった。指紋が付かないようにハンカチを出し、ナイフをシースから抜いた。刃渡りは八センチほど、柄は若干長い。握りやすく、小型で隠し持つには適している。心臓を貫くには十分な大きさだ。

「キリル文字らしく、私には読めませんでした」

　フェライニは首を横に振ってみせた。一応確認済みらしい。

「ギーベリと彫り込んである。ロシア語で死という意味だ」

　キリル文字は、アルファベットと違う文字があるので、慣れないと読み難い。

「死？　ですか。とすると、プロの殺し屋かもしれませんね」

フェライニは何度も首を縦に振ってみせた。

夏樹は小屋から出て、表の死体の足首を調べてみた。左の足首にさきほどと同じ柄のナイフが収められたシースが巻きつけられている。

ハンカチで摑《つか》んでナイフを抜くと、やはりギーベリという文字が彫ってあった。

「同じですね。ロシアのギャングですか？」

フェライニは夏樹を覗《のぞ》き込むようにして尋ねてきた。

「ロシアンマフィアかもしれないな」

夏樹はナイフをシースに戻す振りをして、ハンカチに包んでポケットに隠した。

ＡＫシリーズの最新の型であるＡＫ１２、それに建物の中で爆死した男たちはボディアーマーも装備している。彼らはマフィアでもただの殺し屋でもないだろう。ロシアの諜報《ちょうほう》機関の暗殺部隊に所属しているに違いない。

「現場を見て、どう思いますか？」

フェライニは尋ねてきた。夏樹の感想を聞いて、報告書に反映するつもりなのだろう。

「建物に残る弾痕《だんこん》からして、六人の男たちは、まず、小屋を取り囲んで一斉射撃をしたはずだ。マガジンは六十発のカスケット箱型弾倉だった。全員で三百六十発撃ったところで、見張りを残して五人の男が小屋に突入した。中の死体は全て銃撃した犯人の死体だろう」

「それじゃ、殺し屋たちは、無人の小屋を攻撃したんですか？」

「追いつめたつもりで、逆に待ち伏せされたんだ。五人が突入した直後に爆弾が爆発した。襲撃された者は、近くに隠れていて、爆発を免れた見張りを最後に殺害した。そんなところだろう。こんな田舎の小屋を選んだのは、思う存分敵を抹殺でき、国外への脱出も容易だからだ」

現場に来たのは、無駄ではなかったようだ。六人の男が小屋に踏み込む前に銃撃したのは、反撃を恐れたからだろう。それだけ、強敵だと知っていたからだ。

犯人は敵の行動をすべて予測し、皆殺しにした。こんな芸当ができる人間は、そうそういない。〝皆殺しの〟カバーンなら可能である。周囲を見渡した夏樹は、爆発の規模を改めて確認した。規模からして、瓦礫は百メートル四方に飛んでいるだろう。待ち伏せした者は、それを避けられる場所にいたはずだ。だからといって遠くにいたのでは、意味はない。

道を挟んで小屋から五十メートルほど離れた藪《やぶ》に大木が立っている。夏樹はハンドライトで足元を照らしながら、大木の後ろを覗いてみた。

「ここに潜んでいた犯人が、小屋に仕掛けた爆弾を爆発させ、見張りの男を殺したんだろう」

夏樹は大木の後ろをハンドライトで照らした。足跡が藪の中から続いている。サイズは十一インチ（二十八センチ）ほどか。大柄な男のようだ。カバーンの身体的特徴とも合致する。だが、どうして彼が命を狙われる立場になったのかが、疑問である。

「なるほど、犯行状況はよく分かりました。納得です」

フェライニは大きく頷いてみせた。この場所を見るのははじめてらしい。

「言っておくが、私が現場検証したことは、他言無用、報告書にも書いてはいけない」

夏樹は念を押すと、自分の車に向かった。

「了解です。もちろんですよ」

フェライニは愛想良く答え、部下に茂みの周囲を調べるように指示を出した。

「報告書はメールで送ってくれ」

夏樹はそう言うと、プジョー・３００８に乗った。

6

ルクセンブルク郊外、ペタンジュ、午後十一時半。

カバーンはベルギーとの国境の街、ペタンジュにあるロッジのようなホテルの一室で眠っていた。

ベルギーのアルデンヌから百二十キロ走り、一時間半後の午後九時にチェックインしている。ギーベリの追手や冷たい狂犬も完全に振り切っている自信があった。

ベッド脇のサイドチェストの上に置いた携帯電話が、振動しはじめた。

両眼を見開いたカバーンは体を捻《ひね》って携帯電話を取り、通話ボタンを押した。

――カバーン。生きているのだな？

渋い男の声である。

「俺の暗殺命令を出したらしいな」

電話の相手は、タルナーダであった。

――不機嫌そうな声をしている。怒っているのか？

タルナーダの低い笑い声が聞こえる。

「暗殺命令に怒っているのではない。俺に役立たずのクズを六人も寄越したことに腹を立てているのだ」

カバーンは諜報員として、もっとも過酷な暗殺を請け負う世界に長年身を置いている。満足に動けない状態に陥った場合は、口封じのために殺されるのは当たり前のことだ。また、裏切りも当然の世界である。

そんなことで一々腹を立てるようなことはしない。だが、明らかに無能な人間を刺客として送られることは、屈辱以外の何物でもなく、これほど腹立たしいことはないのだ。

――六人とも殺したのか？

「五人は、爆死。一人は俺が頭を吹き飛ばした。明日《あした》にでもベルギー警察に問い合わせるといい」

――おまえが言うのなら、間違いはないだろう。こちらでは、二つの信号が消え、三つの信号が現在もアルデンヌにあることを確認している。

「ナイフの柄にGPSチップが仕込まれていることは、気が付いていた。聞かされていなかったがな」

カバーンはブリュッセル市内からアルデンヌに移動し、小屋で半日体を休めている。その間、アルミホイルで包んでチップからの電波が漏れないようにしていたのだ。

——君なら説明しなくても分かると思ったからだ。二つの信号が消えたのは、爆発でギーベリの証《あかし》が破壊されたからだろう。アルデンヌにあるものは、位置信号は送ってくるが、生体情報を送ってこない。持ち主が死んだのか、身につけていないということだ。

「生体情報も感知するのか？」

——ギーベリの証は、持ち主の登録を行った上で引き渡される。君に渡したナイフもそうだ。ナイフの柄に埋め込まれたGPSチップは居場所を、足首に直接巻きつけるシースは体温や脈拍を計測し、常にギーベリ本部に送り続ける仕組みになっている。ギーベリの証からの信号が消えたということは、言葉通り、死を意味する。

「死の証を持っていることが、生きている証拠だというのなら、皮肉が利いている。それにしても、位置だけでなく、生体情報まで管理しているとは、驚いたな」

カバーンは首を振って唸《うな》った。

——同じ機能の極小チップを、体内に埋め込むことも可能だ。ロシアでも他の部署では、そうしている。だが、電池交換するたびに、体内から摘出するのは手間だ。第一味気ないだろう。私は、なんでもデジタルで処理されるのは、嫌いなのだ。それよりも重厚なナイフの柄と革のシースのほうが、重みがある。違うか？

タルナーダは儀式を重んじる古いタイプの人間なのだろう。パソコンのデータを毎回プリントアウトし、すぐにシュレッダーにかけるのも頷《うなず》ける。

「ギーベリの証の意味は、分かった。それを説明するために、わざわざ電話を掛けてきたのか？」

――三十分ほど前に一つの信号が現場から離れ、先程国境を越えてフランスに入った。君に意見を聞きたいと思ったのだ。

「現場の管轄は、ベルギー連邦警察だ。フランスに行くはずがない」

――だから、私は君に電話を掛けたのだ。

「まさか、冷たい狂犬が、現場から持ち出したのか？」

――可能性はある。ギーベリの証を知る者は、ＣＩＡにもＭＩ６にもいない。そもそもロシアの諜報機関でも、我々の組織を知っている者は、一握りの存在に過ぎない。まして、我らの任務を妨害している者など限られている。

「冷たい狂犬の可能性が、高いのだな」

カバーンは、険しい表情になった。

――君が倒した六人の男たちは、組織のトップエージェントだった。彼らの間違いは、君が任務の遂行を不可能だと判断したことだ。

「俺には、何の問題もない」

カバーンは肩を竦《すく》めた。足の怪我は数日中に、塞《ふさ》がるだろう。

――改めて確認した。君のスマートフォンにギーベリの証を見つけるためのアプリを送ろう。実は任務を続行するために、こちらで新たな舞台を用意してある。冷たい狂犬を誘《おび》き寄せるための作戦はもう練ってあるのだ。期待しておけ。

「楽しみだ」

カバーンは抑揚のない声で返事をすると、通話ボタンを切った。

ギーベリの証

1

午前二時四十分、夏樹はサントノーレ通りの駐車帯にプジョー・3008を停めた。正確に言えば元あった場所に戻した。

念のためにCIAパリ支局にミッチェル・モリエンテとして連絡を取り、夏樹が拝借した車の盗難届が出ていないか確かめておいた。夜が明けてからオーナーが車に乗る際にガソリンが減っていることに気が付くだろう。だが、勝手に使われた上に無傷で返されることなどあり得ないので、ガソリンメーターの故障だと思うはずだ。

夏樹はホテル・ブライトン・パリに戻ると、部屋に戻る前に一階のレストランの厨房《ちゅうぼう》に忍び込んだ。

腹が減ったわけではない。夏樹はステンレス棚からアルミホイルを取り出すと、アルデンヌの事件現場で手にいれたナイフをシースごとアルミホイルで何重にも巻いた。手に入れたナイフに、GPSチップが仕込まれている可能性がある。アルミホイルで包めば、たとえ電波を放出していたとしても遮断できるからだ。

アルミホイルで包んだナイフをポケットに仕舞った夏樹は、最上階の自分の部屋に戻った。

ベッドにエマが一人で寝ている。近くのチェストに、スペードのマークの空瓶が載っていた。シャンパンのアルマンド・ブリニャック・ロゼである。日本円で七、八万する高級シャンパンだ。もっとも、一本四、五十万円する超がつく高級シャンパンであるサロンを頼まれなかっただけましだろう。

「エマ、起きろ」

夏樹は下着姿で寝ているエマを揺り起こした。

「どっ、どうしたの？」

寝ぼけ眼でエマは頭を起こしたが、すぐに枕を抱えて寝てしまった。二人で飲んでいたワインのボトルだけでなく、シャンパンも一人で一本空けてしまったのだ。相当酔っているらしい。夏樹がデートの途中で、出て行ったので腹を立てたのだろう。自由に部屋を使っていいと言っておいたが、言葉通りにしたようだ。

「死にたくなかったら、起きろ！」

夏樹はエマの体を無理やり起こした。もし、手に入れたナイフにGPSチップが仕込まれていたら、すでにこのホテルは特定されている。カバーンでなくとも、敵の攻撃を受ける恐れがあるのだ。

「だから、どうしたの？」

「敵に位置が特定された可能性がある。この部屋を出るぞ」

「もう、朝なの？」

「朝は別の場所で迎えよう」

夏樹は寝ぼけているエマをベッドから下ろし、彼女の服とバッグを抱えると、下着姿のままのエマを部屋から出した。とりあえず、非常階段かエレベーターで着替えさせればいい。部屋を出ることが、先決である。それに、この時間に部屋から出入りする客はいない。他人の目を気にすることはないのだ。

「ちょっ、ちょっと何！　待って」

夏樹に促されたエマは、足元をふらつかせ文句を言いながらも廊下を歩く。

「うん？」

エレベーターホールで、エマがスラックスを穿《は》くのを待っていると、エレベーターが動き出した。一階から誰かが乗ってくるようだ。

夏樹は彼女の靴とバッグを持ち、裸足《はだし》のエマを非常階段に連れ出した。

非常階段のドアの隙間から外の様子を窺《うかが》っていると、三人のスーツ姿の男が、廊下を走り抜けた。三人とも銃を手にしている。夏樹を狙っているのは間違いない。フロントを銃で脅し、今しがた帰ってきた客の部屋番号を教えろとでも言って聞き出したのだろう。

グロックを抜いて、彼らの様子を窺った。夏樹の部屋に突入し、誰もいないことが分かれば、すぐに戻ってくるはずだ。エレベーターに乗るなら、そのままやり過ごす。格式あるホテルを血で汚したくないが、非常階段に入ってきたら、その場で撃ち殺すほかない。後ろを振り返って苦笑した。エマは、壁にもたれかかり、虚《うつ》ろな瞳《ひとみ》で天井を見上げている。夏樹は彼女を連れて移動することを諦《あきら》めた。

男たちは夏樹の部屋の前で、立ち止まった。すぐには突入しないらしい。二人の男がドアの左右に立ち、ドアの前で跪《ひざまず》いている男の壁になっているので、鍵《かぎ》を開けようとしているのかよく見えない。

「…………！」

夏樹は非常口のドアが開いた際に陰になる場所にエマを立たせ、銃を構えた。男たちが戻ってきたのだ。

足音は非常階段の前をゆっくりと通り過ぎて行く。急いでいる様子はない。エレベーターがフロアに停止した音がする。

夏樹は銃を構えながら、五つ数えて廊下に出た。男たちの姿はない。エレベーターを見ると、一階へ移動している。銃をズボンに仕舞うと、自分の部屋の前に立った。彼らがドアの前に立っていたのは、十秒ほどである。ドアの解錠を、諦めたのかもしれない。

首を捻《ひね》った夏樹はドアの周囲を慎重に調べた。ドアの下に封筒が挟まれている。部屋の中に入っているので、廊下側から取り出すことは難しい。だが、封筒を部屋に入れるだけなら、十秒も掛からない。ドアノブを下から覗《のぞ》いてみた。極めて細い無数の針が、幅が四ミリ、長さは二十ミリほどのテープから出ている剣山のようなものが貼り付けられている。

「やはりそうか」

夏樹はポケットからピッキングツールを出すと、尖《とが》った先でドアノブの後ろについている針がついた粘着テープを剝《は》がした。針にはドクウツギやトリカブトなどの毒物が塗布されているのだろう。ドアノブに手を掛けて針が刺されば、即死というわけだ。夏樹は靴底でテープを踏んだ。下手にゴミ箱に捨てることもできないからである。

銃を抜いてドアの鍵を開けると、念のためにハンカチでドアノブを摑《つか》んでドアを開け、部屋に入った。すべての部屋の安全を確認した夏樹は、非常階段に向かった。

エマの姿はない。だが、壁に口紅でイタリア語の「Ciao!《チャオ》」、と書かれていた。フランス人の若者の間でも、軽い別れの挨拶《あいさつ》として普通に使われている。夏樹の目的を探り出すため、エマは泥酔しているように見せかけていたのかもしれない。諜報《ちようほう》の世界では、男も女も食えないやつばかりである。

鼻先で笑った夏樹は、ハンカチで口紅の跡を消すと、自分の部屋に戻った。

「ふう、ちょっと飲み過ぎたわね」

頭を振ったエマは、サントノーレ通りを歩いていた。少し歩くが、百五十メートルほど離れた駐車帯に自分の車が停めてあるのだ。

アルマンド・ブリニャック・ロゼを一人で空けたことは事実であるが、足元がふらつくほど酔ってはいない。眠っていたところを冷たい狂犬に起こされ、「死にたくなかったら、起きろ！」と言われて冗談かと思い、ふざけて泥酔した振りをしただけである。

だが、本当に何者かに襲撃されるのを彼は回避していたようだ。エマは銃も所持しておらず、酔った状態では足手まといになると思い、その場を離れた。

背後からヘッドライト。

エマは駐車帯に停めてある車の陰に隠れた。パリで夜中に一人歩きするのは、自殺行為である。職業に関係なく、警戒は怠らない。

黒いバンが通り過ぎて行く。

エマはバンを見送ると、立ち上がった。

不意に背後から抱きつかれ、口元に布を当てられる。

急速に意識が混濁したエマは、その場に崩れた。

2

午前三時半、パリ8区、カプシーヌ通り、〝ル・グラン・カフェ・カプシーヌ〟。

夏樹は店の奥にある壁際の席に座って、カプチーノを飲んでいる。昨年、エマと一緒に来た店で、パリでは希少種と言える二十四時間営業の店だ。別のホテルにチェックインしたいのだが、この時間では怪しまれるだけである。とりあえず、夜が明けるまでここで過ごすつもりだ。

ホテル・ブライトン・パリは、三人の招かざる客が来たため、すぐにチェックアウトした。彼らは、ドアノブに毒針を仕掛けて夏樹を殺害するのが、第一の目的だったらしい。だが、面白いことにドアの下に白い封筒が残されていた。もし、不用意にドアを開けたら、封筒を確認することはできなかったはずだ。敵の意図が分からない。

「何を考えているのか」

呟《つぶや》いた夏樹は足首のシースからタクティカルナイフを抜き、封筒を壁に向けて慎重に切り裂いた。切り口から有毒なガスが噴き出してくる可能性もあるからだ。毒針の難を逃れて、手紙だと思ってうっかり開き、死ぬような間抜けなことは避けたい。

開封すると、夏樹は周囲をさりげなく見渡した。東洋系の若い女と目が合った。友人と二人らしく、彼女らの傍にスーツケースが置かれている。強行スケジュールか、あるいは格安ツアーなのか、深夜の入国でホテルに泊まれなかったのだろう。テーブルに日本語のガイドブックが載っていた。

夏樹はナイフをわざと彼女に見せて、口を歪めて笑って見せた。女は慌てて視線を外した。海外を旅行するのは、自由である。だが、殺される危険も付いてくることを忘れないことだ。

ナイフをシースに仕舞い、中に入っている折り畳まれた紙をピッキングツールの先に引っ掛けて慎重に取り出した。中の紙にボツリヌス菌の粉末が付着している可能性もある。用心に越したことはないのだ。

紙を広げると、中からカラー印刷されたチケットが出てきた。左上に〝オペラ〟と印字されている。パリ・オペラ座（ガルニエ宮）のチケットのようだ。

「…………？」

首を捻った夏樹は、英語で書かれた手紙を見た。

〝裏切り者を殺せ。冷たい狂犬よ、おまえにはその権利がある〟

たった二行の文章で、署名はない。〝裏切り者〟がだれなのかという問題もあるが、〝裏切り者〟がまったく意味をなさない手紙である。ベルギーの殺害現場から持ち去ったナイフには、GPSチップが仕込まれていたようだ。

現場から移動するGPS信号を追って、ホテル・ブライトン・パリまで来たに違いない。また、そんなことをするのは冷たい狂犬である夏樹だと、判断したのだろう。また、常人がドアノブの毒針に気が付くことはない。毒針に気が付いたからこそ、夏樹は冷たい狂犬として手紙を受け取る資格を得たことになる。差出人はそこまで考えていたのだろう。

夏樹はスマートフォンでＣＩＡパリ支局の夜間勤務分析官に直接電話をした。リンジーから紹介されており、車の盗難届を調べてもらっている。エリック・ジョンソンという気のいい男で、現場向きではないが、分析官としては優秀らしい。

──今度はどうしましたか？

分析官は常にテロなどの情報を収集しているが、アメリカから遠く離れたパリでは基本的には直接関係のない情報が多い。そのせいか、どちらかといえば、リラックスした状態にあるようだ。

「明日《あした》のオペラ座で行われるロシア・ソフィア・バレエ団の公演に招待されている客を知りたい。リストアップは可能か？」

──大丈夫ですよ。後でスマートフォンに送っておきます。

彼らは諜報員の質問に対して、「なぜ？」と聞くことはない。諜報員は常に極秘行動をとっている。質問したところで答えることはないからだ。

「助かった」

夏樹は通話ボタンを切ると、カプチーノのカップに手を伸ばした。

アルデンヌでカバーンが仲間から襲撃されたのは、夏樹に妨害されて任務を遂行することができなかったため、裏切り者の烙印《らくいん》を押されたからだろう。手紙の差出人は、カバーンに新たに暗殺を命じ、それを餌に夏樹がカバーンを殺害することを期待しているに違いない。実に狡猾《こうかつ》ではあるが、ある意味諜報の世界では当たり前と言える。

カバーンはオペラ座の公演の観客を暗殺する任務を受けているのだろう。差出人は、夏樹がカバーンを暗殺することと、彼の行う暗殺の成功を天秤《てんびん》に掛けているに違いない。

スマートフォンが振動した。画面を確認すると、ＣＩＡの分析官、ジョンソンからのメールである。

メールには明日行われるオペラ座の公演の招待客リストが添付されていた。百人規模の内容になっている。

「ほう」

思わず鼻息を漏らした夏樹は、手を挙げてウェイターを呼んだ。

「ラガブーリン」

昨年店に来た時は、メニューにウィスキーの種類はあまりなかったが、今日見たら倍近くに増えていた。とはいえ、九種類だが、好みのラガブーリンが追加されていたので頼んだ。

「ラガブーリンの十六年ものですね」

オーダーを聞いたウェイターは復唱すると、カウンターに向かった。

夏樹はスマートフォンに視線を戻した。

リストに二十人ほど、知った名前がある。夏樹がＣＩＡブリュッセル支局の分析官に作らせたカバーンの暗殺候補者と同じ名前があるのだ。そのほかに、バレエ団が直接招待する客だけに、フランスの政財界の大物の名前もあった。バレエ団の幹部にロシアの情報部と繋《つな》がっている者がいるらしい。暗殺候補者を集めて一度に始末するつもりなのだろうか。

だが、オペラ座の収容人数は、千九百八十人である。その観客を巻き添えにすれば、フランスだけでなく、ヨーロッパの情報部が血眼になり、犯人の捜索をするだろう。また、たとえ実行犯が見つからなくても、ロシアが関与したことは分かるはずだ。

これまでもロシアの暗殺が暴露され、その度にロシアは欧米から制裁を受けている。そこまでのリスクを負うとは思えない。そもそも無差別大量虐殺は、諜報の世界における暗殺スタイルから逸脱する。

「ラガブーリンです」

ウェイターがグラスに入ったラガブーリンの十六年ものを持ってきた。

夏樹はチップを渡し、グラスを受け取ると、ラガブーリンを味わった。燻《いぶ》されたピートの独特の風味が口の中に広がり、鼻腔《びこう》に抜ける。質の良いウィスキーは気付薬として役に立つのだ。

グラスを空にした夏樹は、店を後にした。

3

パリ19区、ヴィレット通り、午前七時半。

ヴィレット通りを抜けてきたルノー・クリオが、ラウンドアバウトでもあるコロネル・ファビアン広場で停められた。

足をやや引きずりながらカバーンが車から降りると、広場の北側の路地、モー通りに入る。パリで最悪と言われる18区と19区の中でも、まだ治安がいいエリアではあるが、建物の壁やシャッターは余すところなく、スプレーペイントの落書きで埋め尽くされていた。

カバーンは交差点から三十メートルほど入った右手にあるシャッターが閉じられた肉屋の脇にあるドアの前で立ち止まり、尾行を確認した。すぐ近くのヴィレット通りでは、朝市が開かれるため活気に溢《あふ》れているが、一本道を隔てたこの通りは、ひっそりとしている。

頷《うなず》いたカバーンはドアを開けて階段を上り、鉄格子がはめられた小さなカウンターのベルを鳴らした。カウンターの前に、手書きでアマンダ・ホテルと書かれた札がぶら下がっている。

破れた防寒着を着た黒人の男が、欠伸《あくび》をしながら顔を見せた。

「新顔だな。五号室は、空いているか？」

「三階の九号室なら空いている。一泊十ユーロだ」

黒人は愛想もなく、答えた。

「それでいい」

カバーンはポケットから百ユーロ出して、格子の向こうのカウンターに載せた。

「十日分か？」

札を数えた男は、鍵《かぎ》をカウンターの上に置いた。

「修理代込みだ」

鍵を受け取ったカバーンは、首を傾げる受付の男を無視して階段を上らずに廊下を進み、突き当りの部屋のドアを蹴破《けやぶ》った。

「起きろ！　チェックアウトの時間だ」

ベッドで眠っていた男をカバーンは、足で蹴った。

「なっ、何をするんだ！　連泊の金は払ってある。でっ、出て行け！」

アフリカ系の男が、慌てて飛び起きた。

「部屋を交換してやる。さっさと出ろ」

カバーンは男に九号室の鍵を投げ渡すと、ポケットからナイフを出し、男の眼の前で振って見せた。

「わっ、分かった。出て行くから、乱暴は止めてくれ」

男はバッグと壁に掛けてあった上着を抱えて部屋を出て行った。

「馬鹿が」

荒い鼻息を漏らしたカバーンは壊れたドアノブの下に、ベッド脇に置かれていた椅子を斜めに立てかけてドアが開かないようにすると、ジャケットを脱いだ。

十畳の部屋にトイレが付いている。洗面所はなく、トイレの横に手洗い場があり、小さな鏡がその上にぶら下げてあった。これで一日、十ユーロはぼったくりだが、IDの確認をしないということで、不法移住者や犯罪者の宿になっているのだ。

カバーンは背負っていたショルダーバッグを部屋の片隅に置くと、ベッドを反対側の壁までずらし、跪《ひざまず》いた。床板を手でなぞり、繋ぎ目にナイフを差し込んで一枚ずつ取り外す。

床下に暗視スコープ付きAK12やドラグノフ狙撃《そげき》銃、ハンドガンのMP443、手榴《しゆりゆう》弾《だん》のV40 MINI、それに爆薬と時限装置など、様々な武器が隠されていた。

パリに来る時は基本的にセキュリティのよい高級ホテルを定宿としているが、武器や偽造パスポートなどはあえて治安の悪い安宿に隠しておいたのだ。

床下の片隅に押し込んでおいたポーチを取り出した。偽造パスポートと現金、それに乾燥剤に包んでおいたキューバ産の葉巻が入っている。

カバーンは葉巻の吸い口をナイフで切ると、バッグの中にあったジッポーライターで火をつけた。普段は煙草を吸うこともないが、ストレスが溜《た》まった時は葉巻で気を落ち着ける。こればかりは、禁煙のホテルではできないことだ。この部屋は武器の隠し場所であると同時に、貴重な喫煙ルームでもあった。

床下からタクティカルバッグを取り出し、武器を詰めると、床板とベッドを元に戻した。武器を満載したタクティカルバッグをベッドの下に隠すと、カバーンはズボンを脱いで太腿《ふともも》に巻きつけてある包帯を解いた。

傷口にワセリンを塗り、乾燥しないようにラップで包んである。乾燥させないことで自然の治癒力を高めるのだが、傷の中央部分からは血が滲《にじ》んでいた。完全に傷が塞《ふさ》がるには、数日を要するだろう。だが、この程度の傷で任務を離脱することはありえない。

再び包帯を巻きつけたカバーンは、ズボンを穿《は》いてベッドに横になった。

ジャケットの携帯電話が、反応した。

——パリに着いたようだな。

タルナーダである。

「俺をどうやって、捕捉《ほそく》しているのだ？」

カバーンはタルナーダから携帯電話を渡された直後に分解し、ＧＰＳ機能がないことを確認している。

——君の行動パターンで予測したに過ぎない。勘ぐるな。それよりも、任務を遂行し、作戦を終了させろ。ターゲットはこちらで用意した。携帯電話に名前を送ったのであとで見てくれ。

「分かった。確認しておく」

――それから、10区にある郵便局に君宛ての封筒を送っておいた。すぐに受け取って確認してくれ。

「封筒に何が、入っている？」

――暗殺現場であるオペラ座のチケットだ。我ながら、いい舞台をセッティングしたと思っている。暗殺時刻は、第一幕開幕の十分後、観客の目が舞台に集中したころを狙うのだ。実行は時間厳守だぞ。成功を祈る。

笑い声とともに通話は切れた。

「ちっ！」

舌打ちをしたカバーンは、携帯電話で電話をかけた。

「俺だ。いつできる？」

葉巻をくわえたまま尋ねた。

――アプリの解析は終えた。これから、制限をかけているプロテクトを解除する。あと三時間見てくれ。

カバーンはホテルに来る前に、パリ市内に住むフィリップというハッカーに自分のスマートフォンを預け、ギーベリの証《あかし》であるナイフの所在を見つけるアプリの解析と改良を頼んだ。フィリップは昔からの馴染《なじ》みで、ブリュッセルのハッカー、ベントレは、彼の紹介だった。

タルナーダの話では、現段階では冷たい狂犬が盗んだと思われるナイフの信号のみ表示されるようだ。その制限をなくせば、ギーベリの証を持つ諜報員《ちょうほう》や殺し屋の居場所が分かる。アプリを改造することでギーベリの殺し屋が、何の前触れもなく近付いても察知して殺すことができるのだ。

「早いに越したことはない。三十分早まるごとに十パーセントのボーナスをやろう。だが、遅れたら、五分ごとに十五パーセント、報酬からカットする。分かったな」

カバーンは通話を切ると、葉巻を吸った。

4

パリ9区、サン・ラザール通り、午前九時。

夏樹はサン・ラザール通りからエスティエンヌ・ドルヴ広場に入ったところで、タクシーから降りた。

通りと反対側の公園の奥には、一八六七年に建造されたサントリニテ教会が荘厳な姿で建っている。

正面の入口から公園に入った夏樹は、教会前に張り巡らされている工事用フェンスに沿って教会脇の入口から中に入った。修復工事が、数年前から行われているが、なかなか終わらないのだ。

　バロック様式ではあるが、堅牢《けんろう》で華美な装飾がなく、一人掛けの木製の椅子が中央の通路の左右に綺麗《きれい》に並べられている。シルバーグレーの髪をした男が、左側の列の後ろの方に座っていた。

　観光客の姿はなく、数人の熱心な信者が祭壇近くの椅子で祈りを捧《ささ》げているに過ぎない。工事中で中に入れないと思っている観光客が多いのだろう。

　夏樹はシルバーグレーの髪をした男のすぐ後ろに座った。

「現段階で米国と協力するのは、あまり好ましいことだとは言えない。それだけは、先に断っておこう。ムッシュ・モリエンテ」

　男は前を向いたまま英語で言った。DGSIの首都圏テロ対策部長、マニュアル・カンデラで、エマの上司でもある。夏樹はカバーンがパリでテロを起こす可能性があるとして、CIAパリ支局長であるチャップマンにカンデラと打合せができるようにセッティングしてもらったのだ。

　カバーン専従班の唯一の生き残りとして活動を続けているため、チャップマンも夏樹の進言に従った。また、本当にテロが防げるようなら、米国はフランスに貸しができるという計算もあるのだろう。もっとも、テロを防ぐということでは、パリ支局だけでは人手が足りない。地元の諜報機関の協力は必須《ひっす》だった。

「カバーンというテロリストを追っている」

　夏樹はカンデラを無視し、フランス語で話しはじめた。相手の言語に合わせ、敬意を表しているのだ。

「カバーン？　ヴェネチアの会議を妨害し、暗殺もしたと米国が主張する男のことか？」

カンデラもフランス語で応じ、鼻で笑って見せた。カバーンの関与は、CIAの作り話とでも思っているのだろう。

CIAは安浦を通じて夏樹から得られた情報を、英国に逐次報告しているようだ。フランスは英国の同盟国として、情報を共有しているのだろう。

マスカレードが始動し、エシュロンが無効化されてしまったため、CIAは必死に無実を訴えているらしい。だが、肝心の秘密会議を開催するきっかけとなったAG008 7命令書の破棄が、まだなされていない。米国国防総省長官とCIA長官が大統領を説得しているが、拒絶されているようだ。

「我々はカバーンを追跡するにあたって、すでに五人のエージェントを失った。信じないのは勝手だが、今度はパリで大規模なテロを行うという情報が入っている。彼はかつて皆殺しのカバーンと呼ばれていた冷酷な男であり、大量虐殺こそ、彼の好むところなのだ」

「大量虐殺！」

カンデラが思わず声を上げて、口元を右手で覆った。ようやく反応したらしい。教会内は静まり返っているが、祭壇までは離れているので、心配することはない。

「場所は特定していないが、人が集中するような場所で、カバーンは爆弾テロを実行する可能性が大きい」

「ばっ、馬鹿な」

「死傷者は百人単位になるだろう。これまで起きた爆弾テロとは比べものにならない。たとえ未遂に終わったとしても、用心するに越したことはない。とにかく、我国は事前に忠告した。もし、テロが起きて、フランスの政府機関が何もしなかったのなら、国内外から猛烈な批判が起きるだろう。現政権が崩壊する可能性もある」

夏樹はカンデラの耳元で、囁《ささや》き続けた。

「分かった。我々は、どんな協力をしたらいいんだ？」

額に浮かんだ汗をハンカチで拭《ふ》きながら、カンデラは尋ねてきた。

「優秀な爆弾処理班と狙撃班を二チームずつ編成してほしい。情報では、パリ7区と9区が標的になっている。我々カバーン専従チームが、この二つのエリアに絞って捜査し、発見次第、連絡する」

「なるほど、どちらも観光スポットがあり、混雑する」

カンデラは相槌《あいづち》を打った。

「7区はAチームとしてグスターヴ・エッフェル通り、9区はBチームとしてオペラ広場で待機させてくれ。この配置が、ベストだ。だが、特に車両は爆弾処理班や狙撃《そげき》班だと気付かれないようにして欲しい。未然にテロを防ぐことも重要だが、犯人を取り逃がすような真似はしたくない。もし、私が、チェックしてそれと分かるようなら、撤収させる」

夏樹は強い口調で言った。あえて二チームに分けたのは、一カ所に絞ると、具体的な情報を要求されるからだ。

「分かった。二チーム用意することは、可能だ。極秘裏《ごくひ》に進めるとすれば、警察にはまだ情報を流さないほうがよさそうだな」

カンデラは腕組みをしながら答えた。

「もちろんだ。犯人を刺激するだけで、かえって被害を大きくする可能性がある。敵は凶悪で、狡猾《こうかつ》だ。慎重に事を運びたい」

「二つの地区というのなら、爆弾処理班と狙撃班以外の警戒は私服のエージェントだけでなく、DGSE（対外治安総局）にも応援を求めれば、なんとかなるだろう」

カンデラは頷《うなず》いてみせた。

「実は、この件で昨夜、あなたの部下であるリアーヌ・ネシブと接触した。彼女は、ある程度調べてあなたに報告すると約束してくれたのだが、未明から連絡が取れない。彼女の消息を知らないか？」

エマの本名がリアーヌだということは、昨年の段階で調べてあった。だが、彼女がエマと名乗っている以上、本名をあえて尋ねようとしないだけである。それが諜報員のマナーだと思っている。

彼女がホテル・ブライトン・パリから姿を消したあと何度か電話を掛けているが、通じないのだ。エマの自宅は知らないため、調べようがなかった。

「ネシブと？　待ってくれ」

カンデラは席を立ち、柱の陰に移動すると、スマートフォンで電話を掛けた。部下に確認を取っているのだろう。

電話を終えたカンデラの顔色が悪い。

「ネシブと連絡が取れないらしい。彼女のスマートフォンも故障したのか、位置が特定できないようだ。部下を自宅に急行させた」

カンデラは先ほどと同じ席に腰を下ろした。

「犯人グループに拉致《らち》された可能性がある」

夏樹は眉間《みけん》に皺《しわ》を寄せた。

エマを拉致したとすれば、カバーンを雇った組織なのだろう。彼が任務を遂行できなくなった際、切り札としてエマが人質として使われる可能性がある。

「彼女の捜索に全力を尽くすが、最悪の場合も想定すべきだな」

カンデラはエマの死をすでに覚悟したようだ。

「諦《あきら》めるのはまだ早いぞ。犯行は日が暮れてからだ」

「まっ、待ってくれ。今日なのか！」

「そうだ」

夏樹が頷くと、

「大変だ！」

奇声を上げたカンデラは席を立ち上がり、教会を飛び出して行った。

5

午後七時十分、オペラ・ガルニエ。

タクシーをオペラ広場で降りた夏樹は、白い息を吐いた。気温はマイナス二度。北風がさらに体感温度を下げる。

オペラ座の正面玄関から階段を上がり、劇場の職員にチケットを見せてエントランスホールに入った。

ロシア・ソフィア・バレエ団による〝白鳥の湖〟の公演は、開場が午後七時半、開演は午後八時になっている。すでにホールには正装の男女が二百人ほど集まっていた。

夏樹は観客に紛れ込むために黒のタキシードを着ている。

未明に〝ル・グラン・カフェ・カプシーヌ〟を出た直後にオペラ座に侵入し、爆弾が仕掛けられていないか調べている。古い劇場だが、セキュリティは完備してあった。だが、それを逆手にとって利用するために少々、細工を施してある。

「こちら、ゼロ1、異常なし」

左耳に押し込んであるブルートゥースイヤホンをタップし、夏樹は無線連絡をした。

今朝、DGSIのカンデラと打合せるにあたって、CIAパリ支局長であるチャップマンから、強制的に二人の諜報員《ちょうほう》を付けられてしまった。彼は夏樹がこの数日間、自由行動が過ぎると思っているようだ。

——こちらゼロ2、大ホワイエ、異常なし、博物館に移ります。

デビット・コールからの連絡である。

大ホワイエとは、エントランスの上の階で、黄金の装飾に美しいシャンデリアなどがあり、オペラ座で最も豪華なフロアと言われている。観客はここで優雅にシャンパンなどを飲みながら、幕間《まくあい》に休息を取る。ちなみに博物館は大階段の左手にある。

——こちらゼロ3、定期会員用ホール、異常なし、これより、定期会員用サロンに移ります。

定期会員用ホールは客席の真下にある。定期会員用ではあるが、昼間の見学会に参加する以外には、通常入ることはできない。また定期会員用サロンは、大階段を上がった二階の右手奥にある。

三人目のマギー・フィッシャーからも返事があった。

「ゼロ3、招待客が全員顔を見せたか、最後にチェックしてくれ」

——了解しました。

二人とも三十代前半と若く、リンジーの同僚である。支局で顔を合わせたことはあるが、これまで話をしたことはない。もっとも、夏樹はあまり支局に入ることはないので、当然である。三人ともCIAとして秘密裏に捜査をしているが、フランスの警察官の偽のバッジと証明証を携帯していた。もしも、カバーンと銃撃戦になるようなことになった場合、駆けつけた警察官に拘束されるのを防ぐためだ。

コールらには念のために客席以外をチェックさせていた。

「ターゲットは、観客に化けているとは限らない。従業員もチェックしてくれ」

夏樹は二人に注意を促すと、スマートフォンを出し、〝黒猫〟というアプリをタップする。画面は館内の監視カメラの映像に切り替わった。

森本に作らせたアプリで、セキュリティルームにある監視カメラの録画機に接続したWi-Fi機器からインターネット経由で映像を受信できるシステムである。難しいシステムではない。市販でも似たような機器は売っている。森本の作成したアプリは、それよりは高度というのが、彼の説明であった。

エントランスで談笑していた観客が、動き始めた。

午後七時半、開場の時間になったのだ。

「客席に移動する」

夏樹は他の観客に混じって大階段を上りはじめた。

午後七時三十五分、オペラ座の右手の業務用出入口の前に黒いバンが停車した。

作業服姿の男が運転席から降りると、後部ドアを開けて大きなバッグとモップを取り出して抱えた。荷物が重いのか、足元がおぼつかない様子でカートに荷物を詰め込むと男はそれを押して出入口に立つ。

「大丈夫か？」

警備員は怪訝《けげん》な表情で尋ねた。

「相棒が、風邪で熱を出して、今日は一人になったんだ。やってられないよ」

男は薄汚れたタオルで額の汗を拭《ふ》きながら通行証を出した。風采《ふうさい》の上がらない男は、カバーンである。

「がんばれ。もうすぐ、俺は帰るけどな」

通行証を確認した警備員は面倒臭そうにカバーンを通した。

廊下の先は舞台の袖《そで》に繋《つな》がる。

カバーンは廊下の途中で立ち止まり、カートから荷物を出して担ぐと、近くの非常階段をゆっくりと下りた。階段を下りれば、舞台下の奈落《ならく》に出られる。奈落は五層になっており、最下層は、地下二階から三階に相当する深さがある。また、その下は、パリ市民も知らないという地下貯水湖があった。

歌劇〝オペラ座の怪人〟に出てくる怪人は、地下湖を住処《すみか》としていたが、建設当時、地下水脈から水を吐きだすための排水ポンプや発電施設などがあったらしい。現在は撤去されてコンクリートで塞《ふさ》がれている。

暗殺予定時刻は、第一幕の幕が上がってから十分後の午後八時十分、観客が舞台に釘《くぎ》付《づ》けになってからだ。まだ、三十分以上時間に余裕がある。それまでに武装して、所定の位置につけばいい。

ターゲットは、イゴール・ジルコフ、ロシア大使館のパリ駐在一等書記官である。彼は密《ひそ》かに西側にロシアの機密情報を流しているらしい。これまで、カバーンが苦労して追っていたモグラはどうでもいいらしい。だが、何十年も身を隠していた諜報員に比べれば、大物である。ターゲットとして不満はない。

ジルコフは、舞台左袖に近い三階のボックス席にいる。カバーンは、開幕したら、反対側の右袖側の四階のボックス席の客を密かに襲撃し、そこからターゲットを狙撃《そげき》すれば任務は完了する。

人気のない奈落の二層下に降りたカバーンは作業服を脱ぎ、タキシード姿になった。作業服の下は正装だったのだ。バッグからエナメルの靴を出し、くたびれた布靴を仕舞った。

「…………！」

カバーンは体をびくりとさせた。ズボンのポケットに入れてあるスマートフォンが三度続けて振動したのだ。電話やメールの着信の振動とは違う。ギーベリの証《あかし》を発見するアプリが、近くに信号を発見した場合、反応するように設定してあるのだ。

すぐさまカバーンは、スマートフォンで信号の位置を確認した。三十メートルほど南に三つの信号がある。地上階で確認できなかったということは、三人の男も観客席の下の階層である定期会員用ホールにいるということだ。暗殺を実行したカバーンの口封じをするために、身を隠しているに違いない。

「そうはさせるか」

カバーンはサプレッサーを装着したＭＰ４４３をズボンの後ろに差し込み、ＡＫ12と爆薬を詰めたバッグを担いで階段を上がった。一旦《いったん》地下一階に相当する廊下まで出て、定期会員用ホールの裏口に出るのだ。

奈落から出たカバーンは、ＭＰ４４３を抜いて狭い廊下を二十メートルほど進む。目の前のドアの向こうは、定期会員用ホールである。

カバーンは背後にバッグを置くと、ＭＰ４４３を構え、ドアを開けて突入した。

三人の警備員姿の男が、一斉に振り向く。カバーンはトリガーを引き、男たちの眉間《みけん》に銃弾を浴びせた。

「役立たずどもめ！」

吐き捨てたカバーンは、首を傾げた。

部屋の中央に大きな背もたれのある椅子が置いてあるのだ。

銃を構えながらカバーンは、椅子の前に回り込んだ。

「むっ！」

カバーンは眉《まゆ》を顰《ひそ》めた。

椅子には見知らぬ女が縛り付けられており、体に爆弾が巻きつけられているのだ。女はぐったりしているが、意識はあるらしい。麻酔薬でも嗅《か》がされたのだろう。

「名前を聞こうか？」

カバーンは女の口に貼られているガムテープを剝《は》がして尋ねた。

「……エマ・メイユー。助けて、……警察に通報して……お願い」

女は力なく答えた。

彼女の声に反応したかのように体に巻きつけられている爆弾のタイマーに30：00という数字が表示され、カウントダウンがはじまった。

「何！」

カバーンは両眼を見開いた。

タイマーのカウントは三十分、午後八時十五分に爆発するようにセットしてある。

脳裏に「君の行動パターンで予測した」というタルナーダの言葉が浮かんだ。カバーンが午後八時十分にターゲットを暗殺すれば、その五分後には劇場を脱出している。任務を正確にこなせば、問題ない。だが、暗殺の時間が遅れたり、冷たい狂犬の妨害を受けて手間取ったりすれば、劇場ごと抹殺するということだ。

「そういうことか」

頷《うなず》いたカバーンは、女を無視してホールを後にした。

6

午後七時四十五分、ロシア・ソフィア・バレエ団による開演まで残り十五分となる。

夏樹は舞台下の左の袖に近い場所で、観客席を見張っていた。ＣＩＡの諜報員《ちょうほう》であるコールとフィッシャーも別の場所から観客席を監視している。

すでにほとんどの観客は自席に座っており、舞台下のオーケストラも音合わせをはじめている。観客席はまだざわついているが、開演前の独特な緊張感が漂っていた。

「…………？」

スマートフォンで、劇場内の監視映像を見た夏樹は首を捻《ひね》った。

画面は六分割されており、観客席の各階の廊下や出入口を映している。監視カメラの映像は劇場のエントランスなど他にもあるが、すべてを一度に見ることはできないので、六つに絞って表示させていた。一つ一つは小さな映像になってしまうが、人の出入りや服装はだいたい分かる。気になった映像はタップすることで、全画面表示に切り替えられ、さらにピンチアウトすれば、映像を拡大して見ることができた。

一階の廊下にチェロのケースを持った男が現れたのだ。夏樹はオーケストラの団員を確認した。チェロ奏者は自席で調弦している。

「こちらゼロ1。ゼロ2、応答せよ」

夏樹は無線でコールを呼び出した。

――こちらゼロ2、ゼロ1、どうぞ。

コールは夏樹と反対側の舞台袖下にいる。

「不審人物が楽屋裏から出てきた。チェロのケースを持った男が、非常階段で上階に向かっている。追うんだ！　だが、接触は禁じる！」

カバーンだとしたら、コールの敵《かな》う相手ではない。

――ゼロ2、了解！

「ゼロ3、観客席の監視継続」

陽動作戦かもしれない。観客席の監視は外せなかった。

――ゼロ3、了解！

フィッシャーは一階観客席の一番後ろにいる。彼女にはバレエ団が招待した客が全員出席したのか調べさせたため、エントランスに近い場所に配置したのだ。彼女から欠席者の名前をメールで送らせていた。三名が招待に応じなかったようだ。

二人に命じた夏樹は客席の通路を走り抜け、反対側の右出口から廊下に出た。チェロのケースなら狙撃銃も隠せる。大勢の観客がいる劇場でのテロなら、爆弾を使うことも考えられたが、カバーンなら狙撃銃で特定の人物を狙うことも考えられる。

「こちらゼロ1。ゼロ2、応答せよ」

コールを呼び出したが、応答がない。サプレッサー付きグロックを抜いた夏樹は、非常階段を駆け上がった。

「…………！」

二階と三階の間の踊り場で、壁に張り付いた。三階の廊下の角から靴のつま先が見えるのだ。

夏樹は階段を一段ずつ慎重に上ったが、三階の男は微動だにしない。

――まさか！

右眉を吊《つ》り上げた夏樹は、三階の廊下に足を踏み入れた。

「くそっ！」

夏樹は鋭い舌打ちをした。

靴を脱がされたコールが、首筋を切られて廊下に倒れている。廊下の角から靴のつま先が見えていたのは、人が立っているように見せかけるためだったのだ。単純な偽装である。

「ゼロ3、ゼロ2が負傷。三階の廊下だ。救急隊を呼べ！」

コールの傷は深いが、命は取り留めるだろう。

――了解しました。

カバーンだ。やつに違いない。靴を置いたのも、コールが死なない程度に負傷させたのも時間稼ぎのためなのだろう。戦場では負傷者が、仲間にとって負担になる。カバーンらしい戦術だ。

夏樹は銃を構えて三階の廊下を進んだ。廊下に人影はない。カバーンは狙撃《そげき》場所を確保するために、ボックス席に侵入したようだ。

「…………？」

首を捻って、ふと立ち止まった。カバーンが三階に負傷させたコールを置き去りにしたことが気になったのだ。急いでいたからかもしれない。だが、それでは三階にいるという道標《みちしるべ》になってしまう。夏樹ならそんなヘマはしない。

バレエ団からの招待客のリストを、今一度頭に浮かべた。招待客は百人、そのうちベルギーで暗殺リストに上がっていたのは、二十一人いたが、公演に顔を出したのは十八人であった。三人欠席しているとフィッシャーから報告を受けている。

彼らは一階席の中央に固まって座っており、狙撃銃で全員殺すのは困難である。一人殺せば、観客はパニックになり、照準を合わせることも難しくなるからだ。機関銃で乱射するのなら二、三十人は殺せるかもしれないが、ターゲットを暗殺できるとは限らない。

「ターゲットは大物か」

呟《つぶや》いた夏樹は、踵《きびす》を返して非常階段に向かった。狙撃銃で狙うなら、大物に違いない。招待客リストの中に、ロシア関連の大物は二人いた。一人はロシアの石油会社の会長、もう一人は大使館の一等書記官である。二人とも三階のボックス席に招待されていた。

二人を狙撃するなら、上の階からである。同じ三階から狙えば、相手は狙撃銃に気付く。上からの方が圧倒的に視野が広がるため、狙いやすいのだ。だが、天井桟敷《さじき》のボックス席からは、急角度になるため、かえって三階は狙いにくくなる。

夏樹は階段を駆け上がった。四階の廊下にいくつもボックス席のドアがある。手当たり次第開けて確認すればいいのだが、そんな時間はない。だが、カバーンの行動パターンは読める。

廊下を進み、突き当りにあるドアの前に立った。舞台袖《そで》に近いボックス席が一番狙撃に適しているからだ。

銃撃！

「くっ！」

ドアの内側から数発の銃撃があり、一発が脇腹をかすめた。だが、夏樹は反撃せずにドアから遠ざかった。カバーンだけでなく、ボックス席の観客もいるからだ。もっとも生きていればの話だが。

敵の銃はサプレッサーを付けたハンドガンだろう。銃撃音はほとんどなく、銃弾がドアを突き破る音だけが聞こえた。とはいえ、ノックする程度の音だ。観客はまだざわめいているため、気が付かないだろう。アサルトライフルや短機関銃ではサプレッサーを付けてもボルトの衝撃音までは消せない。

夏樹はドアを蹴《け》って、足を引っ込めた。再び銃弾がドアを突き抜け、壁に突き刺さる。廊下に素早く転がり、壁の銃痕《じゅうこん》にグロックを合わせ、ドアの銃痕目掛けて連射した。相手の弾道を使ったのだ。

銃撃。

敵の銃弾が肩に当たった。

夏樹は構わず、ドアに体当たりして突入した。

眼前にカバーン。

タキシードを真っ赤に染め、銃を床に落としていた。傍らには、正装した男女が、血を流して倒れている。

「貴様！」

カバーンの左手刀が夏樹のグロックを弾《はじ》き飛ばし、右の拳《こぶし》が顎《あご》を捉《とら》える。

夏樹は身をよじるようにして拳の打撃を最小限に抑え、右正拳をカバーンの鳩尾《みぞおち》に決めた。

「ぐっ！」

声を押し殺したカバーンが、一歩退いたが猛然とタックルしてきた。

堪《たま》らず、夏樹は廊下までカバーンとともに飛び出し、壁に激突した。

夏樹は肘《ひじ》打ちをカバーンの背中に落とす。

床に転がったカバーンは、夏樹の落とした銃を摑《つか》み、銃撃してきた。最初からそれが目的だったらしい。

夏樹は横に飛んで銃弾をかわし、足首のタクティカルナイフを抜くと、カバーン目掛けて飛びかかった。

「げっ！」

呻《うめ》き声を上げたカバーンが、両膝《りょうひざ》を床についた。

夏樹は左手でカバーンの右手首を摑み、右手のナイフで右胸を突いていた。深々と刺したが心臓を外したので死ぬことはない。

「冷たい狂犬よ、さっさと、殺せ」

カバーンは口元を歪ませた。

「断る」

死を恐れない男を簡単に殺しても面白みはない。彼に似つかわしいのは、牢獄で自由を奪われて屈辱の日々を送り、朽ち果てていくことだ。

「勝ったつもりか？　今何時だ？」

カバーンが唐突に尋ねてきた。

「どういうことだ？」

「無駄骨に終わりそうだな」

カバーンが嗄《しわが》れた声で笑った。

「まさか、時限爆弾を仕掛けたのか？」

「俺じゃない。今から行っても解除はできないだろう。避難命令を出せば、観客の半数は救えるかもしれない。だが、それでも十分なようだ。諦《あきら》めて先に逃げるか？」

「どこにある！　言え！」

夏樹はカバーンの右手を捻《ひね》って銃を取り上げると、こめかみに銃口を当てた。

7

午後七時五十六分、館内放送が流れ、劇場はパニックになった。

夏樹は騒動で駆けつけた警備員に警察官バッジを見せて、避難命令を出すように命じていたのだ。

フィッシャーにオペラ広場で待機していたＤＧＳＩの爆弾処理班Ｂチームに報告させている。すぐにＢチームは駆けつけて来るだろう。

「爆弾は、どこにある！」

夏樹はカバーンの首を絞め上げた。

「時間がなくなるぞ。俺はずいぶんとヒントを与えたはずだ。自分で考えるんだな」

カバーンは悪びれる様子もない。

「ヒント？」

首を傾げた夏樹は、「観客の半分は救える」というカバーンの言葉を頭の中で反芻《はんすう》した。舞台関係者や舞台下の音楽家には、影響が少ないという意味にもとれる。「それでも十分なようだ」とも言っていた。

「客席の下、しかも中央部。分かったぞ。定期会員用ホールだな」

夏樹はそう言うとカバーンを突き放した。一階の中央部には、暗殺候補に挙がっていたロシア系のベルギー人が十八人もいる。爆発すれば、彼らは犠牲になるはずだ。犠牲者が観客の半数だとしても、それで十分ということなのだろう。

「頼んだぞ」

二人のやりとりを見守っていたフィッシャーと二人の警備員に、カバーンを引き渡した。腹に二発の銃弾をくらい、右胸も負傷している。逃げられるものではない。

夏樹は非常階段を駆け下りて、定期会員用ホールの裏口を開けると、薄暗い部屋に銃を構えて飛び込んだ。

三人の警備員姿の男が倒れている。反撃する間もなく、眉間《みけん》に一発の銃弾で殺されていた。カバーンが撃ったのだろう。いい腕をしている。

大きな背もたれが付いた椅子が、部屋の中央部に置かれていた。

夏樹は銃を椅子に向けたまま前に回り込んだ。

「何！」

思わず声を上げた。ぐったりとしたエマが椅子に縛り付けられており、その体に爆弾が巻きつけられているのだ。しかも爆弾のタイマーは残り十六分を切っていた。

「Bチーム、爆弾は定期会員用ホールだ。すぐ来てくれ！」

夏樹は爆弾処理班のBチームの責任者に電話を掛けた。彼らはすでに劇場に到着しているはずだ。

「エマ、しっかりしろ」

爆弾を一通り見た夏樹は、エマの頬を軽く叩《たた》いた。彼女自身を揺り動かすことはできない。起爆装置にジャイロセンサーが付いており、彼女を動かすと爆発するからだ。それに肩の部分に光センサーも仕掛けてある。通常は、起爆装置の内部に仕掛けてパネルを外すと爆発するようにするものだが、これは爆弾処理班がハンドライトで彼女を照らした瞬間に爆発するようにしてあるらしい。そのために、部屋の光量を減らしているのだろう。

「助けに来てくれたの？」

目を覚ましたエマが、嗄《か》れた声で尋ねてきた。外傷はないようだが、水分も与えられずに長時間縛られていたに違いない。

「当たり前だろう」

夏樹は彼女の頬を右手で優しく触った。

「でも無理よ。私をここに連れてきた男たちは、解除は不可能だって言っていたわ」

エマの目に大粒の涙が浮かんだ。

「絶対、死なせはしない」

夏樹は笑って見せた。

「ここだ！」

出入口で声がした。

振り返ると、防護服を着てヘルメットを被《かぶ》った四人の男たちが、ハンドライトで照らしながらやってきた。

「ライトを消せ！　光センサーが反応する！」

夏樹は彼らのライトがセンサーに当たらないように、彼女の前に立ち塞《ふさ》がった。

「本当か！」

叫んだ黒人の男が他の三人を出入口で待機させ、こちらに駆け寄ってきた。

「Bチームのリーダーのビセンテ・ラコブだ。危険だから後は任せてくれ」

ラコブは話しながら肩に掛けたポーチから通電テスターを取り出し、起爆装置の配線に繋《つな》いで調べ始めた。起爆装置に対して絶縁か通電かを調べ、切断する配線を決めるのだ。

「俺も手伝える。その方が、彼女も安心する。先に黒マジックペンか、テープを貸してくれ。光センサーを潰《つぶ》す」

夏樹は公安調査庁時代に爆弾処理の技術はある程度身につけていたが、知識としては古く、現代のデジタル時代では通用しなくなっていた。

だが、数年前にフィリピンの天才的爆弾魔と言われたテロリストの弟子だったファリード・スライマニーを日本に連れて帰り、カフェ・グレーで働かせている。今では、店を任せられるほど、日本語だけでなくダッチコーヒーの淹《い》れ方もうまくなった。

見返りというわけではないが、彼からは最新の爆弾作りから、爆弾処理に至るまで徹底的に学んでいる。爆弾処理班と同等とまではいかないが、それなりの知識はあるつもりだ。

「光センサーを？　そうしてくれ。だが、規則なんだ。それが、終わったら、部屋から出てってくれ」

怪訝《けげん》な表情をしながらも、ラコブは黒マジックペンを渡してきた。爆弾処理は被害を最小限に抑えるため、通常一人で行うものだ。彼の言うことが正しい。

「先にジャイロセンサーを切断してくれ。そこから調べるんだ」

夏樹は黒マジックペンを受け取り、光センサーの受光部を塗り潰すと、苛立《いらだ》ち気味に言った。ラコブは手順どおりやっているつもりなのだろうが、できることからやるのが、近道なのだ。

「分かったから、口を挟まないでくれ」

ラコブは首を振ると、ジャイロセンサーのワイヤを切断した。

すでに残りのカウントは十二分を切ろうとしている。

「借りるぞ」

夏樹はラコブの道具箱から絶縁体の板を勝手に出し、エマの尻《しり》と椅子の間に差し込んで板を椅子に縛りつけて固定した。椅子に圧力センサーが付いた爆弾が仕掛けてあるかもしれない。彼女を立たせたら、爆発する可能性があったのだ。

「あんた、爆弾処理班にいたのか？」

ラコブは首を左右に振ってみせた。

夏樹は彼を無視して足首のシースからナイフを取り出し、エマを縛り付けているロープを切断した。すぐに解放したかったが、動かすことができなかったのだ。

「外に出よう」

夏樹はエマを抱きかかえるようにして立たせた。

「仕方がない。一緒に広場まで出てくれ。続きはそれからだ」

ラコブは先導するように先を歩いた。ここで爆発したら、避難中の観客だけでなく歴史的建造物が破壊されてしまうからだ。

階段をゆっくりと上り、エントランスを抜けて、オペラ広場に出た。

広場は警察車両と消防車両で封鎖され、警察官や消防士が遠巻きに見守っている。オペラ座から三十メートルほど先に高さ一メートルほどの土嚢《どのう》が、筒状に積まれていた。

そこで解除しようというのだろう。

残り時間は八分を切っている。

「悪いが、処理の続きは、土嚢の壁の中でする。後は、我々の仕事だ」

ラコブは伏し目がちに言った。

「ふざけるな」

夏樹は懐から、グロックを出すと、ラコブの脇腹に銃口を突きつけた。

「なっ、何をする！」

「おまえはすでに諦《あきら》めているな」

起爆装置の配線が複雑だということは、夏樹も分かっていた。トラップ配線もあるはずだ。通常の手順では、残り七分では解除できないだろう。

「あんたなら、もう分かっているだろう。どうしようもないんだ」

ラコブは夏樹を見て首を振った。エマを土嚢の中に連れて行き、爆発させるつもりなのだ。

「冷却水を大量にかければ、タイムラグが生じる。その隙に処理を強行するんだ。それに配線がショートする可能性もある」

「彼女を沈めるほどの冷却水が必要だぞ。そもそも、そんな賭《か》けみたいなことは、できない！」

ラコブは激しく、首を振った。

「俺が処理する。エマ、来るんだ」

夏樹はラコブの道具箱からワイヤカッターを奪い取ると、オペラ座のすぐ脇に停めてあったパトカーの助手席に彼女を乗せた。

「何をするんだ！」

近くで警備をしていた警察官が慌てて戻ってきた。

「借りるぞ」

夏樹は運転席に乗り込むと、アクセルを床まで踏んだ。

「どうするの！　一緒に自殺するつもり！」

エマが叫んでいる。

「シートベルトをするんだ」

夏樹は道路を封鎖しているパトカーと消防車の間を抜け、オペラ通りに出た。バックミラーを見るとパトカーが連なって付いてきている。慌てて追いかけて来たようだ。

「むっ！」

夏樹は急ハンドルを切ってピラミッド通りに曲がり、一方通行の道を逆走した。交差点で二台のパトカーが前方を塞いでいたのだ。

「ぶつかる！」

エマが叫ぶ。

夏樹は歩道に乗り上げ前方から走って来た車を避《よ》け、その先で歩行者を跳ね飛ばしそうになりながら車道に戻った。

リヴォリ通りを渡り、ジェネラル・ルモニエ通りの地下トンネルに入る。振り切ったと思ったが、リヴォリ通りから二台のパトカーが付いてきた。

トンネルを猛スピードで走り抜け、地上に出るとロワイヤル橋に斜めに突っ込んだ。

夏樹は縁石に左車輪が乗り上げた瞬間、ハンドルを思いっきり左に切った。

パトカーは弾みで左に回転しながら橋のコンクリートの手すりを乗り越え、セーヌ川に飛沫《しぶき》を上げながら、左フェンダーからダイブしたが、衝撃で戻されて横転することなく沈み始めた。

シートベルトを外すと、夏樹はワイヤカッターの先でフロントガラスを叩《たた》き割った。大量の水が流れ込んでくる。身を切るような冷たさだ。外気はマイナス三度、水温もかなり低い。エマは気絶しているらしく、ぐったりとしている。

夏樹はスマートフォンのライトを点灯させ、体が水没する準備をすると、エマのシートベルトを外した。爆弾のタイマーはまだ停止しない。残り時間は一分を切った。

水がエマの鼻の辺りまで押し寄せてきた。

「くそっ！」

夏樹は一か八か、起爆装置に直接繋がるコードにワイヤカッターの刃をかけた。間違っていたら、その場で爆発する。確率はコードの数から言って、四分の一だろう。

カウントが十秒を切った。残り五秒で判断するつもりだ。

車は完全に水没し、ゆっくりと沈んで行く。エマは気絶したままだ。その方が水を飲まなくて済む。

「おっ！」

カウントが6で止まった。

夏樹は四本のワイヤをすべて切断すると、爆弾を外しながらエマを抱えて浮上した。必死に十数メートル泳いだところで、背後で爆発が起きた。起爆装置は一時的に停止していただけだったらしい。

爆発で生じた波に押されるように岸に辿り着くと、夏樹はエマを岸に上げて心臓マッサージと人工呼吸をはじめた。彼女の呼吸が止まっているのだ。

「リアーヌ！　しっかりしろ！」

夏樹は懸命に心臓マッサージをしながら、彼女を本名で呼んだ。エマの体は冷え切っている。川岸のコンクリートが容赦なく体温を奪っていくのだ。

「死ぬな！」

エマの心臓を拳《こぶし》で叩いた。

「ぐふっ！」

エマが水を吐き出し、上体を反らした。

「頑張ったな」

夏樹はへたりこむようにその場に腰を下ろすと、エマを抱き上げた。

マヨルカ島

スペイン、マヨルカ島、パルマ、三月八日、午後二時。

大きな紙袋を両手で抱えた夏樹は、ジーパンに胸のはだけたシャツというラフな格好をしている。それに素顔であった。

気温は二十度、地中海性気候のマヨルカの春は早い。一週間以上前だが、日中でも五、六度というパリの寒空が嘘のようだ。

ヨットハーバーがあるガブリエル・ロカ通りを歩いていた夏樹は、街路樹である椰子《やし》の木の下を通り、一番南側にある桟橋の突端に向かった。

桟橋には大小様々なヨットが繋留《けいりゅう》されている。マヨルカ島はスペインだけでなく、ヨーロッパ各地から旅行者が遊びに来るため、彼らの持ち船がヨットハーバーにあるのだ。とはいえ、モナコのように大金持ちが金にものを言わせて遊ぶ場所ではないため、自《おの》ずとヨットも中堅クラスが多い。

夏樹は三十フィートのプレジャボートに掛けられた渡し板を渡った。

「ワインも買ってきた？」

サングラスの女が、キャビンから顔を覗《のぞ》かせた。エマである。

彼女はオペラ座での爆弾事件後に、長期休暇を取っていた。

夏樹もそれに合わせてマヨルカ島で彼女と合流し、五日目になる。プレジャーボートは地元で二週間の契約で借りていた。

負傷したカバーンは厳重な警戒の下、フランスの病院で治療を受け、身柄はDGSIが預かることになった。ただし、事件を解決したのは夏樹ということで、CIAが主体的に尋問をしているらしい。いつまで偽職員だということがばれないか、見ものである。

カバーンは尋問には一切答えないらしい。現在パリのサンテ刑務所の地下にある極秘の監獄に入れられているようだ。夏樹が負わせた傷もまだ完治していないが、彼の脱獄を防ぐために食事制限した上で運動もさせていないらしい。そのうち自ら死刑を望むようになるはずだ。何年掛かるか分からないが、遠からずあの男に相応《ふさわ》しい死を迎えるだろう。

一方米国にとって懸案だったマスカレードは、大統領が折れて、AG0087命令書を撤回したことで廃止され、エシュロンは正常に働くようになった。もっとも、それで米国とヨーロッパ諸国の仲が戻ったわけではない。頑迷な大統領が米国に居座る限り、険悪な関係は続くだろう。

「とりあえず、赤が二本に、白が一本、それにラ・ティスタのピザを買ってきた」

夏樹は港町で購入したものを、キャビンのテーブルに載せた。リゾートなので、街には洒落《しゃれ》たレストランやバーが沢山ある。

「気が利くわね」

エマの腕が蔦《つた》のように夏樹の首に絡まってきた。

彼女の背中に右手を回すと、唇が近くなった。

「ピザが冷めないうちに食べよう」

答えた夏樹は、エマの唇に軽く触れて離れた。腹が減っているし、喉《のど》も渇いている。とりあえず、ワインを開けなければならない。

「そうね」

気を取り直したエマは、キャビンの棚から皿とワイングラスを出した。

夏樹はワインオープナーで、地元のワイン〝グラン・ヴェラン〟のコルクを抜いた。

マヨルカ島には世界遺産に登録されたトラモンタナ山脈があり、海と山からの強風で葡《ぶ》萄《どう》の無農薬有機栽培が行える。そのため、雑味のない良質なワインが作られるのだ。

「乾杯しない？」

グラスにワインを注ぐと、エマが上目遣いで見た。

「何に？」

夏樹は首を傾げた。

「冷たい狂犬にというのは？　命の恩人よ」

「興醒《きょうざ》めだ。うまいワインに乾杯で十分だ」

夏樹がグラスを掲げると、

「賛成」

微笑んだエマが、夏樹のグラスに自分のグラスの縁を当てた。

ミッションが終われば、何もかも忘れる。それが、力になるのだ。

夏樹は、ナポリピザとワインに舌鼓を打った。

本書は書き下ろしです。
この作品はフィクションです。実在の人物、団体等とは一切関係ありません。

死《し》のマスカレード

冷《つめ》たい狂犬《きようけん》

渡《わた》辺《なべ》裕《ひろ》之《ゆき》

平成30年 7月25日　初版発行

発行者●郡司 聡

発行●株式会社KADOKAWA
〒102-8177　東京都千代田区富士見2-13-3
電話 0570-002-301（ナビダイヤル）

角川文庫 21042

印刷所●株式会社暁印刷　製本所●株式会社ビルディング・ブックセンター

表紙画●和田三造

ISBN978-4-04-107105-2　C0193

角川文庫発刊に際して

角川源義

第二次世界大戦の敗北は、軍事力の敗北であった以上に、私たちの若い文化力の敗退であった。私たちの文化が戦争に対して如何に無力であり、単なるあだ花に過ぎなかったかを、私たちは身を以て体験し痛感した。西洋近代文化の摂取にとって、明治以後八十年の歳月は決して短かすぎたとは言えない。にもかかわらず、近代文化の伝統を確立し、自由な批判と柔軟な良識に富む文化層として自らを形成することに私たちは失敗して来た。そしてこれは、各層への文化の普及滲透を任務とする出版人の責任でもあった。

一九四五年以来、私たちは再び振出しに戻り、第一歩から踏み出すことを余儀なくされた。これは大きな不幸ではあるが、反面、これまでの混沌・未熟・歪曲の中にあった我が国の文化に秩序と確たる基礎を齎らすためには絶好の機会でもある。角川書店は、このような祖国の文化的危機にあたり、微力をも顧みず再建の礎石たるべき抱負と決意とをもって出発したが、ここに創立以来の念願を果すべく角川文庫を発刊する。これまで刊行されたあらゆる全集叢書文庫類の長所と短所とを検討し、古今東西の不朽の典籍を、良心的編集のもとに、廉価に、そして書架にふさわしい美本として、多くのひとびとに提供しようとする。しかし私たちは徒らに百科全書的な知識のジレッタントを作ることを目的とせず、あくまで祖国の文化に秩序と再建への道を示し、この文庫を角川書店の栄ある事業として、今後永久に継続発展せしめ、学芸と教養との殿堂として大成せんことを期したい。多くの読書子の愛情ある忠言と支持とによって、この希望と抱負とを完遂せしめられんことを願う。

一九四九年五月三日

角川文庫ベストセラー

冷たい狂犬
渡辺裕之

現役時代「冷たい狂犬」と恐れられていた元公安調査官の影山夏樹。だが彼は元上司から対中国の諜報活動を依頼され、ふたたび闘いの場に身を投じていく……『傭兵代理店』の著者の国際アクションノベル開幕！

紅《くれない》の五星《ごせい》 冷たい狂犬
渡辺裕之

〝冷たい狂犬〟と恐れられた元公安調査官の影山夏樹は、商用で訪れた東南アジアで、密かに繰り広げられていた各国の暗闘に否応なく巻き込まれてしまった……著者渾身の国際諜略シリーズ第2弾！

北のジョーカー 冷たい狂犬
渡辺裕之

最強の敵は北朝鮮の諜報員、その名も「ジョーカー」。欧州へ向かった〝冷たい狂犬〟を待ち受ける罠とは？「傭兵代理店」の著者が贈る、国際諜略シリーズ第3弾！

暗殺者メギド
渡辺裕之

1972年――高度成長を遂げる日本で、哀しき運命を背負った一人の暗殺者が生まれた……巨大軍需企業との暗闘！ ヒットシリーズ『傭兵代理店』の著者が贈る、アクション謀略小説！

漆黒の異境 暗殺者メギド
渡辺裕之

フリージャーナリストとなった加藤の誘いで沖縄に向かった達也。だが、そこには返還直後の沖縄が抱えた様々な問題と、メギドを狙う米軍が待ち構えていた！著者の本領が発揮された好評シリーズ第2弾！